U0033621

用聽的背日檢N4N5單字2300

齊藤剛編輯組

- MP3 大力播放
- 一個日文單字，一個中文意思
- 二遍背單字法，搞定 N4／N5 單字

前言

N4 的「文字語彙」是 35 題，考試時間 30 分鐘；N5 同樣也是 35 題，但是考試時間是 25 分鐘——納入「言語知識」項目中，與「文法／讀解」合起來佔 120 分——這個項目不得低於 38 分。

單字是拿分最有效率的項目，同時也是日語能力的根基。因此字彙能力的累積、培養是絕對不可輕忽，反而是平常就要多磨練的基本功。

在新日檢主要測試目標是「是否能夠利用習得的語言知識進行溝通」，如「理解基本字彙的常用詞、句子、文章等等」、「聽懂教室、生活周遭的會話情境等等」、「填寫申請表等各種表格的運用」、「從對話中聽出對方想表達的重點與目的」等等。

新舊制難易度比較

舊制	新制
一級	N1: 比舊制的 1 級困難
二級	N2: 難度近乎舊制的 2 級。
	N3: 介於舊制的 3 級 ~2 級之間
三級	N4: 相當於舊制 3 級
四級	N5: 相當於舊制 4 級

因此本書在收錄單字時，便以此為準則，同時參照新制、舊制日檢的考古題，以及出題基準字彙，收錄 2300 個命中率最高的單字，歷屆重點一字不漏！

本書因應新制需求而設計，特色如下：

全方位的收錄單字基準：蒐集考古題中的出題單字，更標示出 2010 年後新出題單字，利用有聲 MP3，背誦起來不但有效率，記憶得更牢。

增加口語用法及慣用句、諺語等：新日檢的測試目標明確訂定為「測驗學習者的日語溝通能力」，因此口語的用法及慣用句等等出題率增加。針對新趨勢，本書增加收錄了慣用句等，讀者準備起考試更為周全。

收錄舊日檢的考題提供練習：雖然舊考題題型已有所更動，但是就單字回饋練習而言，比起自行撰寫的模擬考題，製作嚴謹的考古題是更好的選擇。

另外，本書附加有聲 MP3，收錄全書內容，一個日文單字配上一個最重要的中文意思。讀者可以利用 MP3 利器，利用二遍式學習法，用聽的背單字：

第一遍，抓出自己陌生的字彙

接著翻書看文字加深印象，緊接著聽第二遍

第二遍，全方位再聽一次，內容就絕不忘記！

新日檢希望學習者不要死背句型文法而忽略溝通能力，聽力當然是重點考查目標。MP3 大力播放，邊聽邊背，像被洗腦一般，每個日文單字在印在腦海中，如此一來可以輕鬆準備字彙考題，對準備「聽解」也大有助益！

希望本書的設計不僅能幫助奪取高分，也能真正達到新日檢所設定學以致用的目標！

本書特色

一網打盡的編輯方式，不只考試，學校、生活運用完全攻略！

(1) 詞彙的排列順序

平假名詞彙在先，片假名詞彙在後，按 50 音圖順序排列。

(2) 體例以及符號的意義

1 聲調：用1、2、3等表示
2 詞彙的表記形式：漢字表記用【 】，外來語語源用（ ）表示
3 詞性：用■表示
4 多義詞的詞義：用「；」隔開
5 同一意思的不同表達形式：用「 ，」隔開
6 關聯詞、派生詞：用「⇨」表示
7 近義詞：用「⇒」表示
8 慣用形、諺語：用「➡」表示
9 反義詞、對應詞：用「⇔」表示
10 同義詞或同一詞彙的另外的表記形式：用「＝」表示
11 考古題：（2000-I-3）2000 年的第一大題的第三小題
12 1 ～ 15：表示該單字在 2010 年前在考題中出現的次數
13 N2：表示在 2010 年後在 N2 考題中出題過
14 N3：表示屬於 N2 基準字彙，但在 N3 考題中出題過
15 N4：表示在 2010 年後在 N4 考題中出題過
16 N5：表示在 2010 年後在 N5 考題中出題過

(3) 略語表示

略語	意味	略語	意味
名	名詞	副	副詞
代名	代名詞	接續	接續詞
五	五段動詞	助	助詞
上一	上一段動詞	助動	助動詞
下一	下一段動詞	連體	連體詞
サ	サ變動詞	連語	詞組
カ	カ變動詞	感	感嘆詞
自	自動詞	接尾	接尾語
他	他動詞	接頭	接頭語
形	形容詞	略	略語
形動	形容動詞	補助	補助動詞
形動タルト	文言形容動詞	造語	造詞

平假名詞彙

♬ 001

ああ [1]	副 那樣，那種 [16]
あい [1]	【愛】名 愛，慈愛；（對異性的）愛情；愛好 [5]
あいさつ [1]	【挨拶】名・自サ 打招呼；致詞；寒暄，問候 [9]
あいだ [0]	【間】名 中間；之間；距離；期間；（人與人的）關 ➡ 間(あいだ)に立(た)つ（居中調解）[16]
あいて [3]	【相手】名 夥伴，共事者；對方，敵手 [8]
あう [1]	【会う】自五 會面，見面 [10] N5
あう [1]	【合う】自五・補助 一致，符合；互相 [5] ⇨ 語(かた)り合(あ)い（交談）
あお [1]	【青】名・接頭 藍，青；綠燈；年輕的，幼稚的 [3] ⇨ 青空(あおぞら)（藍天，青空） ⇨ 青信号(あおしんごう)（綠燈）
あおい [2]	【青い】形 青色，藍色，綠色；不成熟 [12] N4
あか [1]	【赤】名・接頭 紅色；紅燈；赤字；紅的；完全；（喻）共產主義（者）[2] ⇨ 赤色(あかいろ)（紅色）
あかい [0] [2]	【赤い】形 紅色的 [7]
あかちゃん [1]	【赤ちゃん】名 小寶寶，嬰兒 [3]
あかり [0]	【明かり】名 光線；燈（光）；希望，光明 [3]
あがる [0]	【上がる】自五・補助 上，登，升；提高，長進；（謙遜語）去；結束；怯場；上學；訪問；（尊敬語）吃，喝；（接動詞連用形後表示）做好；完全 [4] ⇨ 上(あ)がり（上升，上漲，進步；完成，成果；收入，收穫；終了，結束）
あかるい [0] [3]	【明るい】形 明亮的；開朗的，活潑的 [5]
あかんぼう [0]	【赤ん坊】名 嬰兒，乳兒，小寶寶；幼稚，不懂事 [1]

♬ 002

あき ①	【秋】名 秋天 5 N4 ⇨ 秋風(あきかぜ)　⇨ 秋祭り(あきまつり)（秋天的祭典）
あき ⓪	【空き・明き】名 空隙，空白；空閑；空缺；閒置著的 1
あきらか ②	【明らか】形動 明亮；明顯，顯然，確切 3
あく ⓪	【開く】自五 開；開門營業，開店 2 ➡ 開(あ)いた口(くち)がふさがらない（目瞪口呆）
あく ⓪	【空く】自五 閒置，閒著；騰出；缺額 ⇨ 空(あ)き地(ち)（空地；建築空地）
あける ⓪	【明ける】自下一 天亮；過年；期滿，到期 N3
あける ⓪	【開ける】他下一 打開（門、包裝等等）15
あげる ⓪	【上げる】他下一 舉起，抬起；提高；長進，進步；送給；發出大的聲量；逮捕；卸貨；抽水；帶領；嘔吐；盤起（頭髮）；放（風箏）7 ➡ 男(おとこ)を上(あ)げる（出息） ➡ 声(こえ)を上(あ)げる（放聲大叫）
あご ②	【顎】名 下巴
あさ ①	【朝】名 早上，上午　⇨ 朝夕(あさゆう)（早晚）8
あさい ⓪②	【淺い】形 淺；（時間等）短；膚淺，少的；顏色淡；輕微 8
あさごはん ③	【朝御飯】名 早餐，早點 1
あさって ②	【明後日】名 後天 8
あさねぼう ③	【朝寝坊】名・自サ 早上睡懶覺，起床晚（的人）1
あさばん ①	【朝晩】名 早晚；日夜 1
あさひ ①	【朝日】名 朝日 6
あし ②	【足】名 腳，腿；（器物）的腿 8 ⇨ 足首(あしくび)（腳踝）　⇨ 足腰(あしこし)（腿和腰）
あじ ⓪	【味】名 味道，風味；滋味，甜頭；趣味，情調 8 ➡ 味(あじ)もそっけもない（味同嚼蠟） ➡ 味(あじ)を占(し)める（嘗到甜頭）

單字	解說
あした③	【明日】名 明天　＝あす 16 ➡ 明日は明日の風が吹く（明天再說；今朝有酒今朝醉）16
あす②	【明日】名 明天　⇔ 昨日 1
あせ①	【汗】名 汗，汗水；滲出的水分，返潮；辛苦，努力 ➡ 汗をかく（出汗）　➡ 汗の結晶（勞動成果）
あそこ⓪	名 那裡；那種地步 10
あそび⓪	【遊び】名 遊戲，戲耍；遊玩，消遣；放蕩，吃喝嫖賭；沒事做，不做事 3 ⇨ 遊び心（玩心；消遣的心情，輕鬆的心情）
あそぶ⓪	【遊ぶ】自五 遊玩，玩耍；旅行，遊學；沒工作；不起作用 11
あたたかい④	【暖かい・温かい】形 溫暖的；和睦的；富足的 11 ＝あったかい（用於口語）　⇔ 冷たい（冰冷的）
あたま③②	【頭】名 頭 13 ➡ 頭が上がらない（〔在有權勢者面前〕抬不起頭） ➡ 頭が痛い（頭疼；煩惱）　➡ 頭が下がる（欽佩） ➡ 頭に来る（生氣）　➡ 頭をかかえる（傷腦筋） ➡ 頭を冷やす（冷靜）
あたらしい④	【新しい】形 新的；新式的；新鮮的，有活力的；現代的，進步的　⇔ 古い（舊的）16
あちら⓪	代名・名 那邊；那個；那位 N5 2
あつい②	【熱い】形 溫度高；體溫高；熱烈的 5 ⇔ 冷たい（冰冷的）
あつい②	【暑い】形 氣溫高　⇔ 寒い（寒冷的）6
あつい⓪	【厚い】形 有厚度；人情深厚；程度很深 2 ⇨ 厚み（厚度）　⇨ 厚着（穿得多） ⇔ 薄い（薄的）
あっち③	代名 那邊，那裡，那個 6
あつまる③	【集まる】自五 集合，聚集；收集；集中 7 ⇨ 集まり（集會，會合，彙集；收集〔的情況〕）

♫ 004

あつめる 3	【集める】他下一 使集合；收集；集中，吸引 7
あと 1	【後】名 後面；後方；以後；之後；（順序）後；死後；後任，續弦；剩下的；其後，還有；子孩；後果 ⇔ 先《さき》（前，前方）16 N5
あなた 2	【貴方】代名 你，您；（妻對夫）親愛的 7
あに 1	【兄】名 哥哥　⇔ 弟《おとうと》 11 ⇨ 兄貴《あにき》（哥哥；老大哥，老兄）
あね 0	【姉】名 姐姐；嫂子　⇔ 妹《いもうと》 9
あの 0	連體・感（連體）那個（遠稱）；那；（感）請問，那個～，啊，嗯 16
あびる 0	【浴びる】他上一 洗，淋浴；曬，照；受到（非難、質問、讚揚等）2
あぶない 0 3	【危ない】形 危險的；垂危；不穩定，不確定；靠不住；危急，千鈞一髮　⇨ 危《あぶ》なく（險些；好不容易）7
あぶら 0	【油】名（動物、植物等等的）油；髮油 ⇨ 油絵《あぶらえ》（油畫）　⇨ 油菜《あぶらな》（油菜） ⇨ 油揚げ《あぶらあ》（油炸豆腐；油炸食品）
あまい 0 2	【甘い】形 甜；淡，鹹味不足；指聲音甜；不嚴格，寬鬆；思慮不周詳，淺薄，天真；男女間關係好；鬆弛；鈍 8 ⇨ 甘味《あまみ》（甜味）　⇨ 甘酸《あまず》っぱい（酸甜的） ➡ 甘《あま》い汁《しる》を吸《す》う（撈一把）　⇔辛《から》い（辣的）
あまり 0 3 1	【余り】副・名・形動・接尾（後接否定）不太，不怎麼；（後接肯定）太，過於；過分，過度；剩餘，剩下的；過度～的結果，過於～而；　⇒ あんまり
あめ 1	【雨】名 雨；雨點般落下的東西 12
あめ 0	【飴】名 糖，飴糖，麥芽糖
あやまる 3	【謝る】他五 道歉，謝罪，認錯；認輸；謝絕 4
あら 1 0	感（表示驚訝、意外，多由女性使用）哎呀，哎喲 ⇒ あらあら 13

あらう [0]
【洗う】他五 洗；洗刷，沖洗；調查，查清 10
⇨ 洗(あら)い（洗滌）
⇨ 洗(あら)い落(お)とす（洗掉）
⇨ 洗(あら)い流(なが)す（沖洗）
⇨ 洗(あら)い物(もの)（要洗的東西）

あらわす [3]
【現す・表す】他五 現，露，顯露；表現，表示，表露；象徵，代表 N3

ありがとう [2]
感 謝謝　⇒ありがとうございます 11

ある [1]
【在る】自五 存在，活著；位於 16

ある [1]
【有る】自五 有；舉行；具備 4

あるく [2]
【歩く】自五 步行，外出 16 N4

あれ [0]
代名・感（代名）那個；那件事；那時；那個人；那兒；（感）哎呀 5

あんしん [0]
【安心】名・形動・自サ 安心，放心 8

あんぜん [0]
【安全】名・形動 安全　⇔危険(きけん) 4
⇨ 安全装置(あんぜんそうち)（安全裝置）　⇨ 安全弁(あんぜんべん)（安全閥）

あんな [0]
連體 那樣的 4
⇨ あんなに（那樣地，那麼地）

あんない [3]
【案内】名・他サ 引導；通知；熟悉，瞭解；招待，邀請 N3
⇨ 案内係(あんないがかり)（接待員）　⇨ 案内者(あんないしゃ)（嚮導）

歷屆考題

■ たなかさんは やましたさんに あやまりました。（◆ 1994 - Ⅳ - 2）

① たなかさんは やましたさんに「おだいじに。」と 言(い)いました。

② たなかさんは やましたさんに「それはいけませんね。」と 言(い)いました。

③ たなかさんは やましたさんに「かしこまりました。」と 言(い)いました。

④ たなかきんは やましたさんに「ごめんなさい。」と 言(い)いました。

答案④

解 選項④中的「ごめんなさい」（對不起）與題目中的「謝(あやま)りました」相對應。

譯 （題目）田中向山下道歉。①田中對山下說：「請多保重」；②田中對山下說：「那可不行」；③田中對山下說：「我知道了」；④田中對山下說：「對不起」。

■ このへんは あんぜんです。（◆1997 - Ⅳ - 5）

① このへんは あんないが いりません。

② このへんは きけんが おおいです。

③ このへんは あぶなく ありません。

④ このへんは あんしん できません。

答案③

解 選項③中的「危(あぶ)なくありません」（不危險）與題目中的「安全(あんぜん)」相對應。

譯 （題目）這附近很安全。①這附近不用人領路；②這附近很危險；③這附近不危險；④這附近讓人無法安心。

■ あんぜん（◆2002 - Ⅴ - 5）

① この まちは よるも あんぜんです。

② にちようびは いつも いえで あんぜんに しています。

③ この きかいは あんぜんてきに つかってください。

④ わたしは げんきですから、あんぜんして ください。

答案①

解 「安全(あんぜん)」是名詞兼形容動詞，後面不能再加「てき」，也不能作為サ行變格動詞使用。選項②、③、④為誤用。②可改為「のんびりしています」（悠閒地度過）；③應把「てき」去掉；④可改為「安心(あんしん)」（放心）。

譯 ①這個城市晚上也很安全。

■ あやまる（◆ 2004 - Ⅴ - 4）

① こまった ときには すぐに あやまって ください。

② 友だちに おくりものを もらったので、あやまりました。

③ てつだって もらった ときには あやまって ください。

④ しらない 人の足を ふんで しまったので、あやまりました。

答案④

解 選項①、②、③均為誤用。①可改為「助けてもらって」（請人幫忙）；②可改為「お礼を言いました」（道謝了）；③可改為「お礼を言って」（道謝）。

譯 ④因為踩了陌生人的腳，所以道歉了。

■ わたしは おがわさんに あやまりました。（◆ 2007 - Ⅳ - 4）

① わたしは おがわさんに「おめでとうございます。」と 言いました。

② わたしは おがわさんに「それはいけませんね。」と 言いました。

③ わたしは おがわさんに「おかげさまで。」と 言いました。

④ わたしは おがわさんに「ごめんなさい。」と 言いました。

答案④

解 ④中的「『ごめんなさい』と言いました」（說對不起）與題目中的「謝りました」（道歉）相對應。

譯（題目）我向小川道歉了。①我對小川說：「恭喜」；②我對小川說：「那可不行啊」；③我對小川說：「托你的福」；④ 我對小川說：「對不起」。

■ そのドアはあいています。（◇ 1996 - Ⅳ - 1）

① そのドアはしまっていません。 ② そのドアはしめてあります。

③ そのドアはあきません。 ④ そのドアは あけてありません。

答案①

解 選項①中的「閉まっていません」（沒有關）與題目中的「開いています」（開著）相對應。

譯（題目）那門開著；①那門沒關；②那門關著；③那門打不開；④那門沒開著。

■ コーヒーに さとうを いれて＿＿＿＿して ください。（◇ 1998 - III - 10）

① あまく　② からく　③ つよく　④ あつく

答案①

解 這 4 個選項用的都是形容詞的連用形。答案以外的選項其基本形和意思分別為：②辛い（鹹的；辣的）；③強い（強的）；④熱い（燙的）。

譯 請把糖加入咖啡裡讓其味道變甜。

■ わたしの くにの ふゆは、あまり さむく ありません。（◇ 2002 - IV - 1）

① わたしの くにの ふゆは、とても あついです。

② わたしの くにの ふゆは、すこし あついです。

③ わたしの くにの ふゆは、とても さむいです。

④ わたしの くにの ふゆは、すこし さむいです。

答案④

解 題目中的「あまり」後接否定表示程度不高，意為「不太～」，選項④的「少し」與之相對應。

譯（題目）我們國家的冬天不太冷。①我們國家的冬天非常熱；②我們國家的冬天有點熱；③我們國家的冬天很冷；④我們國家的冬天有點冷。

■ ゆうがたまで いもうとといっしょににわで＿＿＿＿。（◇ 2004 - III - 3）

① つとめました　② つくりました　③ あそびました　④ あびました

答案③

解 這 4 個選項用的都是動詞「ます」形的過去式。答案以外的選項其動詞基本形和意思分別是：①勤める（工作）；②作る（做，製造）；④浴びる（澆，淋）。

譯 和妹妹一起在院子裡玩到傍晚。

■ わたしは よる シャワーを＿＿＿＿。（◇ 2006 - III - 1）

① あびます　② とります　③ なきます　④ ぬぎます

答案①

解 這 4 個選項用的都是動詞的「ます」形。答案以外的選項其動詞基本形和意思分別是：②取(と)る（拿，取）或「撮(と)る」（拍攝）；③泣(な)く（哭泣）或鳴(な)く（〔鳥〕叫）；④脱(ぬ)ぐ（脫）。「シャワーを浴(あ)びる」是固定片語，意思是「淋浴」。

譯 我晚上淋浴。

♫ 006

い	【位】接尾・名 第～位，第～名；名次；官位 5
い 0	【胃】名 胃　⇨ 胃潰瘍(いかいよう)（胃潰瘍）　⇨ 胃腸(いちょう)（胃腸）
いい 1	【良い・好い】形 好；適合；行，可以；最好，希望；容易　＝よい　⇔ 悪(わる)い 16
いいえ 3	感（用於否定回答）不，不是，沒有 16
いう 0	【言う】他・自五 說，講；訴說；表達，表明；（被動式）被認為；稱作；據說；值得一提；達到～之多；全都～；所謂的；發響聲，作響 N5 16 ⇨ 言(い)い方(かた)（說法；表現方法） ⇨ 言(い)うまでもなく（不用說，自不待言）
いえ 2	【家】名 房子；家；門第　⇒ 家(うち)（家）16
いか 1	【以下】接尾・名（數量、程度等）以下；後面，～之後；（舉出代表）包含～以下 3 ⇔ 以上(いじょう)　➡ 以下略(いかりゃく)す（以下省略）
いかが 2	【如何】副・形動 怎樣，如何；請用；可以嗎？ 9
いがい 1	【以外】名（除了～）之外；以外 2
いがい 0 1	【意外】形動 意外，想不到，出乎意料 N3
いがく 1	【医学】名 醫學 1
いき 0	【行き】名 去，開往　＝ゆき

いきる ②	【生きる】自上一 活著；謀生，維持生計；有效，有影響；生動，栩栩如生　⇔ 死ぬ 1 ⇨ 生き方（生活方式；處世方法，生活態度）
いく ⓪	【行く】自五 去；寄到；過去，逝去；事情進展；以某種方式做；滿足；成長　⇒ ゆく N5 16
いくつ ①	【幾つ】名 幾個；幾歲 14
いくら ①	【幾ら】名・副 多少，多少錢；無論如何，即使～也 ⇨ いくら～ても（即使多麼～也）6
いけ ②	【池】名 池子，水池；硯池 4
いけない ⓪	形・感（形）不好的；不行的；沒有指望的；（用「～てはいけない」的形式）禁止；（用「～なければいけない」的形式）必須；（感）糟糕
いけばな ②	【生け花】名 插花 1
いけん ①	【意見】名・自他サ 意見，想法；忠告，建議 5
いし ②	【石】名 石頭，石子；寶石 N4 4
いじめる ⓪	【苛める】他下一 欺負，虐待，折磨；糟蹋；戲弄 1
いしゃ ⓪	【医者】名 醫生　⇨ 歯医者（牙醫）　⇒ 医師（醫師）7
いじょう ①	【以上】名・接尾（接在數量詞後）以上；超出，更多；上述，前面所講的；（接在句子後面）既然　⇔ 以下 6
いす ⓪	【椅子】名 椅子；職位 12
いぜん ①	【以前】名 過去，以往；以前　⇔ 以後（以後）2
いそがしい ④	【忙しい】形 忙碌的；急急忙忙的 9
いそぐ ②	【急ぐ】自・他五 著急，趕緊；急，忙 9 ➡ 急がば回れ（欲速則不達）
いたい ②	【痛い】形 疼，疼痛；痛苦，難過，難受；（被觸及弱點而）難堪，感到為難 N3
いたす ②	【致す】他五（「する」的謙讓語）做，辦；致，達；帶來，造成；引起 8
いただく ⓪	【頂く・戴く】他五 頂，戴，頂在上面；領受，蒙～賜給；「食う」（吃）、「飲む」（喝）的謙讓語；請，給 13
いち ②	【一】名・副 一；最初，第一；最好，首位 15

いちいち ②	【一一】名・副 一一，逐一；全部，詳細 2
いちおう ⓪	【一応】副・名（副）姑且，首先；大致，大体；（名）（大致做了）一次，一下 1
いちど ③⓪②	【一度】名・副（③⓪）一次，一回；一旦 8
いちにち ④	【一日】名・副 一天，一日；一整天；某日；（陰曆）一日 2
いちねん ②	【一年】名 一年；一年級 1
いちばん ②⓪	【一番】名・副 第一；最；最好 15
いつ ①	【何時】代名 何時 16
いつか ③⓪	【五日】名（日期）五號；五天 2
いっさくじつ ④	【一昨日】名 前天　＝おととい
いっさくねん ⓪④	【一昨年】名 前年　＝おととし
いっしょ ⓪	【一緒】名・自サ 一起做；同時發生；同樣，一樣；在一起 16
いっしょうけんめい ⑤	【一生懸命】副・形動 拼命地，努力地 2
いったい ⓪	【一体】副・名（副）到底（表示強烈疑問）；總的來說，整體上；（名）（佛像）一尊；一體，同心協力；一種式樣 1 ⇨ 一体化（いったいか）　⇨ 一体全体（いったいぜんたい）（究竟）
いつつ ②	【五つ】名 五個；五歲 5 N5
いってまいります ⑦	【行って参ります】感（出門時的寒暄語）我走了 2
いつでも ①	【何時でも】副 無論什麼時候，隨時，經常，總是
いってらっしゃい ⑦	感 請慢走
いっぱい ①⓪	【一杯】名・副（名①；副⓪）一杯，一碗；滿滿的；全部，占滿；極限；許多 ➡ 一杯機嫌（いっぱいきげん）（微醉後興致勃勃）　➡ 一杯食う（いっぱいくう）（受騙）
いっぱん ⓪	【一般】名 整個，普遍；普通，一般 ⇨ 一般的（いっぱんてき）（一般的）　⇨ 一般性（いっぱんせい）（一般性） ⇨ 一般向き（いっぱんむき）（大眾化的）6

いつも 1	【何時も】副・名 經常，無論何時；平常，平日 16
いと 1	【糸】名 線；樂器的弦；釣魚線；線狀物 3 ➡ 糸(いと)を引(ひ)く（在暗地裡操縱）
いとこ 2	【従兄弟・従姉妹】名 堂兄弟（姐妹），表兄弟（姐妹）1
いない 1	【以内】接尾 以內
いなか 0	【田舎】名 鄉下，地方上的；故鄉 1 ⇨ 田舎者(いなかもの)（鄉下人）
いなびかり 3	【稲光】名 閃電
いぬ 2	【犬】名 狗 6　⇨ 子犬(こいぬ)（幼犬）
いのしし 3	【猪】名 野豬，山豬
いのる 2	【祈る】他五（向神佛）祈禱；祝願，希望 3 ⇨ 祈(いの)り（禱告，祈禱）
いま 1	【今】名・副 現在；當前；馬上；方才 16
いま 2	【居間】名 起居室 15
いみ 1	【意味】名・自他サ 意思；動機；含義；意義；意味
いもうと 4	【妹】名 妹妹　⇔ 姉(あね)（姐姐）11
いや 2	【嫌】形動 令人厭煩的 13 ⇨ 嫌(いや)がらせ（故意使人不愉快〔的言行〕） ⇨ 嫌嫌(いやいや)（不情願）　⇨ 嫌(いや)に（非常） ⇨ 嫌(いや)み（挖苦〔話〕；討厭） ⇨ 嫌(いや)らしい（討厭；不正經）
いやがる 3	【嫌がる】自五 討厭，厭惡 2
いらっしゃる 4	自五「来(く)る」（來）、「行(い)く」（去）、「居(い)る」（在）的尊敬語；「～ている」（正在）、「である」（是）的尊敬語
いりぐち 0	【入（り）口】名 入口　⇔ 出口(でぐち) 5 N5
いる 0	【要る】自五 需要，必要 2
いる 0	【居る】自上一（指人、動物等）有，在，居住在 16

いれる ⓪	【入れる】他下一 裝，放入；讓入，讓進；容納；鑲嵌；購進，輸入；添，加；承認，容忍；加入；入校，住院；包含；交錢；投票；想，記住；集中；倒（茶、咖啡等）；聽　⇨ 入れ歯（い ば）（假牙）15
いろ ②	【色】名 色彩；膚色；表情；景象，樣子；種類；戀愛，女色 10 ➡ 色（いろ）をなす（勃然變色） ➡ 十人十色（じゅうにんといろ）（〔諺語〕各有所好）
いろいろ ⓪	【色色】名・副・形動 種種；各種各樣 11 ⇨ いろんな（各種各樣的）
いわ ②	【岩】名 岩石 N3
いん ①	【員】名・接尾 人員，成員；擔任某項業務的人；組成公司或團體的一員 4

歷屆考題

■ おとうとさんの びょうきが なおるように＿＿＿います。

（◆ 1995 - iii - 7）

① あやまって　② こまって　③ みつかって　④ いのって

答案④

解 這 4 個選項用的都是動詞的「て」形。答案以外的選項基本形的漢字形式和意思分別是：① 謝（あやま）る（道歉）；②困（こま）る（為難）；③見（み）つかる（找到）。

譯 祈禱你弟弟的病早日康復。

■ このへやには20人いじょう いると おもいます。（◆ 1997 - Ⅳ - 8）

① このへやには20人しかいないと おもいます。

② このへやには ちょうど20人 いると おもいます。

③ このへやに いるのは20人より おおいと おもいます。

④ このへやに いるのは20人より すくないと おもいます。

答案③

解 選項③中的「20人より多い」與題目中的「20人以上」相對應。

譯（題目）我想這房間裡有20多人。①我想這房間裡只有20人；②我想這房間裡正好有20人；③我想這房間裡的人數超過20人；④我想這房間裡的人數不到20。

■ うちを 出る とき、「＿＿＿。」と いいます。（◆ 2001 - III - 2）

① おはようございます　② いってまいります

③ おかえりなさい　④ ただいま

答案②

解 其他各選項的意思分別是：①「おはようございます」（早安）；③「お帰りなさい」（你回來了）；④「ただいま」（我回來了）。

譯 出門時說：「我走了」。

■ いたす（◆ 2002 - V - 1）

① わたしは らいねん 日本へ いたします。

② ひこうきの よやくは わたしが いたします。

③ 先生は なつやすみに りょこうを いたしますか。

④ もう 少し れんしゅうを いたして ください。

答案②

解「いたす」是「する」的謙讓語形式，只能用於自己的行為。選項①、③、④均為誤用。①可改為「行きます」（去）；③可改為「されますか」（做～嗎？）；④可改為「して」（做）。

譯 ②我來預訂機票。

■ いただく（◆ 2003 - V - 5）

① 子どもから ネクタイを いただきました。

② 父からは とけいを いただきませんでした。

③ 先生に じしょを いただきました。

④ あつい うちに スープを いただいて ください。

答案③

解 「いただく」是「もらう」的謙讓語，表示從身份、地位比自己高的人那裡接受某物。選項①、②、④均為誤用。①可改為「もらいました」；②可改為「もらいませんでした」；④可改為「召(め)し上(あ)がって」(喝)。

譯 ③從老師那裡得到了一本辭典。

■ 1ヶ月(げつ) 50000円(えん)＿＿＿のへやをかりたいです。(◆2005-III-10)

① いか　② いがい　③ いぜん　④ いっぱい

答案①

解 答案以外的選項其漢字形式和意思分別是：②以外(いがい)(以外)；③以前(いぜん)(以前)；④一杯(いっぱい)(滿滿的，充滿)。

譯 我想租一個月5萬日圓以下的房子。

■ わたしは さかなと たまごいがいは 食(た)べられます。(◆1993-IV-3)

① わたしは さかなと たまごしか 食(た)べません。

② わたしは さかなも たまごも 食(た)べません。

③ わたしは さかなも たまごも 食(た)べます。

④ わたしは さかなや たまごなどを 食(た)べます。

答案②

解 選項②中的「不吃魚和雞蛋」與題目中的「魚(さかな)と卵以外(たまごいがい)」(除了魚和雞蛋)相對應。

譯 (題目)除了魚和雞蛋，我其他都敢吃。①我只吃魚和雞蛋；②我不吃魚和雞蛋；③我魚和雞蛋都吃；④我吃魚、雞蛋等。

■ たなかさんは「いただきます。」と いいました。(◇1997-IV-3)

① たなかさんは おきました。

② たなかさんは うちを でます。

③ たなかさんは ごはんを たべます。

④ たなかさんは うちに かえりました。

答案③

解 選項③中的「ご飯(はん)を食(た)べます」(吃飯)與題目中的「いただきます」(我要開動了)相對應。

譯 (題目)田中說:「我要開動了。」①田中起床了;②田中要出門;③田中要吃飯;④田中回家了。

■ よっつ、＿＿＿、むっつ。ぜんぶで むっつ あります。

(◇2001 - III - 6)

① いつつ　② ふたつ　③ みっつ　④ やっつ

答案①

解 答案以外的選項其漢字形式和意思分別是:②二(ふた)つ(兩個);③三(みっ)つ(三個);④八(やっ)つ(八個)。

譯 四個、五個、六個,一共六個。

■ ここでは＿＿＿くにの ひとが はたらいて います。(◇2002 - III - 2)

① いろいろな　② すくない　③ もっと　④ たいへんな

答案①

解 選項②、④的漢字形式和意思分別是:②少(すく)ない(少);④大変(たいへん)な(辛苦的,麻煩的)。選項③意為「更加」。

譯 有來自各個國家的人在這裡工作。

■ ここは でぐちです。いりぐちは あちらです。(◇2003 - IV - 4)

① あちらから でて ください。

② あちらから おりて ください。

③ あちらから はいって ください。

④ あちらから わたってください。

答案③

解 選項③「あちらからはいってください」(請從那邊進)與題目中的「入口(いりぐち)はあちらです」(入口在那邊)相對應。

譯 (題目)這裡是出口,入口在那邊。①請從那邊出去;②請從那邊下去;③請從那邊進去;④請從那邊過。

■ 「この おさらは＿＿＿ですか。」

「500えんです。」（◇ 2007 - Ⅲ - 9）

① いくら　② いくつ　③ どうして　④ どなた

答案①

解 這 4 個選項都是疑問詞。答案以外的選項其意思分別是：②多少個；③為什麼；④哪位。

譯「這個盤子多少錢？」「500日圓。」

う

♫ 010

うえ 0	【上】名・接尾 上面；表面；（程度、地位、等級）高；（年齡）大；（順序）前面；（方面）有關；（狀態）還，而且；～之後；既然～就 15 N5 ➡ 上（うえ）には上（うえ）がある（人外有人）
うえる 0	【植える】他下一 種，植；嵌入；打疫苗 N3 ⇨ 田植（たう）え（插秧）
うかがう 0	【伺う】他五 打聽；聽說；訪問 5
うけつけ 0	【受付】名・他サ 接待處；受理，接受，接待 3
うける 2	【受ける】自・他下一 接受（邀請、要求），承蒙，受到；接住，承接；上課，接受考試；遭到；承認，同意；繼承；受歡迎 1
うごく 2	【動く】自五 動，晃動；轉動，開動；搖晃；活動；（受到影響而）行動；變更，變動 9 ⇨ 動（うご）き（活動；變化；調動） ➡ 動（うご）きが取（と）れない（動彈不得；一籌莫展）
うさぎ 0	【兎】名 兔子 1
うし 0	【牛】名 牛 1

うしろ [0]	【後ろ】名 後面；後背　⇔ 前(まえ) 7 ⇨ 後(うし)ろ楯(だて)（後臺，靠山）　⇨ 後(うし)ろ足(あし)（後腿，後肢） ⇨ 後(うし)ろめたい（心虛；不安）　⇨ 後(うし)ろ姿(すがた)（背影） ⇨ 後(うし)ろ暗(ぐら)い（愧疚）　⇨ 後(うし)ろ手(で)（背著手） ➡ 後(うし)ろを見(み)せる（敗走，示弱）
うしろあし [0] [3]	【後ろ足】名 後腿，後肢 1
うすい [0] [2]	【薄い】形 薄的；（色、味）淡；（濃度、密度）低；缺乏　⇔ 厚(あつ)い（厚的）6
うそ [1]	【嘘】名 謊言；錯誤；不合適，不合時宜 3 ⇨ うそつき（說謊；愛撒謊的人） ➡ うそから出(で)たまこと（弄假成真）
うた [2]	【歌】名 歌，歌曲 13
うたう [0]	【歌う】他五 唱，唱歌；作詩（歌）；鳥兒鳴唱 5
うち [0]	【家】名 房屋；自己的家（庭）6
うち [0]	【内】名 裡面，內；內心；自己所在的組織或團體；在一定的範圍、區域之內；（時間）以內；處於某種狀態之中　⇨ 内訳(うちわけ)（詳細內容）6
うつ [1]	【打つ】他五 打，敲響；敲打；擊（球）；擊（鍵盤）；注射；撒；（圍棋等）下子；令人感動，打動 2 ⇨ 打(う)ち明(あ)ける（說出心裡話） ⇨ 打(う)ちこむ（熱衷於）
うつくしい [4]	【美しい】形 美好的，優美的；高尚的 4
うつす [2]	【写す・映す】他五 謄寫，抄寫；拍照；描寫 5 ⇨ 写(うつ)し（抄本，副本，摹本，臨摹畫）
うつる [2]	【移る】自五 遷移，搬動；（地位等）發生變化；變遷；（話題、興趣發生）變化；傳染；薰染上 2
うつる [2]	【映る】自五 映，照；被拍攝；照相 4
うで [2]	【腕】名 前臂，胳膊；本領，技能；支架，扶手；腕力，力氣　⇨ 腕前(うでまえ)（能力，才幹）　⇨ 腕時計(うでどけい)（手錶） ➡ 腕(うで)を振(ふ)るう（施展本領）2 ➡ 腕(うで)に覚(おぼ)えがある（有信心）

うどん 0	【饂飩】名 烏龍麵；麵條 2
うま 2	【馬】名 馬　➡ 馬が合う（性情相投）1 ➡ 馬の耳に念仏（馬耳東風，對牛彈琴，當作耳邊風）
うまい 2	【旨い】形 美味的；高明，擅長；方便，順利 N4 7 ⇔まずい（難吃；拙劣）　➡ うまくいく（進展順利）
うまれ 0	【生（ま）れ】名 出生，誕生；出生地，籍貫；門第 7
うまれる 0	【生まれる】自下一 出生，誕生；產生，出現 4
うみ 1	【海】名 海 16
うめ 0	【梅】名 梅花，梅樹，梅子　⇨ 梅干（梅乾）
うら 2	【裏】名 裡面；背面；貨幣的背面；衣服等的裡子；鞋底；後面；內幕；幕後；（棒球）下半局 1 ⇔ 表（表面；〔棒球〕上半局） ⇨ 裏側（背面）　⇨ 裏庭（後院）　⇨ 裏門（後門） ⇨ 裏腹（言行不一；正相反） ⇨ 裏道（近道；邪門歪道）
うりあげ 0	【売（り）上げ・売上】名 銷售額
うりば 0	【売（り）場】名 櫃檯，售貨處；出售的好時機 7
うる 0	【売る】他五 賣，出售；沽名，揚名；出賣，背叛；找碴　⇔ 買う 13 ⇨ 売り子（店員，售貨員；〔沿街叫賣的〕小販） ⇨ 売り手（賣家，賣主）　⇔買い手（買家，買主）
うるさい 3	【煩い】形 吵鬧；討厭；煩人；糾纏不休；議論紛紛 7
うれしい 3	【嬉しい】形 高興，快活 6
うわぎ 0	【上着】名 上衣，外衣 2
うわん 1	【右腕】名 右腕　＝みぎうで 1　⇔ 左腕
うん 1	【運】名 運氣，幸運；命運 2 ➡ 運がいい（運氣好）　➡ 運が向く（走運）
うんてん 0	【運転】名・他サ 駕駛；操縱，運轉；周轉 8
うんてんしゅ 3	【運転手】名 司機

うんどう ⓪	【運動】名・自サ 運動　⇔ 静止（せいし）1
うんどうかい ③	【運動会】名 運動會 2

歷屆考題

■ あした 先生（せんせい）の おたくに うかがいます。（◆ 2001 - IV - 1）

① あした 先生（せんせい）の おたくに いらっしゃいます。

② あした 先生（せんせい）の おたくに かえります。

③ あした 先生（せんせい）の おたくに まいります。

④ あした 先生（せんせい）の おたくに みえます。

答案③

解 選項③中的「参（まい）ります」（去）和題中的「伺（うかが）います」（拜訪）相對應。兩者都是謙讓語。

譯（題目）明天將去老師府上拜訪。①明天將親臨老師府上（對自己用了尊敬語，為誤用）；②明天將回到老師府上（不符合常理）；③明天將去老師府上拜訪；④明天將親臨老師府上（對自己用了尊敬語，為誤用）。

■ うまい（◆ 2003 - V - 1）

① わたしの おとうとは すうがくが うまく ありません。

② きょうは はれて、けしきが うまいです。

③ わたしの パソコンは いつも うまいです。

④ わたしは ピアノが うまく ありません。

答案④

解 選項①、②、③為誤用。①可改為「得意（とくい）ではありません」（不擅長）；②可改為「きれい」（漂亮）；③可改為「快調（かいちょう）」（運行良好）。

譯 ④我鋼琴彈得不好。

■ にわに きれいな 花（はな）を＿＿＿。（◆ 2005 - III - 1）

① うえましょう　　② かえましょう

③ きりましょう　　　　　　　④ とりましょう

答案①

解 動詞連用形後接「ましょう」表示勸誘。答案以外的選項其動詞基本形和意思分別是：②変える（改變）；③切る（切，砍）；④取る（拿）或撮る（拍攝）。

譯 在院子裡種上漂亮的花吧。

■ 大きな にもつを はこんで＿＿＿が いたく なった。（◆ 2006 - Ⅲ - 2）

① うで　② のど　③ ひげ　④ みみ

答案①

解 答案以外的選項其漢字形式和意思分別是：②喉（喉嚨）；③髭（鬍鬚）；④耳（耳朵）。

譯 搬運很大的行李，手臂都疼了。

■ じこで あたまを＿＿＿ので、びょういんに はこばれた。

（◆ 2007 - Ⅲ - 2）

① つつんだ　② うった　③ おこした　④ やめた

答案②

解 這 4 個選項都是動詞過去式的常體。「頭を打つ」是「撞頭，頭部遭受碰撞」的意思。答案以外的選項其動詞基本形的漢字和意思分別是：①包む（包裝，包裹；籠罩）；③起こす（扶起；叫醒）；④止める（停止，取消）或辞める（辭職）。

譯 因為在事故中撞到頭，所以被送到醫院去了。

■ いもうとはきょねん＿＿＿。ことしいっさいに なります。

（◇ 1995 - Ⅲ - 9）

① うまれました　② おきました　③ はじまりました　④ つきました

答案①

解 答案以外的選項其動詞基本形和意思分別是：②起きる（起床；發生）；③始まる（開始）；④着く（到達）。

譯 妹妹是去年出生的，今年一歲。

■ このほんは＿＿＿かるいです。（◇2001 - Ⅲ - 5）

① うすくて　② おもくて　③ ふとくて　④ ほそくて

答案①

解 這 4 個選項用的都是形容詞的連用形。答案以外的選項其基本形和意思分別是：②重(おも)い（重的）；③太(ふと)い（胖的）；④細(ほそ)い（細的）。

譯 這本書又薄又輕。

♬ 013

え [1]	【絵】名 繪畫，畫面 [16] ⇨ 絵(え)の具(ぐ)（繪畫顏料，水彩）
えいが [0] [1]	【映画】名 電影　⇨ 映画監督(えいがかんとく)（電影導演）[11] N5
えいがかん [3]	【映画館】名 電影院 [8]
えいご [0]	【英語】名 英語 [4]
ええと [0]	感（一時想不起來而思考時所發出的聲音）嗯，啊，那個 [12]
えがく [2]	【描く】他五 畫，描繪；造型；表現；想像 [4]
えき [1]	【駅】名 車站 [8] ⇨ 駅員(えきいん)（站務員，車站工作人員）
えきまえ [3]	【駅前】名 車站前面 [4]
えだ [0]	【枝】名 樹枝；分支 [2]
えび [0]	【海老・蝦】名 蝦 [1]
えほん [2]	【絵本】名 圖畫書，繪本；童書
えらい [2]	【偉い】形 傑出，卓越；地位（身份）高；（出乎意料地）嚴重、厲害 [1]
えらぶ [2]	【選ぶ】他五 挑選；看中；選拔；選舉 [13]
えん [1]	【円】名 圓（形）；圓周；日圓，～塊錢 [13] N5

えんぴつ ⓪	【鉛筆】名 鉛筆 2
えんりょ ⓪	【遠慮】名・他サ 客氣；謝絕；禮讓，謙虛；遠慮 3 ➡ 遠慮会釈（えんりょえしゃく）（も）なく（毫不客氣地）

歷屆考題

■ どうぞ えんりょなく めしあがって ください。（◆ 1998 - Ⅳ - 2）

① どうぞ たくさん めしあがって ください。

② どうぞ えんりょしながら めしあがって ください。

③ どうぞ ゆっくりめしあがって ください。

④ どうぞ よろこんでめしあがって ください。

答案①

解 選項①中的「たくさん」與題目中的「遠慮（えんりょ）なく」（不要客氣）相對應。

譯（題目）請吃吧，別客氣。①請多吃點；②請邊客氣邊吃（不符合日語表達習慣）；③請慢慢吃；④請高興地吃（不符合日 語表達習慣）。

■ 「この おかしはいくらですか。」

「それは＿＿＿です。」（◇ 1993 - Ⅲ - 2）

① はちじっさつ　② はちじゅうえん

③ はちじっぽん　④ はちじゅうだい

答案②

解 注意日語量詞的用法。日圓為「円（えん）」。數筆、領帶等細而長的物品時用「本（ほん）」；數書本時用「冊（さつ）」；數機械、車輛等時用「台（だい）」。

譯「這點心多少錢？」「八十日圓。」

♬ 014

おいしい ⓪ ③	【美味しい】形 味美，好吃；有魅力 4 ⇔ まずい（難吃）

おい [0]	【甥】名 侄子，外甥　⇔ 姪(めい)（侄女，外甥女）
おいでになる [5]	連語「行(い)く」（去）、「来(く)る」（來）、「いる」（在）的尊敬語 3
おいわい [0]	【お祝い】連語・名 祝賀，慶祝；賀禮 5
おいおい [1]	感 喂喂；（哭泣狀）嗚嗚；（大聲喊）哇哇
おう [1]	【王】名 帝王，君主，國王；首領，大王；（象棋）將，帥　⇨ 王様(おうさま)（國王） ⇨ 王子(おうじ)（王子）　⇨ 王女(おうじょ)（公主）
おう [0]	【追う・逐う】他五 追，追逐；驅趕，轟走，驅逐；追求；按照順序，遵循 N3
おうえん [0]	【応援】名・他サ 支援；聲援，從旁助威 N3
おうじ [1]	【王子】名 王子 2
おうじょ [1]	【王女】名 公主 1
おうべい [0]	【欧米】名 歐美
おお [1]	【大】接頭 大，多；非常，很 ⇨ 大急ぎ(おおいそぎ)（緊急，火急）
おおあめ [3]	【大雨】名 大雨，豪雨 2
おおい [1] [2]	【多い】形 數量多；次數多　⇔ 少(すく)ない 10 N5
おおがた [0]	【大型・大形】名 大型 1
おおきい [3]	【大きい】形 大的，個子高的；數目大；音量大；年長的；成長，長大；（規模等）大；誇大，誇張；顯得了不起，傲慢；胸懷開闊；重大　⇔ 小(ちい)さい 16
おおきめ [0]	【大きめ】名・形動 大一點的 1
おおきな [1]	【大きな】連體 大的 6 ⇔ 小(ちい)さな　➡ 大(おお)きな顔(かお)をする（擺架子；厚著臉皮）
おおぜい [3]	【大勢】名・副 人數多 1
おおかみ [1]	【狼】名 狼；色鬼，流氓 1
おおや [1]	【大家・大宅】名 房東 3
おか [0]	【丘・岡】名 丘陵，山岡，小山

おかあさん ②	【お母さん】名（對母親的尊敬稱呼）媽媽；令堂 13 ⇨ 母(かあ)さん（媽媽）
おかえりなさい ⑥	【お帰りなさい】感（對外出回來的人說的寒暄語）你回來了 2
おかげ ⓪	【御蔭・御陰】名 庇護；托～的福；虧得，怪（某人）6
おかげさまで ⓪	【お陰様で】感 托您的福 2
おかしい ③	【可笑しい】形 可笑的，滑稽的；不正常；可疑的 3
おかわり ②	【御代わり】名 再來一份，再添一碗
おき ⓪	【～置（き）】接尾 每間隔，間隔 2 ⇨ 一週間置(いっしゅうかんお)き（相隔一週）
おきる ②	【起きる】自上一 起床；不睡；離開病床；起身，站起來；發生，產生 11 ➡ 転(ころ)んでもただではおきない（任何時候都想撈一把）
おく ①	【億】名 億
おく ⓪	【置く】自・他五 擺，置；放置；放下，留下，丟下；購入以備 出售；設置；任命，雇用；留客人在家住；寄存，委託；擱筆；保存；隔，間隔；除外；作罷；處於某種狀態；預先做好某種準備動作；繼續保持某種狀態 15 ⇨ 置(お)きかえる（替換，調換）
おくさん ①	【奥さん】名（對別人妻子或是女主人的稱呼）太太，夫人 3 ⇨ 奥様(おくさま)（夫人，尊夫人；（女主人）太太，老太太）
おくじょう ⓪	【屋上】名 屋頂，房頂 2
おくりもの ⓪	【贈り物】名 禮物，禮品，贈品，獻禮 1
おくる ⓪	【送る】他五 郵寄，寄送；派遣；送人，送行；弔唁，送別（死者）；渡過；依次傳遞，移動；送 12 ⇨ 送(おく)り先(さき)（交貨地，送達地點）
おくる ⓪	【贈る】他五 贈送，饋贈；授予，贈給；報以 4
おくれる ⓪	【遅れる】自下一 遲到，趕不上；比預定晚；鐘、錶慢了 ⇨ 遅(おく)れ（晚，落後） N3

平假名 あ か さ た な は ま やゆよ ら～わ 片假名

♬ 016

おげんきで 2	【お元気で】感 請多保重 1
おこさん 0	【お子さん】名（對別人孩子的敬稱）令郎，令嫒，您的孩子 3
おこす 2	【起こす・興す】他五 叫醒；扶起，立起；（思想、感情等）引起，生起；發動；（土地）翻起；生病 3
おこなう 0	【行（な）う】他五 做，辦；實施，舉行 5 ⇨ 行（おこ）（な）い（行為，行動，動作；舉止，品行） ➡ 言（い）うは易（やす）く行（おこな）うは難（かた）し（說起來容易，做起來難）
おこる 2	【怒る】自五 生氣；訓斥，呵斥 6
おじ 0	【叔父】名 伯父，叔父，舅舅，姑丈 1 ⇔ 叔母（おば）（姑姑，嬸嬸，舅媽，姨媽）
おじいさん 2	【お爺さん】名 爺爺，祖父，外祖父 2 ⇔ おばあさん（祖母，奶奶）
おしいれ 0	【押（し）入れ】名 壁櫥 1
おしえる 0	【教える】他下一 教，傳授；告訴，指點 15 ⇨ 教（おし）え（教導，教誨，指教；教義）
おじぎ 0	【御辞儀】名・自サ 敬禮，行禮，鞠躬；客氣 1
おじゃま 0	【御邪魔】名・他サ 打擾；拜訪 3
おじょうさん 2	【お嬢さん】名 令嫒；姑娘；小姐 3
おす 0	【押す・推す・捺す】他五 推，擠；壓，碰；蓋章；強行；壓倒；頂住，不顧 7 ⇨ 推（お）し進（すす）める（推進） ⇨ 押（お）し寄（よ）せる（蜂擁而至） ➡ 押（お）すな押（お）すな（非常擁擠）
おそい 0 2	【遅い】形 速度慢，遲緩；夜深；時間晚，遲 15 ⇔ 早（はや）い
おそろしい 4	【恐ろしい】形 可怕的；驚人的；不可思議的；令人擔心的 N3
おそわる 0	【教わる】他五 受教，跟～學習 1
おだいじに 5	【お大事に】感 請注意身體，請多保重 2
おたく 0	【お宅】名 貴府，府上；您，您那裡 2

おちつく 0	【落（ち）着く】自五 鎮靜，平心靜氣；穩定，安定；坐得穩；有頭緒，有結果；（顏色、衣服等）淡雅 N3 ⇨ 落（ち）着き（沈著，鎮靜，穩重）
おちば 1	【落ち葉】名 落葉；落葉的顏色，枯葉色
おちゃ 0	【お茶】名 茶 6
おちる 2	【落ちる】自上一 落下；崩潰，陷沒；下，降；西沉，下山；脫落，褪色；漏掉；錢被用掉；落榜，落選；程度低；處於某種狀態；為人所有；兌現票據；墮落；追根究底；招供 8 ➡ 腑に落ちない（不能理解，難以理解，不能領會） ➡ 猿も木から落ちる（智者千慮，必有一失） ➡ 目から鱗が落ちる（恍然大悟）
おつかい 0	【お使い】名（被）打發出去（買東西、辦事、傳話）；使者
おっしゃる 3	他五（尊敬語）說，稱呼 4
おっと 0	【夫】名 丈夫　⇔ 妻 2
おつり 0	【御釣（り）】名 找回的錢，零錢 1
おてあげ 0	【御手上げ】名 毫無辦法，沒轍，只好認輸
おてあらい 3	【お手洗い】名 廁所，洗手間；盥洗室 1
おでかけ 0	【御出掛け】名（尊敬語）出去，出門 1
おと 2	【音】名（物體發出的）聲響　⇒ 声 11
おとうさん 2	【お父さん】名 自己的父親，爸爸；令尊，您的父親 ⇔ お母さん 11
おとうと 4	【弟】名 弟弟　⇨ 弟さん（稱呼別人的弟弟） 10
おとこ 3	【男】名 男性，男子漢；大丈夫氣質 15 ⇨ 大男（大個子，彪形大漢）⇨ 男気（俠義） ⇨ 男振り（男人的風采）⇨ 男向き（男用） ⇨ 男らしい（男子氣概）
おとこもの 0	【男物】名 男用物品，男士服裝 1
おとこのこ 3	【男の子】名 男孩；年輕男子 5

♫ 018

おとしもの 0 5	【落し物】名 失物，遺失物品
おとす 2	【落(と) す】他五 投下，扔下；弄掉，除掉；丟失，遺漏；減弱，降低；使陷入不好的狀態；花錢；使落第 6
おととい 3	【一昨日】名 前天 1
おととし 2	【一昨年】名 前年 1
おとな 0	【大人】名 成人　⇒ 成人(せいじん) 2
おどり 0	【踊り】名 舞蹈，跳舞 2
おどる 0	【踊る】自五 跳舞；(用使役被動形式)被操縱；跳躍；搖晃；紊亂　⇨ 踊(おど)り(舞蹈) 5
おどろく 3	【驚く】自五 (對意外、不可思議之事)驚訝，驚歎；驚恐，驚慌，害怕　⇨ 驚(おどろ)き(驚恐，震驚，吃驚)
おなか 0	【お腹】名 肚子，胃腸 7
おなじ 0	【同じ】形動・副 (形動)(性質、種類等)相同；一樣的；相等；(副)(用「同じ～なら」的形式表示)反正
おに 2	【鬼】名 鬼怪，窮凶極惡的人 1 ➡ 鬼(おに)の首(くび)を取(と)ったよう(立了大功)
おねがいします 6	【お願いします】感 請多關照 9
おば 0	【叔母】名 伯母，叔母，阿姨，姑媽 1 ⇨ おばさん(伯母，叔母，阿姨，姑媽〔為尊稱〕)
おばあさん 2	【お祖母さん】名 奶奶，外婆(為尊稱) 4
おはよう 0	感 早安　＝おはようございます 5
おひる 2	【御昼】名 中飯，午飯 7
おふくろ 0	【御袋】名 (成年男子用語)媽媽，母親
おぼえる 3	【覚える】他下一 記憶；學習，掌握；感覺，感到 7 ⇨ 覚(おぼ)え(記憶；體驗；自信；器重；備忘錄)
おまえ 0	【御前】代名 你(多由男性使用，用於同輩或晚輩) 7
おまけ 0	【お負け】名・自サ (作為贈品)另外奉送，白送；附加(的東西)，附帶(的東西)；減價

おまたせしました 6	【お待たせしました】感 讓您久等了 2
おまつり 0	【お祭り】名 祭祀，祭奠；廟會，節日 4
おまわりさん 2	【お巡りさん】名 員警，巡警 1
おみやげ 0	【お土産】名 特產，土產；（贈給人的）禮品，禮物 2
おむつ 2	【御襁褓】名 尿布　＝おしめ
おめでとう 0	感 恭喜，祝賀　＝おめでとうございます 5
おもい 0	【重い】形 重的；沉重的；重要的；（情況、程度等）重大的　⇒重さ（重量）11 ⇨重々しい（沉重；嚴肅） ⇨重苦しい（抑鬱的，沉悶的；笨拙的）
おもいだす 4	【思い出す】他五 想起，想出，記起，憶起 4
おもう 2	【思う】他五 想，思索，思考；推測，預想；感覺，覺得；認為；期望，希望；牽掛，關心；愛慕 15 ⇨思い出す（想起）　⇨思い直す（改變主意） ⇨思い残す（牽掛）　⇨思いのほか（沒想到） ⇨思いやり（體諒）
おもしろい 4	【面白い】形 有趣的；可笑的；（用否定形式表示）情況不妙 N5 12
おもちゃ 2	【玩具】名 玩具；玩物
おもて 3	【表】名 正面；家的正面；戶外；表面；棒球比賽的上半局 ⇨表書き（在封面上寫）　⇨表沙汰（公開化） ⇨表通り（大街）　⇨表向き（正式；表面上）
おや 2	【親】名 父母；祖先；（動植物的）主體；莊家；中心機構 ⇨親会社（總公司）　⇨親孝行（孝順父母） ⇨親心（父母心）　⇨親兄弟（父母兄弟姐妹）
おやこ 1	【親子】名 父母和子女；總的和分的；大和小的東西 1 ⇨親子株（新舊股）
おやじ 0 1	【親父】名 自己的父親；（中年以上男子）老頭

おやゆび ⓪	【親指】名 大拇指
おやつ ②	【御八つ】名（下午給兒童的）零食，點心 3
およぐ ②	【泳ぐ】自五 游泳；踉蹌，栽倒；穿過；處世 7 ⇨ 泳（およ）ぎ（游泳）
おれい ⓪	【御礼】名 感謝，謝意；回禮，答禮 1
おりる ②	【降りる】自上一（從交通工具中）下來；退位；棄權；降霜等 N3
おりる ②	【下りる】自上一 降下，降落；批准，發下來；退出；鎖上 5
おる ①	【居る】自五・補助（謙讓語）（人）在，有；居住，停留；生活，生存；正在～ 6
おる ①	【折る】他五 折；折斷；彎曲 6 ⇨ 折（お）り畳（たた）み（折疊）
おれ ⓪	【俺】代名（男性第一人稱，略為粗魯）我 4
おれい ⓪	【御礼】名 感謝，謝意；回禮，答禮；謝禮，報酬 2
おれる ②	【折れる】自下一 折，斷；拐彎，轉彎；折疊；讓步，屈服 1
おわり ⓪	【終わり】名 終了，結束 2
おわる ⓪	【終わる】自・他五 結束，完畢 16 ⇔ 始（はじ）まる　⇔ 始（はじ）める
おん ①	【恩】名 恩，恩惠，恩情，恩德，好處 1 ⇨ 御恩（ごおん）（〔尊敬語〕您的恩情，大恩）
おんがく ①	【音楽】名 音樂 6
おんしつ ⓪	【温室】名 溫室 1
おんせん ⓪	【温泉】名 溫泉 4
おんど ①	【温度】名 溫度 6
おんな ③	【女】名 女性；情婦；女傭人⇔ 男（おとこ） 16 ⇨ 女物（おんなもの）（婦女用的東西，婦女用品）
おんなのこ ③	【女の子】名 女孩；年輕姑娘 9 ⇔ 男（おとこ）の子（こ）

歷屆考題

■ へやには ひとが＿＿＿いてあついです。（◆ 2001 - III - 1）

① とても　② おおきく　③ おおぜい　④ たいへん

答案③

解 答案以外的選項其漢字形式和意思分別是：①とても（很）；②大(おお)きい（大的）；④大変(たいへん)（非常）。

譯 房間裡人多，很熱。

■「わたしが そうじを しましょうか。」

「ええ。＿＿＿。」（◆ 2002 - III - 7）

① おねがいします　② いただきます

③ しつれいします　④ どういたしまして

答案①

解 這 4 個選項都是日常寒暄語。答案以外的選項其意思分別是：②我開動了；③打擾了；告辭了，再見；④不客氣。

譯「我來打掃吧。」「好的，拜託了。」

■ あの ひとは おばです。（◇ 1994 - IV - 3）

① あの ひとは あにの ちちです。② あの ひとは ちちの あにです。

③ あの ひとは あねの ははです。④ あの ひとは ははの あねです。

答案④

解 選項④中的「母(はは)の姉(あね)」（媽媽的姐姐）與題目中的「おば」（阿姨）相對應。

譯（題目）那人是我阿姨。①那人是哥哥的父親；②那人是父親的哥哥；③那人是姐姐的媽媽；④那人是媽媽的姐姐。

■ せんしゅう、＿＿＿えいがを みました。（◇ 2003 - III - 1）

① おいしい　② すずしい　③ いそがしい　④ おもしろい

答案④

解 這 4 個選項都是形容詞。答案以外的選項其漢字形式和意思分別是：①美味しい（好吃）；②涼しい（涼快）；③忙しい（忙碌）。

譯 上週看了有趣的電影。

■ このじしょはあつくて＿＿＿です。（◇ 2004 - III - 10）

① おもい　② からい　③ すくない　④ すずしい

答案①

解 這 4 個選項都是形容詞。答案以外的選項其漢字形式和意思分別是：②辛い（辣）；③少ない（少）；④涼しい（涼快）。

譯 這本字典又厚又重。

■ わたしはいつも 10 じにねて 5 じに＿＿＿。（◇ 2005 - III - 2）

① あきます　② おきます　③ はきます　④ ひきます

答案②

解 這 4 個選項用的都是動詞的「ます」形。答案以外的選項其動詞基本形和意思分別是：①飽きる（厭倦，膩煩）或開く（開，開放）；③履く（穿〔鞋、褲子等〕）或穿く（〔穿〕褲子、裙子）；④引く（拉）或弾く（彈，彈奏）。

譯 我總是 10 點睡覺，5 點起床。

■ あたらしいことばを＿＿＿。（◇ 2006 - III - 5）

① もちます　② なります　③ おぼえます　④ つとめます

答案③

解 這 4 個選項用的都是動詞的「ます」形。答案以外的選項其基本形和意思分別是：①持つ（拿著，持有）；②成る（成為）；④勤める（工作）。

譯 記新單字。

■ 子どもが＿＿＿をこわしてしまった。（◇ 2007 - III - 3）

① ぐあい　② やくそく　③ おもちゃ　④ ぶどう

答案③

解 這 4 個選項中只有③可以和「壊す」這個動詞連用。答案以外的選項其漢字形式和意思分別是：①具合（狀態，情況）；②約束（約定）；④葡萄（葡萄）。

譯 孩子把玩具弄壞了。

■ ＿＿＿の なつも きょねんの なつも とても あつかったです。
（◇ 1997 - III - 3）

① おととい ② おととし ③ まいねん ④ らいねん

答案②

解 答案以外的選項其漢字形式和意思分別是：①一昨日（前天）；③毎年（每年）；④来年（明年）。

譯 前年跟去年的夏天都很熱。

■ ひらがなはぜんぶ＿＿＿が、かたかなはまだです。（◇ 1998 - III - 7）

① しりました ② よびました ③ おぼえました ④ ちがいました

答案③

解 這 4 個選項用的都是動詞的過去式。答案以外的選項其基本形和意思分別是：①知る（知道）；②呼ぶ（稱呼）；④違う（錯誤）。

譯 平假名全部記住了，但片假名還沒有。

■ 「とうきょうまでの きっぷは いくらですか。」（◇ 2003 - III - 9）
「＿＿＿は、200えんで、こどもは100えんです。」

① おとこ ② おとな ③ おんな ④ おとうと

答案②

解 答案以外的選項其漢字形式和意思分別是：①男（男人）；③女（女人）；④弟（弟弟）。

譯 「到東京的票多少錢？」「大人是200日圓，小孩是100日圓。」

■ おととし りょこうしました。（◇ 2004 - IV - 3）

① りょこうは にねんまえです。 ② りょうこうは ふつかまえです。
③ りょこうは いちにちまえです。④ りょこうは いちねんまえです。

答案①

解 「二年前（にねんまえ）」與「一昨年（おととし）」相對應。

譯（題目）前年去旅行了。①旅行是在兩年前；②旅行是在兩天前；③旅行是在一天前；④旅行是在一年前。

■ きむらさんの おばさんは あの ひとです。（◇ 2006 - IV - 2）

① きむらさんの おかあさんの おかあさんは あの ひとです。

② きむらさんの おかあさんの おとうさんは あの ひとです。

③ きむらさんの おかあさんの いもうとさんは あの ひとです。

④ きむらさんの おかあさんの おとうとさんは あの ひとです。

答案③

解 選項③中的「母（かあ）さんの 妹（いもうと）」（媽媽的妹妹）與「おばさん」相對應。

譯（題目）那人是木村的姨媽。①那人是木村的母親的母親；②那人是木村的母親的父親；③那人是木村的母親的妹妹；④那人是木村的母親的弟弟。

♫ 021

か 0	【化】名・接尾 ～化 5
か 1	【可】名 可，可以；可，及格 5
か	【家】接尾（職業）～家，做～的；～家，愛～的人，很有～的人；（學術派別）～家 3 ⇨ 画家（がか）（畫家） ⇨ 音楽家（おんがくか）（音樂家）
か 1	【科】名・接尾（大學的）專業，科系；（醫院）科；（生物分類的）科 2
か	【歌】造語 歌唱；短歌 3 ⇨ 歌詞（かし）（歌詞） ⇨ 短歌（たんか）（短歌）
かい 1	【回】名 次，回 8
かい 1	【会】名・接尾 會，會議，集會；會見 3 ⇨ 会費（かいひ）（會費）

かい ①	【貝】名 貝類 2
かい ①	【階】名・接尾 層，樓 6
がい ①	【害】名 害，害處 2
かいがん ⓪	【海岸】名 海岸　⇨ 海岸線〔かいがんせん〕(海岸線)
かいぎ ①③	【会議】名 會議　⇨ 会議室〔かいぎしつ〕(會議室) 7
がいこく ⓪	【外国】名 外國　⇨ 外国人〔がいこくじん〕(外國人) 10
かいしゃ ⓪	【会社】名 公司 14
かいじょう ⓪	【会場】名 會場 4
かいだん ⓪	【階段】名 樓梯 4
かいちょう ⓪	【会長】名 會長 2
かいもの ⓪	【買い物】名・自サ 買東西，買的東西；買得合算的東西 12
かいわ ⓪	【会話】名・自サ 會話 10
かう ⓪	【買う】他五 買；招，招致，惹起；主動承擔；高度評價，賞識 16
かえす ①	【返す】他五 歸還；回報，回敬；報仇；回禮 7
かえり ③	【帰り】名 歸，回去，歸途 8
かえる ①	【帰る】自五 回來(去)；歸去 16
かえる ⓪	【変える】他下一 改變；移到別的地方 6
かお ⓪	【顔】名 臉，表情 7 ⇨ 顔色〔かおいろ〕(臉色，神色)
かかく ⓪①	【価格】名 價格，價錢　⇨ 低価格〔ていかかく〕(低價) N3
かがく ①	【科学】名 科學　⇨ 人文科学〔じんぶんかがく〕(人文科學) 1
かかと ⓪	【踵】名 腳後跟，鞋後跟 1
かがみ ③	【鏡】名 鏡子 3
かかり ①	【係】名 擔任者，主管人員；(公司的單位)股 1 ⇨ 係員〔かかりいん〕(擔任～的人員，辦事員)

022

かかる 2	【掛かる】自五 花費（時間、金錢）；懸，垂，吊；放在火上；降臨，落到（身上）；鎖著；放在上面；掛住，陷入；設置；靠著；發動；攻擊；到達某處；接受；委任，給人以；打（電話）；被會議等討論，受理；留在心裡；接受照料、看顧等；擁有保險之類的契約；上繳稅金等；著手；一開始就認定；捆綁著；覆蓋在～上；濺上，澆上，淋上 10
かぎ 2	【鍵】名 鑰匙；線索，關鍵 9 ⇨ 鍵穴（かぎあな）（鑰匙孔）
かきかた 3	【書（き）方】名 寫法 2
かきなおす 4	【書（き）直す】他五 重寫；改寫 1
かく 1	【書く】他五 寫，畫；寫文章 14
かぐ 1	【家具】名 傢俱 2
がく 0 1	【学】名・造語 學問；學習；學校 ⇨ 学費（がくひ）（學費） ⇨ 学力（がくりょく）（學力） ⇨ 学歴（がくれき）（學歷）
がくせい 0	【学生】名 學生 12 ⇨ 小学生（しょうがくせい）（小學生） ⇨ 中学生（ちゅうがくせい）（中學生） ⇨ 高校生（こうこうせい）（高中生） ⇨ 大学生（だいがくせい）（大學生）
がくぶ 0 1	【学部】名・接尾 ～院，系
がくねん 0	【学年】名 學年 1
かげ 1	【影】名 影子；形跡 1 ➡ 影（かげ）も形（かたち）もない（無影無蹤）
かけざん 2	【掛（け）算】名 乘法 ⇔ 割算（わりざん）（除法） ⇨ 引（ひ）き算（ざん）（減法） ⇨ 足（た）し算（ざん）（加法）
かげつ	【か月】接尾 ～個月 3
かけはし 2	【架け橋】名（喻）橋樑作用；棧道，浮橋，吊橋；梯子
かける 2	【掛ける】他下一 懸，掛；佩戴；覆蓋；輕輕握住，搭著等；澆灑；鎖上，扣上；設置；開動，使運轉；坐；設計使陷入圈套；打招呼；作用到；花費；加入保險；徵收；乘法 ➡ 電話（でんわ）をかける（打電話） 8
かさ 1	【傘】名 傘 8

♬ 023

かざり 0	【飾り】名 裝飾，裝飾品；擺設；表面華麗 1
かざる 0	【飾る】他五 裝飾；陳列；登載；修飾文章 3 ⇨ 飾り物（かざりもの）（裝飾品，擺設）
かし 1	【菓子】名 點心，糕點，糖果 15 ⇨ 和菓子（わがし）（日式點心） ⇨ 洋菓子（ようがし）（西式點心）
かじ 1	【火事】名 火災；失火，走火 1
かじ 1	【家事】名 家事，家務；家庭內發生的事情 2 ⇒ 家政（かせい）
かしこまる 4	【畏まる】自五（謙讓語）知道了，遵命；恭敬；正坐 6
かしら 1	助 是否；不知能否 6
かし 0	【貸し】名 借出，出租；借出的錢，債權；貸方 ⇨ 貸し金（かしきん）（貸款）
かす 0	【貸す】他五 借出；貸（出）款項；出租；幫助，出力 ⇨ 貸し間（かしま）（出租的房間） ⇨ 貸し家（かしや）（出租的房屋）13
かぜ 0	【風】名 風；架子，派頭 5 ➡ 風の便り（かぜのたより）（風聞）
かぜ 0	【風邪】名 感冒 ⇨ 風邪薬（かぜぐすり）（感冒藥）5 ➡ 風邪をひく（かぜをひく）（感冒）
かぞく 1	【家族】名 家人；家族 11
かた 1	【肩】名 肩膀；衣服的肩部；器物的上方 1 ➡ 肩を並べる（かたをならべる）（勢均力敵） ➡ 肩を持つ（かたをもつ）（支援，袒護） ➡ 肩で風を切る（かたでかぜをきる）（大模大樣）
かた 2	【方】名・接尾（敬稱）人；方法；方位 15 ⇨ やり方（やりかた）（做法） ⇨ ～方（かた）（～某一方；～人）
かた	【片】造語（一對中的）一個，一方 2 ⇨ 片足（かたあし）（一隻腳，一條腿） ⇨ 片思い（かたおもい）（單相思）
かた 2	【形・型】名 模型，模子；型，號，樣式；典型；形式，派；慣例，老規矩，老方式；擔保 4
かたい 0	【難い】形 難 1
かたい 0	【固い】形 堅硬的；（嘴）緊的；堅定的；頑固的

かたい [0]	【硬い】形 堅硬的；僵，硬；生澀的，生硬的；表情僵硬 1
かたい [0]	【堅い】形 堅實的；可以信賴的；嚴肅的
がたい	【難い】接尾（接在動詞連用形之後）難以～，做不到 ⇨ 理解し難い（難以理解）
かたかな [3]	【片仮名】名 片假名 1
かたがた [2]	【方々】名 各位，諸位；您們 2
かたち [0]	【形】名 形狀，形態，形式；態度 7
かたづける [4]	【片付ける】他下一 收拾；解決；嫁出去；除去妨礙者 5
かちょう [0]	【課長】名 課長 2
かつ [1]	【勝つ】自五 得勝；勝過，超過 1 ⇔ 負ける ⇨ 勝ち（勝，贏）
がつ	【月】接尾 ～月份
かっこいい [4]	形 真棒，真帥 1
かっこう [0]	【格好】名・形動・接尾 樣子，外形；姿態，姿勢；打扮，裝束；正好，合適 ⇨ 格好良い（帥氣，瀟灑）2 ➡ 格好が悪い（難為情；不好意思） ➡ 格好が付く（像樣子，像回事） ➡ 格好を付ける（裝體面）
がっこう [0]	【学校】名 學校 N5 13 ⇨ 小学校（小學） ⇨ 中学校（中學）
かっこく [1] [0]	【各国】名 各國 1
かてい [0]	【家庭】名 家庭 1
かでん [0]	【家電】名 家電，家庭用電器 1
かど [1]	【角】名 角；拐角；稜角 2
かな [0]	【仮名】名 假名，日本字母 ⇨ 仮名遣い（假名用法，假名拼寫法）
かない [1]	【家内】名（謙讓語）內人，妻子；家中 3
かなしい [0]	【悲しい・哀しい】形 悲傷的，可悲的 3

かなしみ 0 3	【悲しみ・哀しみ】名 悲哀，悲傷；憂愁，悲愁，悲痛 3
かならず 0	【必ず】副 一定 8
かなり 1	副・形動 相當，頗為 1
かね 0	【金】名 錢；（金、銀、銅、鐵等）金屬 12
かね 0	【鐘】名 吊鐘；鐘聲
かねもち 3	【金持（ち）】名 有錢人，富人，財主　＝お金(かね)持(も)ち
かのじょ 1	【彼女】名（第三人稱）她；女朋友，對象，情婦 1
かばん 0	【鞄】名 包　⇨ かばん持(も)ち（隨從）9
かぶき 0	【歌舞伎】名 歌舞伎 1
かびん 0	【花瓶】名 花瓶 3
かぶる 2	【被る】他五 戴，蓋，蒙；澆；蒙受；承擔；終場；曝光過度 3
かべ 0	【壁】名 牆；障礙，障礙物　⇨ 壁紙(かべがみ)（壁紙）2 ➡ 壁(かべ)に耳(みみ)あり（隔牆有耳）
かまいません 4	感 沒關係，不要緊 7
かまう 2	自五 理睬，干預；照顧，照料 4
かみ 1	【神】名 神，上帝 1 ⇨ 神様(かみさま)（神；具有非凡能力的人）
かみ 2	【紙】名 紙；（猜拳）划拳時的布 8
かみ 2	【髪】名 頭髮 6 ⇨ 髪(かみ)の毛(け)（頭髮）　⇨ 髪型(かみがた)（髮型，梳髮的樣式）
かみそり 3 4	【剃刀】名 剃刀，刮鬍刀，剃頭刀；頭腦聰明，敏銳
かみなり 3 4	【雷】名 雷　⇔ 稲妻(いなずま)（閃電；飛快）
かむ 1	【噛む】他五 咬；嚼，咀嚼；有關係的；齒輪咬合；簡易地說；（水）猛烈拍岸、沖刷　⇨ 噛(か)み合(あ)う（咬合） ➡ 噛んで吐(は)き出(だ)すように言(い)う（惡言惡語地說）
かゆ 0	【粥】名 粥　⇨ お粥(かゆ)

かよう 0	【通う】自五 上班，上學；交通工具往來；通往；心意相通；相似，相通 2
かようび 2	【火曜日】名 星期二　＝火曜（かよう）（星期二）4
からい 2	【辛い】形 辣的；鹹的；嚴格的；嚴酷的 6 ⇨ 辛口（からくち）（辛辣；辛烈）
からす 1	【烏・鴉】名 烏鴉 1
からだ 0	【体】名 身體；身體狀況 12
からて 0	【空手】名 空手道；赤手空拳 1
かりる 0	【借りる】他上一（向別人）借錢、東西等；借助 11
かるい 0	【軽い】形 輕的；輕快的；輕微的；輕鬆的；清淡的，少量的；容易的；輕率的　⇔ 重い（おもい）5
かれ 1	【彼】名・代名（第三人稱）他；彼；男朋友 ⇔ 彼女（かのじょ）（她）5
かれら 1	【彼ら】名 他們，她們，它們 1
かわ 2	【川・河】名 河，河流 7
がわ 2	【側】名・接尾（名）一側，一方；方面；周圍，旁邊；（接尾）側，～方面，～邊　⇨ 両側（りょうがわ）2
かわいい 3	【可愛い】形 可愛的；討人喜歡的；小巧的 7 ➡ かわいい子（こ）には旅（たび）をさせよ（要讓孩子去經歷見世面）
かわいそう 4	【可哀相】形動 可憐的 3
かわく 2	【乾く】自五 乾，乾燥，乾涸 2 N4
かわく 2	【渇く】自五 渴，乾渴；渴望　➡ のどが渇（かわ）く（口渴）
かわり 0	【代わり】名 代替，代理；補償，報答 6
かわる 0	【代わる】自五 代替，取代 3
かわる 0	【変（わ）る】自五 變化；變更，轉移；區別；特殊 ⇨ 変（か）（わ）り（變化，不同）6 ⇨ 変（か）（わ）り目（め）（轉捩點）　⇨ 変（か）（わ）り者（もの）（怪人）

かん ①	【缶】名(金屬)筒，罐，罐頭 ⇨ 空き缶(空罐子) ⇨ 缶詰め（罐頭；〔被〕關在～裡〔出不來〕）
かん ①	【館】名・造語 大型建築物；邸宅，公館 10 ⇨ 館内(館內) ⇨ 館長(館長)
かん ①	【観】名・造語 觀感，印象；景象，樣子；觀看；觀點，看法 8
がん ①	【癌】名 癌症 4
かんがえ ③	【考え】名 思考，考慮；想法，意見；觀念，念頭；心思，意圖；想像，期待；決心，打算 ⇨ 考え方(想法，看法，見解，觀點)
かんがえる ④③	【考える】他下一 思考；深思熟慮；考慮；反省；精神準備，早做準備；決心；預見；想像；設法 15 ⇨ 考え込む（沉思） ⇨ 考え出す（想出）
かんけい ⓪	【関係】名 關係，有關；性關係 ⇨ 無関係(無關)
かんこう ⓪	【観光】名・他サ 觀光，遊覽 3
かんごし ③	【看護師】名(男、女)護士 4 ⇨ 看護(看護照顧)
かんさい ①⓪	【関西】名 關西(京都、大阪一帶) 2
かんじ ⓪	【感じ】名 感覺，知覺；心情，情感；印象；意境 N3
かんじ ⓪	【漢字】名 漢字 13
がんじつ ⓪	【元日】名 元旦
かんじゃ ⓪	【患者】名 病人，患者 1
かんづめ ③④	【缶詰】名 罐頭 2
かんとう ①	【関東】名 關東(東京一帶)
かんたん ⓪	【簡単】形動 簡單；簡短 5
がんばる ③	【頑張る】自五 努力，全力以赴；固持己見 8

歷屆考題

■ かしこまりました（◆ 2001 - V - 1）

① A「こうちゃを 二つ、おねがいします。」

B「はい、かしこまりました。」

② A「あついので、まどを あけても いいですか。」

B「はい、かしこまりました。」

③ A「先生、もう いちど いって ください。」

B「はい、かしこまりました。」

④ A「こたえが わかりましたか。」

B「はい、かしこまりました。」

答案①

解 「かしこまりました」表示恭敬地接受命令或吩咐，是下屬對上司或是服務業用語。選項②與問句不符，③、④誤用謙讓語，只有①的用法正確。

譯 我知道了。

①A：「麻煩來兩杯紅茶。」B：「我知道了。」

②A：「太熱了，可以開窗嗎？」B：「我知道了。」

③A：「老師，請再講一遍。」B：「我知道了。」

④A：「這個答案理解了嗎？」B：「我知道了。」

■ 社長（しゃちょう）の かわりに 田中（たなか）さんが パーティーに でました。

（◆ 2002 - IV - 5）

① 社長（しゃちょう）は パーティーに でました。

② 社長（しゃちょう）は パーティーに でませんでした。

③ 社長（しゃちょう）も 田中（たなか）さんも パーティーに でました。

④ 社長（しゃちょう）も 田中（たなか）さんも パーティーに でませんでした。

答案②

解 選項②中的「總經理沒有出席」與題目中「田中代替總經理出席」相對應。

譯 （題目）田中代替總經理出席了晚會。①總經理出席了晚會；②總經理沒有出席晚會；③總經理和田中都出席了晚會；④總 經理和田中都沒有出席晚會。

■ じぶんの かおを＿＿＿で見(み)ました。（◆ 2003 - III - 10）

① ふとん　② たたみ　③ かがみ　④ すいどう

答案③

解 答案以外的選項其漢字形式和意思分別是：①「布団(ふとん)」（被子）；②「畳(たたみ)」（榻榻米）；④「水道(すいどう)」（自來水）。

譯 用鏡子看自己的臉。

■ このにくはかたいので、よく＿＿＿食(た)べてください。

（◆ 2004 - III - 4）

① かんで　② こんで　③ のんで　④ やんで

答案①

解 這 4 個選項都是動詞的「て」形。答案以外的選項其動詞基本形和意思分別是：②込(こ)む（擁擠）；③飲(の)む（喝）；④止(や)む（停止）。

譯 這肉很硬，請多咀嚼後再吃。

■ パーディーの＿＿＿はこのビルの 5 かいです。（◆ 2005 - III - 5）

① かいがん　② こうどう　③ かいじょう　④ こうじょう

答案③

解 答案以外的選項其漢字形式和意思分別是：①「海岸(かいがん)」（海岸）；②「行動(こうどう)」（行動）或「講堂(こうどう)」（講堂）；④「工場(こうじょう)」（工廠）。

譯 晚會的會場在這棟樓的 5 樓。

■ きのうの しゅくだいは かんたんでした。（◆ 2006 - IV - 5）

① きのうの しゅくだいは たいへんでした。

② きのうの しゅくだいは ふくざつでした。

③ きのうの しゅくだいは やさしかったです。

④ きのうの しゅくだいは むずかしかったです。

答案③

解 選項③中的「易(やさ)しい」（容易）與題目中的「簡単(かんたん)」相對應。

譯 （題目）昨天的作業很簡單。①昨天的作業真麻煩；②昨天的作業很複雜；③昨天的作業很容易；④昨天的作業很難。

■ すずきさんは かならず 来(く)ると 思(おも)います。（◆ 2007 - Ⅳ - 1）

① すずきさんは きっと 来(き)ます。

② すずきさんは たまに 来(き)ます。

③ すずきさんは まっすぐ来(き)ます。

④ すずきさんは ゆっくり 来(き)ます。

答案①

解 選項①中「きっと」（一定）與題目中的「かならず」（必定）相對應。

譯（題目）我想鈴木必定會來。①鈴木一定會來；②鈴木偶爾來；③鈴木直接走過來；④鈴木慢慢走過來。

■ くるまで うちから びょういんまで20ぷん＿＿＿。（◇ 1996 - Ⅲ - 4）

① かけます　② かかります　③ いります　④ います

答案②

解「20分(ぷん)掛(か)かる」是「要花費20分鐘」的意思。①「掛(か)ける」是「掛(か)かる」的他動詞，必須帶受詞，如「時間(じかん)を掛(か)ける」（花時間)；③「要(い)る」表示需要，一般不接具體時間，如「時間(じかん)が要(い)る」(需要時間)；④「いる」意為「存在」。

譯 從我家到醫院開車需要20分鐘。

■ わたしの＿＿＿は ははと あにと わたしの さんにんです。

（◇ 1997 - Ⅲ - 7）

① かない　② かぞく　③ きょうだい　④ りょうしん

答案②

解 答案以外的選項其漢字形式和意思分別是：①家内(かない)（妻子)；③兄弟(きょうだい)(兄弟姐妹)；④両親(りょうしん)(父母)。

譯 我家就媽媽、哥哥和我共三個人。

■ やまださんは「かない と いっしょに いきました。」と いいました。

（◇ 1992 - Ⅳ - 5）

① やまださんは おかあさんと いっしょに いきました。

② やまださんは おねえさんと いっしょに いきました。

③ やまださんは おくさんと いっしょに いきました。

④ やまださんは おばさんと いっしょに いきました。

答案③

解 選項③中的「奥さん」（太太）與題目的「家内」（內人）相對應。

譯 （題目）山田先生說：「和內人一起去。」①山田先生和他媽媽一起去；②山田先生和他姐姐一起去；③山田先生和他夫人一起去；④山田先生和他阿姨一起去。

■ この りょうりは______です。（◇ 2003 - Ⅲ - 5）

① からい　② くらい　③ さむい　④ みじかい

答案①

解 ②暗い（昏暗的，黑暗的）；③寒い（寒冷的）；④短い（短的）。

譯 這道菜是辣的。

■ たなかさんは きいろい ぼうしを______います。（◇ 2007 - Ⅲ - 5）

① はいて　② きて　③ かぶって　④ かかって

答案③

解 「帽子を被る」是一個固定搭配，意思是「戴帽子」。這 4 個選項都是動詞的「て」形，答案以外的選項其動詞基本形的漢字和意思分別是：①穿く、履く（穿 < 褲子、裙或鞋、襪等 >）；②着る（穿 < 衣服 >）；④掛かる（掛；懸，垂；花費）。

譯 田中戴著黃色的帽子。

■ 「今、ファックスをおくってもいいですか。」（◆ 2004 - Ⅲ - 1）

「ええ。＿＿＿。」

① おだいじに　② こちらこそ　③ かまいません　④ しつれいします

答案③

解 選項①、④的漢字形式和意思分別是：①お大事に（請多保重）；④失礼します（打擾了，告辭了，再見）。選項②意為「哪裡哪裡，彼此彼此」。

譯 「現在可以傳真嗎？」「嗯，可以。」

■ ＿＿＿を ひいて、あたまが いたいです。（◇ 2003 - Ⅲ - 2）

① びょうき　② くち　③ かぜ　④ おなか

答案③

解 「風邪を引く」是「感冒」的意思。答案以外的選項其漢字形式和意思分別是：①病気（病，生病）；②口（嘴）；④お腹（肚子）。

譯 感冒了，頭疼。

■ つぎの＿＿＿を まがって ください。（◇ 2006 - Ⅲ - 8）

① よこ　② かど　③ となり　④ むこう

答案②

解 「～を曲がる」表示在某處拐彎，「を」前面是拐彎的地點，這 4 個選項中只有「角」可以和「曲がる」連用。其他幾個選項的漢字形式和意思分別是：①横（旁邊）；③ 隣（隔壁，鄰居）；④向こう（對面）。

譯 請在下一個拐角處轉彎。

028

き 1	【木】名 樹，木材 8 ➡ 木(き)に縁(よ)りて魚(うお)を求(もと)む（緣木求魚） ➡ 木(き)を見(み)て森(もり)を見(み)ず（見樹不林）
き 0	【気】名 空氣；氣氛；風味，味道；意志；心情；意識 ➡ 気(き)に入(い)る（喜歡；稱心，如意）6 ➡ 気(き)を付(つ)ける（注意，小心，留神，警惕）
き 1	【期】名・接尾 時期，時機，季節；一段時間；屆 ⇨ 期間(きかん)（期間） ⇨ 少年期(しょうねんき)（少年期）
き 1	【機】名・造語 機會，時機；機器 ⇨ 機会(きかい)（機會） ⇨ 飛行機(ひこうき)（飛機）
きいろ 0	【黄色】名 黃色 ⇒ イエロー 2 ⇨ 黄色(きいろ)い（黃色的）
きいろい 0	【黄色い】形 黃顏色的 5
きえる 0	【消える】自下一 火熄滅，光消失等；消失；雪融化；感情、記憶等消失 1
きかい 2	【機会】名 機會 ⇒ チャンス ⇒ 好機(こうき) ⇒ 時機(じき) 2
きかい 2	【機械】名 機械 4
きく 0	【聞く・聴く】他五 聽；聽說；聽從；問，詢問 15 ⇨ 聞(き)き上手(じょうず)（善於聽別人講話〔的人〕） ⇨ 聞（き）手(て)（聽眾，聽者） ➡ 風(かぜ)の便(たよ)りに聞(き)く（風聞） ➡ 聞(き)いて極楽(ごくらく)見(み)て地獄(じごく)（耳聞是虛，眼見是實）
きけん 0	【危険】名・形動 危險 ⇔ 安全(あんぜん) 2 N4
きこえる 0	【聞こえる】自下一 聽得見；聽起來似乎是～；有名；理解，同意 9
きしゃ 2	【汽車】名 蒸氣火車
ぎじゅつ 1	【技術】名 技術，工藝 2
きせつ 2 1	【季節】名 季節 2
きそく 1 2	【規則】名 規則 ⇨ 不規則(ふきそく)（不規則，無規律）2

きた 2	【北】名 北，北方，北面　⇔ 南(みなみ) 3 ⇨ 北口(きたぐち)（北邊出口）
きたない 3	【汚い】形 骯髒，不衛生；卑鄙，卑劣；不整齊，雜亂無章；猥褻，下流；吝嗇，小氣 6
きっさてん 3 0	【喫茶店】名 茶館，咖啡館 7 ⇨ 喫茶(きっさ)（喝茶）
きって 0	【切手】名 郵票 3
きっと 0 1	副 一定，毫無疑問地；嚴厲地，嚴肅地 9
きっぷ 0	【切符】名 票，券 2
きぬ 1	【絹】名 絲綢，蠶絲，絲織品 ➡ 絹(きぬ)を裂(さ)くような声(こえ)（絲裂般的尖叫）
きねん 0	【記念】名 紀念　⇨ 記念日(きねんび)　⇨ 記念品(きねんひん)
きのう 2	【昨日】名 昨天；不久以前，過去 16 ⇔ あす　⇔ あした
きびしい 3	【厳しい】形 嚴格的，嚴酷的；厲重的，厲害的；嚴峻的，殘酷的 ◆ 6
きぶん 1	【気分】名 心情，情緒；身體狀況；氣氛 N3 ⇨ 気分屋(きぶんや)（喜怒無常的人） ⇨ 気分転換(きぶんてんかん)（換換心情）
きまる 0	【決まる】自五 決定；當然，必定 4
きみ 0	【君】名 用於同輩或晚輩的第二人稱；君主 13
きみ 0	【黄身】名 卵黃，蛋黃 1
きめる 0	【決める】他下一 決定，選定；（獨自）決心；相信 9 ➡ 話(はなし)を決(き)める（談妥了，決定了）
きもち 0	【気持（ち）】名 感情；情緒；心境；感覺；一點點 9 ⇨ 気持(きも)ちが悪(わる)い／いい（心情好／不好）
きもの 0	【着物】名 和服；衣服 3
きゃく 0	【客】名 客人 5　⇨ お客(きゃく)さん（客人）
きゃくま 0	【客間】名 客廳

きゅう 0	【急】名・形動 急，急迫，趕緊；緊急，危急；突然，忽然；陡峭；急躁 8
きゅう 1	【九】名 九
きゅう 1	【旧】名 舊，陳舊；往昔，故舊；舊曆，農曆
きゅう 1	【球】名 球；球形，球體
きゅう 1	【級】名 等級；班級，年級；階
きゅうこう 0	【急行】名・自サ 快速列車；走得快 1 ⇨ 急行列車(きゅうこうれっしゃ)（快車）
きゅうじつ 0	【休日】名 休息日，假日，非營業日 2
きゅうに 0	【急に】副 突然，忽然 8
ぎゅうにく 0	【牛肉】名 牛肉 1
ぎゅうにゅう 0	【牛乳】名 牛奶　⇨ 乳製品(にゅうせいひん)　⇨ 乳牛(にゅうぎゅう) 1
きゅうりょう 1	【給料】名 薪水，報酬 4
きょう 1	【今日】名 今天 16
きょう 1	【京】名 京師，首都；京都 4
きょういく 0	【教育】名 教育　⇨ 教員(きょういん)（教職人員）2
きょうかい 0	【協会】名 協會 3
きょうかい 0	【教会】名 教會，教堂　⇨ 教会堂(きょうかいどう)（教堂）1
きょうかしょ 3	【教科書】名 教科書 2
きょうし 1	【教師】名 教師，教員，老師；傳教士 3
ぎょうじ 1 0	【行事】名 儀式；活動 ⇨ 年中行事(ねんじゅうぎょうじ)（一年中的慶祝活動）
きょうしつ 0	【教室】名 教室，課堂；研究室；講習所，學習班 3
きょうだい 1	【兄弟】名 兄弟，姊妹；哥兒們 1
きょうみ 1	【興味】名 興趣　➡ 興味津々(きょうみしんしん)（興趣盎然）1 N4 ➡ 興味深い(きょうみぶかい)（很有興趣，頗有意思）
きょうりょく 0	【協力】名・自サ 共同努力，合作 1
きょねん 1	【去年】名 去年　⇔ 今年(ことし) 11

きょり 1	【距離】名 距離　⇨ 遠距離（距離遠的，長途）
きらい 0	【嫌い】形動・名 討厭，不喜歡；（～嫌いがある）有某傾向；（用「～嫌いなく～」表示）不管 12 ⇔ 好き（喜歡）　⇨ 大嫌い（最討厭，很不喜歡）
きる 1	【切る】他五 切，剪；砍，伐；被刀劃受傷；斷絕，中斷；限於；衝破，突破；瀝乾水分等；改變方向；勇猛向前 8 ⇨ 切り上げる（暫停，告一段落；（數學）進位） ➡ 見得を切る（亮相）　➡ 白を切る（假裝不知） ➡ 切っても切れぬ仲（割不斷的關係）
きる 0	【着る】他上一（上半身）穿；背負 10 ⇨ 着飾る（盛裝）　⇨ 着せる（給穿上；使蒙受）
きれい 1	【綺麗・奇麗】形動 美麗；乾淨；沒有汙點，清白；完全，徹底 15 N5
きれる 2	【切れる】自下一 鋒利；斷，切斷，中斷；用盡，賣光；磨破；到期，屆滿；敏捷，精明能幹；決堤；不足；（方向）偏斜；（俗）發　（＝キレる）10 ➡ 頭が切れる（頭腦敏銳） ➡ 縁が切れる（關係斷絕）
きん 1	【金】名 黃金；金錢；金色；星期五；（五行之一的）金；（日本象棋）金將 6
ぎん 1	【銀】名 銀；銀色 1
きんえん 0	【禁煙】名・自サ 禁止吸菸；戒菸 2
きんがく 0	【金額】名 金額 4
きんぎょ 1	【金魚】名 金魚 1
ぎんこう 0	【銀行】名 銀行 7
きんし 0	【禁止】名・他サ 禁止 4
きんじょ 1	【近所】名 鄰居，近鄰；附近 4
きんようび 3	【金曜日】名 星期五 7

歷屆考題

■ へやは いつも きれいに して おきましょう。（◆ 1997 - Ⅳ - 9）

① へやは いつも そうじして おきましょう。

② へやは いつも したくして おきましょう。

③ へやは いつも せんたくして おきましょう。

④ へやは いつも せわして おきましょう。

答案①

解 選項①中的「掃除（そうじ）」（打掃）與題目中的「きれい」（整潔）相對應。

譯（題目）經常保持房間整潔吧。①經常打掃房間吧；②經常準備好房間吧；③經常洗房間吧（不符合常理）；④經常照看房間吧（不符合常理）。

■ 母（はは）に しなれて ほんとうに＿＿＿です。（◆ 1998 - Ⅲ - 7）

① うるさかった　② かなしかった

③ きびしかった　④ つまらなかった

答案②

解 這 4 個選項用的都是形容詞的過去式。答案以外的選項其基本形和意思分別是：①煩（うるさ）い（吵鬧；煩人）；③厳（きび）しい（嚴格）；④つまらない（無聊）。

譯 母親去世了，我十分悲傷。

■ これからは コンピューターの＿＿＿を もつ 人（ひと）が ひつように なるだろう。（2002 - Ⅲ - 7）

① ぎじゅつ　② せつめい　③ ぼうえき　④ ゆしゅつ

答案①

解 答案以外的選項其漢字形式和意思分別是：②説明（せつめい）（說明）；③貿易（ぼうえき）（貿易）；④輸出（ゆしゅつ）（出口）。

譯 今後將會需要具有電腦技術的人吧。

■ こちらに いらっしゃる＿＿＿が あったら、ぜひ およりください。（◆ 2003 - Ⅲ - 6）

① きかい　② きそく　③ きぶん　④ きんじょ

答案①

解　答案以外的選項其漢字形式和意思分別是：②規則（規則）；③気分（心情）；④近所（附近，鄰居）。

譯　如果您有機會來這邊的話，請一定要來玩。

■ <u>このみちは よる きけんです。</u>（◆ 2005 - IV - 5）

① このみちは よる べんりです。

② このみちは よる あぶないです。

③ このみちは よる さびしいです。

④ このみちは よる にぎやかです。

答案②

解　選項②中的「危ない」（危險，不安全）與題目中的「危険」（危險）相對應。

譯　（題目）這條路晚上很危險。①這條路晚上很方便；②這條路晚上很危險；③這條路晚上很寂寞（意思不通）；④這條路晚上很熱鬧。

■ <u>むかしは きょういくを うけられる 人は 多く ありませんでした。</u>（◆ 2006 - IV - 4）

① むかしは 多くの 人が 学校へ いけませんでした。

② むかしは 多くの 人が 会社へ いけませんでした。

③ むかしは 多くの 人が おいわいを もらえませんでした。

④ むかしは 多くの 人が おみまいを もらえませんでした。

答案①

解　選項①中的「多くの人が学校へ行けませんでした」（很多人不能上學）與題目中的「教育を受けられる人は多くありませんでした」（能接受教育的人不多）相對應。

譯　（題目）以前能接受教育的人不多。①以前很多人不能上學；②以前很多人不能去公司工作；③以前很多人不能收到賀禮；④以前很多人得不到慰問。

■ きびしい（◆ 2007 - V - 4）

① この パンは きびしくて 食(た)べられません。

② わたしは きびしい ペンを つかって います。

③ この おちゃは きびしくて おいしいです。

④ 社長(しゃちょう)は きびしい 人です。

答案④

解 選項①、②、③均為誤用。①可改為「硬(かた)くて」（硬）；②可改為「高(たか)い」（貴的）；③可改為「濃(こ)くて」（濃）。

譯 ④總經理是個嚴厲的人。

■ この みずは きれいです。（◇ 1995 - IV - 3）

① この みずは おいしく ないです。② この みずは つめたく ないです。

③ この みずは きたなく ないです。④ この みずは あまく ないです。

答案③

解 選項③中的「汚(きたな)くない」與題目中的「きれい」（乾淨）相對應。

譯 （題目）這水很清澈。①這水不好喝；②這水不涼；③這水不髒；④這水不甜。

■ この たてものは ぎんこうです。（◇ 2002 - IV - 5）

① ここで はなを かいます。　② ここで おかねを だします。

③ ここで おちゃを のみます。　④ ここで でんわを かけます。

答案②

解 選項②中的「お金(かね)」（錢）與題目中的「銀行(ぎんこう)」（銀行）相對應。

譯 （題目）這棟樓是銀行。①在這裡買花；②在這裡提錢；③在這裡喝茶；④在這裡打電話。

■ きびしい じだいは もうすぎました。（◇ 2004 - IV - 5）

① じゆうな じだいでした。　② しずかな じだいでした。

③ にぎやかな じだいでした。　④ 大変(たいへん)な じだいでした。

答案④

解 選項④的「大変(たいへん)」（艱辛，辛苦）與題目的「厳(きび)しい」（嚴峻）對應。

譯 （題目）嚴峻的時代已經過去了。①以前是自由的時代；②以前是平靜的時代；③以前是繁盛的時代；④以前是很艱辛的時代。

■ りょこうの かいしゃに ひこうきの ＿＿＿を たのみました。
（◇ 2005 - III - 1）

① きっぷ　② ろうか　③ がいこく　④ くうこう

答案①

解 答案以外的選項其漢字形式和意思分別是：②廊下（ろうか）（走廊）；③外国（がいこく）（外國）；④空港（くうこう）（機場）。

譯 委託旅行社訂飛機票。

■ あきらさんは けいこさんと きょうだいです。（◇ 2007 - IV - 3）

① あきらさんは けいこさんの おじさんです。

② あきらさんは けいこさんの おとうさんです。

③ あきらさんは けいこさんの おにいさんです。

④ あきらさんは けいこさんの おじいさんです。

答案③

解 選項③中的「お兄（にい）さん」（哥哥）與題目中的「兄弟（きょうだい）」（兄弟，姐妹）相對應。

譯 （題目）明先生是惠子的兄弟。①明先生是惠子的叔叔；②明先生是惠子的父親；③明先生是惠子的哥哥；④明先生是惠子的爺爺。

♬ 032

く ①	【九】名 九 3
く ①	【区】名・接尾 地區，區域；（行政上的）區 1
ぐあい ⓪	【具合】名 健康狀態；事態，情況；做法；方便，合適 7
くうき ①	【空気】名 空氣；氣氛 2
くうこう ⓪	【空港】名 機場 2

くさ [2]	【草】名・接頭 草，飼草；非正式 [1] ⇨ 草木《くさき》（草木）⇨ 草花《くさばな》（花草） ⇨ 草《くさ》むら（草叢）⇨ 草取《くさと》り（拔草）
くさい [2]	【臭い】形・接尾 臭，難聞；可疑 [2] ⇨～くさい（有氣味，有～味道；派頭，樣子） ⇨ 泥《どろ》くさい（土里土氣；不雅致的） ⇨ 青《あお》くさい（幼稚的，不老練的） ➡ 臭《くさ》いものには蓋《ふた》をする（遮醜） ➡ 臭《くさ》い飯《めし》を食《く》う（坐牢）
くし [2]	【櫛】名 梳子 [1]
くじ [1]	【籤】名 籤 [2] ⇨ 籤引《くじび》き（抽籤）⇨ 宝《たから》くじ（彩券） ➡ くじに当《あ》たる（中獎）
くしゃみ [2]	【嚔】名 噴嚏
くじ [1]	【九時】名 九點 [1]
くすり [0]	【薬】名 藥；益處 [11] ➡ 薬《くすり》にしたくもない（一點兒也沒有）
くすりや [0]	【薬屋】名 藥鋪，藥房，藥店，藥商 [1]
くすりゆび [3]	【薬指】名 無名指
ください [3]	【下さい】連語 請給我～；請幫我～ [16]
くださる [3]	【下さる】他五（「与《あた》える」的尊敬語）送（我），給（我）；（「くれる」的尊敬語）給我，幫我 [3]
くだもの [2]	【果物】名 水果 ⇒フルーツ [4]
くち [0]	【口】名 口，嘴；語言，說法；傳聞；味覺；撫養的人數；工作等安定之處；種類 [2]
くちびる [0]	【唇】名 嘴唇，唇 [1]
くちべに [0]	【口紅】名 口紅，唇膏
くちもと [0]	【口元】名 嘴邊，嘴角；嘴形，說話時嘴的形狀 [1]
くつ [2]	【靴】名 鞋 [4] ⇨ 運動靴《うんどうぐつ》（運動鞋） ⇨ 長靴《ながぐつ》（長筒靴，雨靴）⇨ 革靴《かわぐつ》（皮鞋）

♬ 033

くつした ②④	【靴下】名 襪子 1
くに ⓪	【国】名 國家；地方；故鄉 13 ⇨ 国々（くにぐに）（各國；各地）
くび ⓪	【首】名 頸部；生命；免職，解雇 1 ⇨ 首飾り（くびかざり）（項鏈，胸前的掛件） ⇨ 首輪（くびわ）（項圈，項鏈） ➡ 首（くび）が回（まわ）らない（債臺高築） ➡ 首（くび）がつながる（免於被解職，免於被解雇） ➡ 首（くび）を横（よこ）に振（ふ）る（否認，否定）
くも ①	【雲】名 雲，雲彩 2 ➡ 雲（くも）をつかむような話（はなし）（不著邊際的話）
くも ①	【蜘蛛】名 蜘蛛 1
くもり ③	【曇り】名 陰天；朦朧 1
くもる ②	【曇る】自五 天空多雲；模糊；發愁 4
くやしい ③	【悔しい】形 令人懊悔的，遺憾；覺得窩囊，委屈 1
くら ②	【倉・蔵・庫】名 倉庫 2
くらい ⓪①	助 大致的數量；（帶輕蔑的語氣）至少；差不多＝ぐらい 16
くらい ⓪②	【暗い】形 昏暗；顏色不鮮艷；心情沉重；不熟悉，生疏；不光彩的 ⇔ 明（あか）るい（明亮的；開朗的）5
くらべる ⓪	【比べる・較べる】他下一 比較，對照；較量，比賽 7
くる ①	【来る】力 來；來訪；季節、時間到來；送到；引進；來源於；起因；變成某種狀態 16 N5
くるしい ③	【苦しい】形 痛苦，難受；困難，艱難；苦惱，煩悶；為難，難辦；勉強，不自然 1
くるま ⓪	【車】名（有車輪可行進的交通工具）汽車，馬車；車輪 8 ⇨ 車（くるま）いす（輪椅）N5
くれる ⓪	【暮れる】自下一 天黑；季節過去；想不出，不知如何 8
くれる ⓪	他下一 別人給自己；別人幫助自己做某事 2
くろ ①	【黒】名 黑色；值得懷疑 ⇔ 白（しろ）1 ⇨ 黒字（くろじ）（盈餘，順差）

くろい②	【黒い】形 黒的；臉色黑；被弄髒；陰暗；心地骯髒；有犯罪嫌疑；不吉祥的 ⇔ 白(しろ)い（白的）11 ⇨ 黒(くろ)っぽい（帶黑色，發黑） ➡ 目(め)の黒(くろ)いうち（沒死之前） ➡ 黒(くろ)い霧(きり)（蹊蹺、可疑的事件）
くん	【君】接尾 ～君，（用於朋友或晚輩、部下，帶有親切感和輕微的敬意）君，先生，小姐 7
ぐん①	【軍】名 軍隊，軍隊的編制單位；～軍，～隊 5

歷屆考題

■ もうすぐ ひが くれます。（◆ 1995 - Ⅳ - 10）

① もうすぐ よるに なります。 ② もうすぐ ひるに なります。

③ もうすぐ あしたに なります。 ④ もうすぐ らいねんに なります。

答案①

解 「日(ひ)が暮(く)れる」意為「日落」。選項①中的「夜(よる)になります」（入夜）與題目中的「日落」相對應。

譯 （題目）太陽馬上就要下山了。①馬上就要入夜了；②馬上就要到中午了；③馬上就要到明天了；④馬上就要到新的一年了。

■ あにと せの 高(たか)さを＿＿＿。（◆ 2003 - Ⅲ - 5）

① あけました ② くらべました

③ わかれました ④ つかまえました

答案②

解 這 4 個選項用的都是動詞的過去式。答案以外的選項其動詞基本形和意思分別是：①開(あ)ける（打開）；③別(わか)れる（告別，離別）或分(わ)かれる（分歧；劃分）；④捕(つか)まえる（揪住，逮捕）。

譯 和哥哥比身高。

■ えきから ここまで バスで いちじかんで＿＿＿。（◆ 2005 - Ⅲ - 2）

① できます ② かかります ③ とおれます ④ こられます

答案④

解 「来られる」是「来る」的可能形。答案以外的選項其動詞基本形和意思分別是：①出来る（能，會）；②掛かる（花費）；③通る（通過）。

譯 從車站到這兒坐公車一個小時就能到。

■ 日がくれました。（◆2006-Ⅳ-3）

① 空が はれました。　② 空が くもりました。

③ 空が くらく なりました。　④ 空が あかるく なりました。

答案③

解 選項③中的「暗くなりました」（變暗）與題目中的「日が暮れました」（太陽下山了）相對應。

譯 （題目）太陽下山了。①天空放晴了；②天空陰沉；③天空變暗了；④天空變明亮了。

■ この へんは よる＿＿＿あぶないです。（◇1997-Ⅲ-8）

① くろくて　② まるくて　③ ひろくて　④ くらくて

答案④

解 ④「暗い」表示光線暗，①「黒い」表示顏色黑，不可混用。其餘兩個選項的漢字形式和意思分別為：②丸い（圓的）；③広い（寬敞的）。

譯 這附近晚上光線昏暗，很危險。

■ たなかさんは あさ くだものを たべます。（◇1998-Ⅳ-5）

① たなかさんは あさ パンを たべます。

② なかさんは あさ みかんを たべます。

③ たなかさんは あさ ごはんを たべます。

④ たなかさんは あさ ケーキを たべます。

答案②

解 選項②中的「蜜柑」（橘子）與題目中的「果物」（水果）相對應。

譯 （題目）田中早上吃水果。①田中早上吃麵包；②田中早上吃橘子；③田中早上吃飯；④田中早上吃蛋糕。

■ わたしは くだものが すきです。（◇ 2003 - Ⅳ - 5）

① いぬや ねこなどが すきです。

② すしや てんぷらなどが すきです。

③ やきゅうや サッカーなどが すきです。

④ りんごや バナナなどが すきです。

答案④

解 選項④中的「りんごやバナナ」（蘋果香蕉之類的）與題目中的「果物（くだもの）」（水果）相對應。

譯 （題目）我喜歡水果。①喜歡狗和貓等等；②喜歡壽司和天麩羅等等；③喜歡棒球和足球等等；④喜歡蘋果和香蕉等等。

■ ＿＿＿＿ですね。でんきを つけましょう。（◇ 2005 - Ⅲ - 7）

① うすい　② くらい　③ しろい　④ あかるい

答案②

解 答案以外的選項其漢字形式和意思分別是：①薄（うす）い（薄；稀薄；淡）；③白（しろ）い（白的）；④明（あか）るい（明亮；開朗）。

譯 真暗啊。把燈打開吧。

♬ 034

け ⓪	【毛】名 毛，頭髮；羽毛；毛線，毛織品；細小，微末
けいかく ⓪	【計画】名・他サ 計畫 ⇨ 無計画（むけいかく）（無計畫，計畫不周）5
けいかん ⓪	【警官】名 警察 2
けいき ⓪	【景気】名 景氣，市面；繁榮；精神，有活力 3 ⇔ 不景気（ふけいき）（不景氣） ⇨ 景気指数（けいきしすう）（景氣指標）　⇨ 景気対策（けいきたいさく）（景氣對策） ➡ 景気（けいき）のいいことを言（い）う（撿好聽的說） ➡ 景気（けいき）をつける（加油，打氣）

けいけん ⓪	【経験】名・他サ 經驗　⇨ 未経験（没有經歷過）N4 7
けいざい ①	【経済】名 經濟；節約 4 ⇨ 経済成長率（經濟成長率）　⇨ 経済的（經濟的）
けいさつ ⓪	【警察】名 警察 1　⇨ 警察官（警官）
けいしょく ⓪	【軽食】名 簡單飲食，簡餐
けいむしょ ③⓪	【刑務所】名 監獄
けいようし ③	【形容詞】名 形容詞 1
けいようどうし ⑤	【形容動詞】名 形容動詞
げか ⓪	【外科】名 外科　⇔ 内科
けが ②	【怪我】名・自サ 受傷；過失 8
げこう ⓪	【下校】名・自サ 放學
けさ ①	【今朝】名 今天早晨 2
けしき ①	【景色】名 景色 3
けしゴム ⓪	【消しゴム】名 橡皮擦 2
げしゅく ⓪	【下宿】名・自サ 寄宿在別人家；供膳宿的公寓
けす ⓪	【消す】他五 滅火；（電燈，瓦斯等）關掉；刪除；解消，解除；消失；殺死 N5 5
げた ⓪	【下駄】名 木屐　➡ 下駄を預ける（全權委託） ➡ 下駄を履く（從中牟利；收取回扣）
けつあつ ⓪	【血圧】名 血壓 ⇨ 高血圧（高血壓）　⇨ 低血圧（低血壓）
けつえき ②⓪	【血液】名 血液 N3 ⇨ 血液型（血型）　⇨ 血液循環（血液循環）
けっか ⓪	【結果】名・自他サ 結果，結局；（農業用語）結果，結實 13　⇔ 原因 ⇨ 結果的（從結論來看）　⇨ 結果論（結果論）
けっきょく ④⓪	【結局】名・副（名 ④　副 ⓪）結局，結尾；最終 8
けっこう ①⓪③	【結構】名・形動（名 ⓪③　形動 ①）非常好的，無懈可擊的；不需要；足夠的，滿足的；構造 6

けっこん 0	【結婚】名・自サ 結婚　⇔ 離婚(りこん) 3 ⇨ 結婚式(けっこんしき)（結婚典禮）
けっして 0	【決して】副（後接否定式）決不 1
けっせき 0	【欠席】名・自サ 缺席 2
けってい 0	【決定】名・自サ 決定
げつようび 3	【月曜日】名 星期一 8
けれども 1	接續・助（表示轉折）但是；沒有特別的意義，僅僅表示前後話題的連接；用作終助詞，用於表示謙遜的心情 16
げり 0	【下痢】名・自サ 腹瀉
ける 1	【蹴る】他五 用腳踢；衝破（海浪等）；拒絕，駁回 4
けん 1	【券】名 票，券 6
けん 1	【県】名 縣（日本的行政單位）5
けん	【軒】接尾（表示房屋數量）間 2
げんいん 0	【原因】名 原因　⇔ 結果(けっか) 9
けんか 0	【喧嘩】名・自サ 爭吵；打架 2 ➡ けんかを売(う)る（找碴爭吵） ➡ けんかを買(か)う（〔接受別人的挑釁〕爭吵） ➡ けんか腰(ごし)（氣勢洶洶地） ➡ けんか両成敗(りょうせいばい)（打架雙方都要負責） ➡ けんかばやい（好打架）
けんがく 0	【見学】名・他サ 實地參觀 1
げんかん 1	【玄関】名 門口，玄關 3 ➡ 玄関払(げんかんばら)いを食(く)う（吃閉門羹）
げんき 1	【元気】名・形動 有活力；健康 9
けんきゅう 0	【研究】名・他サ 研究，鑽研 8 ⇨ 研究室(けんきゅうしつ)（研究室）　⇨ 研究所(けんきゅうじょ)（研究所）
げんきん 3	【現金】名・形動 現金；貪圖眼前利益，勢利眼 1 ⇨ 現金出納(げんきんすいとう)　⇨ 現金取引(げんきんとりひき)（現金交易）

平假名
あ
か
さ
た
な
は
ま
やゆよ
ら～わ
片假名

けんこう 0	【健康】名・形動 健康，健全 N3
けんさ 1	【検査】名・他サ 檢查，檢驗
げんだい 1	【現代】名 現代，當代 6 ⇔ 古代(こだい) ⇔ 近代(きんだい)
けんちく 0	【建築】名・他サ 建造，修建；建築物 4 ⇨ 建築家(けんちくか)（建築家）
けんちょう 1	【県庁】名 縣政府
けんぶつ 0	【見物】名・他サ（活動、名勝）遊覽，參觀 2 ➡ 高見(たかみ)の見物(けんぶつ)（袖手旁觀）
げんりょう 3	【原料】名 原料 2

歴屆考題

■ アルバイトの けいけんが あります。（◆ 1996 - Ⅳ - 10）

① アルバイトが したいです。

② アルバイトを する つもりです。

③ アルバイトを しました。

④ アルバイトを する ことに なって います。

答案③

解 選項③中的「アルバイトをしました」（打過工）與題目中的「経験(けいけん)」（經歷）相對應。

譯（題目）有過打工的經歷。①想打工；②準備打工；③打過工；④規定要打工。

■ わたしは りゅうがくの けいけんが あります。（◆ 2003 - Ⅳ - 3）

① わたしは りゅうがくの ために べんきょうします。

② わたしは りゅうがくを したいと おもいます。

③ わたしは りゅうがくを した ことが あります。

④ わたしは りゅうがくを する よていです。

答案③

解 選項③中的「～たことがあります」是一個表示體驗、經歷的句型，它與題目中的「経験(けいけん)」(相對應)。

譯 (題目)我曾經留學過。①我為了留學而學習；②我想留學；③我曾經留學過；④我計畫去留學。

■ 「ごはんを もう いっぱい いかがですか。」

「＿＿＿＿。」(◆ 2004 - Ⅲ - 9)

① けっこうです　② たいせつです

③ たいへんです　④ ちょうどです

答案①

解 選項②、③的漢字形式和意思分別是：②大切(たいせつ)(重要，珍貴)；③大変(たいへん)(辛苦，麻煩)；選項④意為「正好」。

譯 「再來一碗飯怎麼樣？」「不用了。」

■ きむらくんと＿＿＿して、けがを して しまった。(◆ 2005 - Ⅲ - 7)

① けんか　② けいけん　③ しょうち　④ しょうかい

答案①

解 答案以外的選項其漢字形式和意思分別是：②経験(けいけん)(經歷)；③承知(しょうち)(同意；知道)；④紹介(しょうかい)(介紹)。

譯 和木村打架，受傷了。

■ けしきの いい ところで おべんとうを 食(た)べました。(◆ 2006 - Ⅳ - 2)

① きれいな はなが おいて ある レストランで 食(た)べました。

② きれいな 山(やま)や もりが みえる こうえんで 食(た)べました。

③ きれいな しゃしんが かけて ある へやで 食(た)べました。

④ きれいな つくえや いすが ある きょうしつで 食(た)べました。

答案②

解 選項②中的「綺麗な山や森が見える公園」（能看見漂亮的山和森林的公園）與題目中的「景色のいい所」（風景優美的地方）相對應。

譯（題目）在風景優美的地方吃了便當。①在擺著漂亮的花的西餐廳吃了飯；②在能看見漂亮的山和森林的公園吃了飯；③在掛著漂亮照片的房間吃了飯；④在擺著漂亮的書桌和椅子的教室吃了飯。

■ げんいん（◆ 2007 - V - 2）

① 12さいいじょうの子どもが このクラスの げんいんに なれます。

② あたらしい かいしゃで しごとの げんいんを おしえて もらいました。

③ けいさつは じこの げんいんを しらべて います。

④ この木を げんいんに して いすを つくりましょう。

答案③

解 選項①、②、④均為誤用。①可改為「成員」或「メンバー」（成員）；②可改為「内容」（內容）；④可改為「原料」（原料，材料）。

譯 ③警察正在調查事故的原因。

■ わたしの あねは やまださんと けっこんします。（◇ 2003 - IV - 1）

① あねは やまださんの いもうとに なります。

② あねは やまださんの おくさんに なります。

③ あねは やまださんの おばさんに なります。

④ あねは やまださんの ごしゅじんに なります。

答案②

解 選項②中的「姉は山田さんの奥さんになります」（姐姐將成為山田的太太）與題目中的「姉は山田さんと結婚します」（姐姐將和山田結婚）相對應。

譯（題目）我的姐姐將和山田結婚。①姐姐將成為山田的妹妹；②姐姐將成為山田的太太；③姐姐將成為山田的阿姨；④姐姐 將成為山田的丈夫。

■ 2000ねんに＿＿＿＿。いま こどもは3にんです。（◇ 2004 - Ⅲ - 6）

① けんかしました　② さんぽしました

③ けっこんしました　④ しつもんしました

答案③

解 答案以外的選項其漢字形式和意思分別是：①喧嘩（けんか）（吵架）；②散歩（さんぽ）（散步）；④質問（しつもん）（提問，質疑）。

譯 2000年結婚，現在有3個孩子。

■ こうえんに けいかんが いました。（◇ 2005 - Ⅳ - 3）

① おいしゃさんが いました。　② おくさんが いました。

③ おにいさんが いました。　④ おまわりさんが いました。

答案④

解 選項④中的「お巡（まわ）りさん」（警察）與題目中的「警官（けいかん）」（警察）相對應。

譯（題目）公園裡有位警察。①有位醫生；②有位太太；③有位哥哥；④有位警察。

■ わたしは いつも でんきを けして ねます。（◇ 1994 - Ⅳ - 2）

① わたしは いつも へやを せまく してねます。

② わたしは いつも へやを ひろく してねます。

③ わたしは いつも へやを くらく してねます。

④ わたしは いつも へやを あかるく してねます。

答案③

解 選項③中的「部屋（へや）を暗（くら）くする」（把房間弄暗）與題目中的「電気（でんき）を消（け）す」（關燈）相對應。

譯（題目）我總是關燈睡覺。①我總是把房間弄窄睡覺（不合常理）；②我總是把房間弄寬敞睡覺（不合常理）；③我總是把 房間弄黑睡覺；④我總是把房間弄亮睡覺。

■ げんかんに だれか いますよ。（◇ 2006 - Ⅳ - 3）

① いえの いりぐちに ひとが います。

② がっこうの ろうかに ひとが います。

③ まどの ちかくに ひとが います。

④ ビルの うえに ひとが います。

答案①

解 選項①中的「入口（いりぐち）」（入口）與題目中的「玄関（げんかん）」（門口）相對應。

譯 （題目）門口有人哦。①在家的入口處有人；②在學校的走廊裏有人；③在窗戶附近有人；④在大樓上面有人。

■ でかける ときは、でんきを＿＿＿ましょう。（◇ 2007 - Ⅲ - 7）

① けし　② しめ　③ わたり　④ おわり

答案①

解「電気（でんき）を消（け）す」是一個固定搭配，意思是「關燈」。這④個選項都是動詞的連用形，答案以外的選項其動詞基本形的漢字和意思分別是：②閉（し）める（關上〔門、窗等〕）；③渡（わた）る（過〔河、橋等〕）；④終（お）わる（結束）。

譯 出門的時候，請把燈關掉。

♫ 036

こ 0	【子】名 子女，小孩子 10
ご 1	【五】名・數 五 10
ご 1	【語】名・接尾 單詞；～語，～話
ご 0	【後】名 以後；午後 8
ご 0 1	【碁】名 圍棋 2
ご 1	【語】名 語，語言，單詞 1
こい 1	【恋】名 戀情 5 ⇒ 恋愛（れんあい） ⇒ 恋慕（れんぼ）
こい 1	【濃い】形（顏色等）濃，深；（酒）烈，（茶）濃；（密度）密；味道濃稠；密切，親密 7 ⇔ 薄（うす）い ⇔ 淡（あわ）い
こいびと 0	【恋人】名 戀人 3

こう 1	副 如此，這樣，這麼 16
ごう 1	【号】名・接尾（本名之外）號，別名；（刊物等的）期號；（字體的大小）號；號令；（車、船等的）稱號 12
こうえん 0	【公園】名 公園 6
こうがい 1	【郊外】名 郊外，城外 1
こうぎ 3 1	【講義】名・他サ 講課 1
こうぎょう 1	【工業】名 工業 3 ⇔ 農業（のうぎょう）
こうこう 0	【高校】名 高中 ＝ 高等学校（こうとうがっこう） 2 ⇨ 高校生（こうこうせい）（高中生）
こうくう 0	【航空】名 航空 2 ⇨ 航空便（こうくうびん）（航空郵件）
こうこく 0	【広告】名・他サ 廣告 ⇒ 宣伝（せんでん） 6
こうさ 0 1	【交差】名・自サ 交叉 3 ⇨ 交差点（こうさてん）（交叉點；十字路口）
こうじ 1	【工事】名・自サ 施工，工程
こうじょう 3 0	【工場】名 工廠 5
こうすい 0	【香水】名 香水 1
こうちゃ 0	【紅茶】名 紅茶 3
こうちょう 0	【校長】名（小學、中學、高中的）校長 2
こうつう 0	【交通】名 交通；交往；客貨的輸送 1 ⇨ 交通機関（こうつうきかん）（交通機關，交通工具）
こうとう 0	【高等】名 高等，上等，高級 ⇨ 高等学校（こうとうがっこう）（高中＝こうこう）
こうどう 0	【行動】名・自サ 行動 1
こうどう 0	【講堂】名 禮堂，大廳 3
こうはい 0	【後輩】名 學年比自己低的人，（比自己）後到工作職位的人 1 ⇔ 先輩（せんぱい）
こうばん 0	【交番】名 派出所；交代，輪班 1
こうむいん 3	【公務員】名 公務員

♫ 038

こえ 1	【声】名 人或是動物所發出的聲音；語言；意見；氣息 ➡ 声(こえ)をそろえる（異口同聲）5 ➡ 声(こえ)をかける（打招呼；叫人）
こおり 0	【氷・凍り】名 冰 2 ⇨ 氷水(こおりみず)（冰水） ➡ 氷(こおり)が張(は)る（結冰） ➡ 氷(こおり)と炭(すみ)（冰炭不相容）
ごがつ 1	【五月】名 五月 2
こくがい 2	【国外】名 國外 1
こくさい 0	【国際】名 國際 1 ⇨ 国際化(こくさいか)
こくせき 0	【国籍】名 國籍 2
こくない 2	【国内】名 國內 3
こくみん 0	【国民】名 國民 3
こくりつ 0	【国立】名 國立 1 ⇒ 公立(こうりつ) ⇔ 私立(しりつ)
ごくろうさま 2	【ご苦労様】感 辛苦了 2
ここ 0	【此処】代名 這裡；最近；這時；目前的階段、範圍；這點 16
ごご 1	【午後】名 午後，下午 ⇔ 午前(ごぜん)（上午）13
ここのか 4	【九日】名 九號 1
ここのつ 2	【九つ】名 九個；九歲 5
こころ 2	【心】名 精神；想法；心情，感覺；體貼心；真心；愛情；意義 ⇨ 心強(こころづよ)い（有自信）1 ⇨ 心残(こころのこ)り（牽掛；遺憾） ⇨ 心細(こころぼそ)い（缺乏自信）
こし 0	【腰】名 腰
こしょう 0	【故障】名・自サ 故障；異議，反對意見 1 ➡ 故障(こしょう)を申(もう)し立(た)てる（提出異議）
こしょう 2	【胡椒】名 胡椒 1
こじん 1	【個人】名 個人 3
こせい 1	【個性】名 個性 ⇨ 個性的(こせいてき) 2
ごぜん 1	【午前】名 上午 ⇔ 午後(ごご)（下午）7

こそ ①	助（表示特別強調）只有，唯有，才是 2
こたい ⓪	【固体】名 固體 ⇔ 液体（えきたい） ⇔ 気体（きたい）
こだい ①	【古代】名 古代 ⇔ 近代（きんだい） ⇔ 現代（げんだい） 6
こたえる ③②	【答える】他下一 回答，回覆；解答 9 ⇨ 答え（こた）（回答；答案）
こたつ ⓪	【火燵・炬燵】名 被爐
ごちそう ⓪	【ご馳走】名・他サ 款待；佳餚 3 ⇨ ご馳走様（ちそうさま）（承您款待，我吃飽了）
こちら ⓪	【此方】代名 這裏；這個；自己 14
こちらこそ ④	【此方こそ】連語 哪兒的話，彼此彼此 2
こっか ①	【国家】名 國家
こっかい ⓪	【国会】名 國會 ⇨ 国会議員（こっかいぎいん） 1
こづかい ①	【小遣い】名 零用錢 1
こっち ③	代名 這邊，這裏；我，我們 7
こづつみ ②	【小包】名（郵局）小包；小包裹 3
こと ②	【事】名 事情；理由；工作；內容 16
ごと ①⓪	【毎】接尾 每 10 ⇨ 年毎（としごと）（每年） ⇨ 人毎（ひとごと）（每人）
ことし ⓪	【今年】名 今年 9
ことば ③	【言葉】名 語言；單詞，語句；表達；說法，講法；所說的話 ⇨ 言葉遣い（ことばづかい）（措辭，遣詞用句） 13 ➡ 言葉（ことば）の先（さき）を折（お）る（搶話） ➡ 言葉尻（ことばしり）を捕（と）らえる（抓話柄）
こども ⓪	【子供】名 自己的兒女；年幼者 16
ことわざ ⓪	【諺】名 成語，諺語，典故 1
ことわる ③	【断る】他五 拒絕，謝絕；預先通知，事先請示 4 ⇨（お）断（ことわ）り（推辭；道歉；禁止；預先通知）
こな ②	【粉】名 粉末 1

♬ 040

この ⓪	連體 這，這個；這件（事）16 ⇨ この他（ほか）（此外） ⇨ この次（つぎ）（下次）
このあいだ ⑤⓪	名 最近，前幾天 2
このごろ ⓪	【この頃】名 最近 4
このへん ⓪	【此の辺】名 這裡，附近 3
ごはん ①	【御飯】名 飯，乾飯；～飯，三餐 16
ごぶさた ⓪	【ご無沙汰】名・自サ 疏於問候，久違 5
こまかい ③	【細かい】形 細微；嚴密、詳細的；會打算，小氣 1
こまる ②	【困る】自五 處於困境，倒楣；不知所措 15
ごみ ②	【塵・芥】名 垃圾，塵土 3 ⇨ ごみ箱（ばこ）（垃圾桶）
こみ ②	【込み】名 包含在內；總共 ⇨ 税込（ぜいこ）み（含稅） ⇨ 込（こ）む（人多，擁擠；費事）
こむぎ ⓪②	【小麦】名 小麥
こめ ②	【米】名 稻米 2
ごめん ⓪	【御免】名・感 對不起，請原諒；許可，允許；拒絕 2 ➡ 御免（ごめん）ください（〔訪問別人時〕有人在嗎；（告辭時）恕我告辭）
ごらん ⓪	【御覧】名（「見る」的尊敬語）看，觀賞；（以「～てご覧」）試試看；「ご覧なさい」的省略 1 ➡ ご覧（らん）になる（〔尊敬語〕看）
これ ⓪	代名・感 此，這；現在；這人（用於家人或下屬）；這兒；喂 16 ⇨ これら（這些）
これから ⓪	連語 今後，現在；待會兒 1
ころ ①	【頃】名 時期；時機 11
ごろ ①	【頃】名・接尾（時間）～左右，～前後；恰好，適時 10
こわい ②	【怖い】形 恐懼，恐怖，可怕，嚇人 8 ⇒ 恐（おそ）ろしい
こわす ②	【壊す】他五 破壞，損壞；損害，損傷；砸鍋 2
こわれる ③	【壊れる】自下一 碎，倒塌；失敗；故障；腐敗 ⇨ 壊（こわ）れ物（もの）（壞了的東西；易碎品）8

こん ①	【紺】名 藏青，藏藍，深藍 2 ⇨ 紺色(こんいろ)（藏青色；深藍色）
こんかい ①	【今回】名 此次，這回 1
こんげつ ⓪	【今月】名 本月，這個月 2
こんしゅう ⓪	【今週】名 本週，這一週 3
こんど ①	【今度】名 這次，這回；最近，上次；下次
こんな ⓪	連體 這樣的 11 ⇨ こんなに（這樣地，如此地）
こんにち ①	【今日】名 今天，近日；當今，現在 1
こんにちは ⓪	【今日は】感（用於白天問候）你好 2
こんばん ①	【今晚】名 今晚，今夜 6
こんばんは ⓪	【今晚は】感（用於傍晚到晚間的問候）晚安 2
こんや ①	【今夜】名 今夜，今晚 3

歷屆考題

■ どこかで あかんぼうの なく＿＿＿がします。（◆ 1996 - III - 3）

① みみ　② こえ　③ おと　④ くち

答案②

解 ②「声(こえ)」表示人或動物發出的聲音；③「音(おと)」表示各種的聲響。選項①、④的漢字形式和意思分別為：①耳(みみ)（耳朵）；④口(くち)（嘴）。

譯 不知何處傳來嬰兒的啼哭聲。

■ あの たてものは こうばんです。（◆ 1997 - IV - 4）

① あの たてものには いつも せんせいが います。

② あの たてものには いつも けいかんが います。

③ あの たてものには いつも がくせいが います。

④ あの たてものには いつも かんごふが います。

答案②

解 選項②中的「警官（けいかん）」（警察）與題目中的「交番（こうばん）」（派出所）相對應。

譯 （題目）那個建築物是派出所。①那個建築物裡總是有老師；②那個建築物裡總是有警察；③那個建築物裡總是有學生；④那個建築物裡總是有護士。

■ あさの 電車（でんしゃ）は こんで います。（◆ 2002 - IV - 1）

① あさの 電車（でんしゃ）には 人（ひと）が たくさん います。

② あさの 電車（でんしゃ）には 人（ひと）が あまり いません。

③ あさの 電車（でんしゃ）は なかなか きません。

④ あさの 電車（でんしゃ）は すぐに きます。

答案①

解 選項①中的「人（ひと）がたくさんいます」（人很多）與題目中的「込（こ）んでいます」（擁擠）相對應。

譯 （題目）早晨的電車很擁擠。①早晨的電車上人很多；②早晨的電車上沒什麼人；③早晨的電車怎麼也不來；④早晨的電車 馬上就來。

■ このとおりは、よる くらくて______。（◆ 2004 - III - 2）

① いたい　② こわい　③ よわい　④ かなしい

答案②

解 答案以外的選項其漢字形式和意思分別是：①痛（いた）い（疼痛）；③弱（よわ）い（弱，軟弱）；④悲（かな）しい（悲傷）。

譯 這條馬路晚上很黑，讓人害怕。

■ とうきょうの______に ちいさな いえを かいました。（◆ 2006 - III - 3）

① こうがい　② こうこう　③ こうどう　④ こくさい

答案①

解 答案以外的選項其漢字形式和意思分別是：②高校（こうこう）（高中）；③行動（こうどう）（行動）或講堂（こうどう）（講堂）；④国際（こくさい）（國際）。

譯 在東京的郊外買了一間小房子。

■ <u>ごごから こうぎに しゅっせき します。</u>（◆ 2005 - Ⅳ - 4）

① ごごから 大学(だいがく)で 先生(せんせい)と かいぎを します。

② ごごから 大学(だいがく)で 先生(せんせい)の 話(はなし)を 聞(き)きます。

③ ごごから 会社(かいしゃ)で 社長(しゃちょう)と かいぎを します。

④ ごごから 会社(かいしゃ)で 社長(しゃちょう)の 話(はなし)を 聞(き)きます。

答案②

解 選項②中的「大学(だいがく)で先生(せんせい)の話(はなし)を聞(き)きます」（在大學聽老師講話）與題目中的「講義(こうぎ)に出席(しゅっせき)します」（聽課）相對應。

譯（題目）下午去聽課。①下午在大學和老師開會；②下午在大學聽老師講話；③下午在公司和總經理開會；④下午在公司聽總經理講話。

■ <u>きのうは ごぜんも ごごも いそがしかったです。</u>（◇ 1994 - Ⅳ - 4）

① きのうは よるから あさまで いそがしかったです。

② きのうは あさから ゆうがたまで いそがしかったです。

③ きのうは あさから ひるまで いそがしかったです。

④ きのうは ひるから よるまで いそがしかったです。

答案②

解 選項②中的「朝(あさ)から夕方(ゆうがた)まで」（從早晨到傍晚）與題目中的「午前(ごぜん)も午後(ごご)も」（上午和下午都……）相對應。

譯（題目）昨天上午和下午都很忙。①昨天從晚上到早上都很忙；②昨天從早上到傍晚都很忙；③昨天從早上到中午都很 忙；④昨天從中午到晚上都很忙。

■ やまだ「はじめまして。どうぞ よろしく。」

たなか「＿＿＿。どうぞ よろしく。」（◇ 1994 - Ⅲ - 10）

① ごめんください　　② さようなら

③ こちらこそ　　④ おやすみなさい

答案③

解 答案以外的選項其意思分別為：①ごめんください（有人在嗎？）；②さようなら（再見）；④おやすみなさい（晚安）。

譯 山田：「初次見面，請多關照。」田中：「哪裡哪裡，還請您多關照。」

■ 「やまもとさん、＿＿＿はスミスさんです。」

「はじめまして。」（◇ 2002 - Ⅲ - 8）

① これ　② だれ　③ こちら　④ どちら

答案③

解 答案以外的選項其意思分別是：①這個（用來指物品）；②誰；④哪裡；哪一位。

譯 「山本先生，這位是史密斯先生。」「初次見面。」

■ ＿＿＿がのみたいです。（◇ 2004 - Ⅲ - 5）

① こうちゃ　② ちゃわん　③ テーブル　④ おべんとう

答案①

解 答案以外的選項其漢字形式、原詞和意思分別是：②「茶碗（ちゃわん）」（茶杯，飯碗）；③ table（餐桌）；④「お弁当（べんとう）」（便當）。

譯 我想喝紅茶。

■ あのひとは＿＿＿がよくて うたがうまいです。（◇ 2007 - Ⅲ - 1）

① こえ　② こい　③ せい　④ せえ

答案①

解 答案以外的選項分別是：②鯉（こい）（鯉魚）；③製（せい）（～製）；④無此讀音的漢字。

譯 那個人的聲音好聽，歌唱得好。

♫ 042

さい	【歳】接尾 歳 11
さいきん 0	【最近】名 最近；近來 6
さいご 1	【最後】名 最後；一旦～就 5
さいしゅう 0	【最終】名 最終 ⇔ 最初（さいしょ） 7
さいしょ 0	【最初】名・副 最初，開始，開頭 ⇔ 最終（さいしゅう） 4
さいしょう 0	【最小】名 最小 ⇨ 最小限（さいしょうげん）（最小限度，最低限度）
さいしん 0	【最新】名 最新 ⇔ 最古（さいこ） N3
さいだい 0	【最大】名 最大 ⇔ 最小（さいしょう） 6
ざいにち 0	【在日】名・自サ 住在日本，駐日 2
さいふ 0	【財布】名 錢包 1
さえ 1	助 連，甚至；不僅～而且；只要 1
さか 2 1	【坂】名 斜坡，坡道；難關，年齡、氣勢的高低 ⇨ 坂道（さかみち）（斜坡道）
さがす 0	【探す・捜す】他五 找，尋找；追蹤；物色 8 ⇨ 捜し物（さがしもの）（尋找的東西；尋找（不見的）東西）
さかな 0	【魚】名 魚 8 ⇨ 魚屋（さかなや）（魚店，水產店） ⇨ 魚釣り（さかなつり）（釣魚）
さかみち 2	【坂道】名 坡道，斜坡
さがる 2	【下がる】自五 下降；向後移，向後退；推移，進展；（階段、程度、數值等）變低
さかん 0	【盛ん】形動 繁盛；興盛；熱烈 N3

さき [0]	【先】名 尖端，末梢，前頭；先，早；將來；以前；事前，事先；目的地；剩餘，繼續；對象，對方 [10] ⇔ あと　⇔ のち　⇨ お先（〔敬語〕先，佔先） ⇨ 先立つ（領先，搶先；在～之前）⇨ 先物（期貨） ➡ 先がある（有前途，有希望） ➡ 先がない（沒有前途，沒有希望） ➡ 先が見える（有遠見）➡ 先を越される（被搶先） ➡ 先を争う（爭先恐後） ➡ あとにも先にも（不論過去或將來）
さきおととい [5]	【一昨昨日】名 大前天，前三天
さく [2] [0]	【作】名・造語（文學、美術等藝術）作品；（農作物）收成
さく [1] [0]	【昨】連體・造語 昨天；前一個；前一年，前一個季節 [2]
さく [0]	【咲く】自五 開花 [4] ➡ 話に花が咲く（越談越投機）
さくじつ [2]	【昨日】名 昨天 [1]
さくしゃ [1]	【作者】名 作者 [1]
さくねん [0]	【昨年】名 去年 [2]
さくばん [2]	【昨晚】名 昨晚，昨天晚上 [1]
さくひん [0]	【作品】名 作品，創作；製成品 [1]
さくぶん [0]	【作文】名 作文 [3]
さくや [2]	【昨夜】名 昨晚，昨夜 [1]
さくら [0]	【桜】名 櫻花；櫻花色；馬肉 [4] ⇨ 桜色（櫻花色，淡紅色）
さけ [0]	【酒】名 酒 [6]　➡ 酒に飲まれる（喝得爛醉）
さげる [2]	【下げる】他下一 降低；下垂，下掛；收拾，打烊；往後退；降低（階段、程度、數值等）[3]
さじ [2] [1]	【匙】名 匙，匙子，小勺　⇨ 小さじ（小匙） ➡ 匙を投げる（醫生認為不可救藥而放棄）
さしあげる [0]	【差し上げる】他下一（尊敬語）給；舉起，抬起 [6]

さしみ 3	【刺身】名 生魚片
さす 1	【刺す】他五 刺，扎；蟲子叮咬
さす 1	【指す】他五 指給人看；叫名字，點名；朝著，以～為目標；下（棋）1
さす 1	【差す】自・他五 倒水；添加；擦，塗；舉到頭上；插，夾帶；撐（船）；勸酒，敬酒 2 ➡ 気（き）が差（さ）す（內疚，慚愧）
ざせき 0	【座席】名 座位，席位，位子 1 ⇨ 座席指定券（ざせきしていけん）（對號入座票）
ざだんかい 2	【座談会】名 座談會
さつ 0	【冊】接尾（書籍的量詞）冊，本 2
さつえい 0	【撮影】名・他サ 拍照，攝影　⇨ 撮影禁止（さつえいきんし） ⇨ 野外撮影（やがいさつえい）（拍攝外景）
さっか 0	【作家】名 作家
さっき 1	副 剛才，方才 5
ざっし 0	【雑誌】名 雜誌 2
さとう 2	【砂糖】名 白砂糖 1
ざぶとん 2	【座布団】名 褥墊，坐墊
さびしい 3	【寂しい】形 寂寞，悲哀；寂靜；令人不滿的，令人遺憾的　⇨ 寂（さび）れる（蕭條，冷落）6 ➡ 口（くち）が寂（さび）しい（想吃點什麼） ➡ 懐（ふところ）が寂（さび）しい（手頭緊）
さま 2	【様】名・接尾（對人的尊稱）先生，女士；樣子，狀態，情形；姿勢，姿態 10 ➡ 様（さま）にならない（不成體統） ➡ 様（さま）を作（つく）る（裝點門面）
さむい 2	【寒い】形 寒冷；膽怯，心虛；簡陋的　⇔ 暑（あつ）い 15 ➡ 懐（ふところ）が寒（さむ）い（手頭緊）
さむらい 0	【侍】名 武士；有氣魄的男子 1
さめ 0	【鮫】名 鯊魚 1

♬ 045

さようなら ④⑤	感 再見　＝さよなら 4
さら ⓪	【皿】名・接尾 盤子；碟狀物；(用作數量詞)～碟，～盤 7
さらいげつ ⓪②	【再来月】名 下下個月
さらいしゅう ⓪	【再来週】名 下下星期，下下週
さらいねん ⓪	【再来年】名 後年 2
さる ①	【去る】自他五・連體(自他五)離去；時間流逝；死去；消失；相隔，相距；除去，消除；辭職；遠離，疏遠；(連體)過去的 5
さる ①	【猿】名 猴子 ➡ 猿(さる)も木(き)から落(お)ちる(智者千慮，必有一失)
さわぎ ①	【騒ぎ】名 吵鬧，喧嘩；混亂，騷動，糾紛；談不上 ⇨ 大騒ぎ(おおさわぎ)(大混亂，大吵大鬧；轟動〔一時〕)
さわぐ ②	【騒ぐ】自五 吵鬧；慌張，激動；起哄，鬧事；轟動一時 3
さわる ⓪	【觸る】自五 輕輕地接觸，觸摸；接觸，參與 3
さん ⓪	【三】名 三 15
さんか ⓪	【参加】名・自サ 參加
さんかく ①	【三角】名 三角；鼎立；三角法 1 ⇨ 三角形(さんかくけい)(三角形)　⇨ 三角関係(さんかくかんけい)(三角關係) ➡ 目(め)を三角(さんかく)にする(橫眉豎眼)
さんがつ ①	【三月】名 三月 2
さんぎょう ⓪	【産業】名 產業 1
ざんぎょう ⓪	【残業】名・自サ 加班
さんしん ⓪	【三振】名・自サ 三振出局
さんすう ③	【算数】名 算術，數量的計算
さんせい ⓪	【賛成】名・自サ 贊成　⇔ 反対(はんたい) 2
ざんねん ③	【残念】形動 遺憾，可惜　⇨ 残念賞(ざんねんしょう)(安慰獎) 4
さんぽ ⓪	【散歩】名・自サ 散步 2

歷屆考題

■ でんしゃの　中で　さわがないで　ください。（◆ 2011 - 例）

① でんしゃの 中で　ものを　たべないで　ください。

② でんしゃの 中で　うるさく　しないで　ください。

③ でんしゃの 中で　たばこを　すわないで　ください。

④ でんしゃの 中で　きたなく　しないで　ください。

答案②

解 選項①中的「うるさい」（吵鬧）與題目中的「騒ぐ」（吵鬧）相對應。

譯（題目）在電車中請不要吵鬧。①在電車中請不要吃東西；③在電車中請不要吸菸；④在電車中請不要弄髒。

■ たなか「あしたの パーティーですが、ちょっと 行けなく なってしまいました。」

さとう「そうですか、それは＿＿＿ですね。」（◆ 1998 - III - 6）

① さかん　② ふべん　③ ざんねん　④ しつれい

答案③

解 答案以外的選項其漢字形式和意思分別是：①盛ん（盛行）；②不便（不方便）；④失礼（失禮）。

譯 田中：「明天的聚會我無法參加了。」佐藤：「是嗎，那太遺憾了。」

■ サッカーが さかんに なりました。（◆ 2001 - IV - 4）

① サッカーを する 人がふえました。

② サッカーを する 人がへりました。

③ サッカーが まじめに なりました。

④ サッカーが つまらなく なりました。

答案①

解 選項①中的「増えました」（增加了）與題目中的「盛んになりました」（興盛）相對應。

譯 （題目）足球運動盛行起來。①踢足球的人增加了；②踢足球的人減少了；③足球變得認真起來（不符合常理）；④覺得足 球沒意思了。

■ ＿＿＿ですが、あしたのパーティーには出（で）られません。

（◆ 2003 - III - 6）

① むり　② いや　③ ざんねん　④ ずいぶん

答案③

解 答案以外的選項其漢字形式和意思分別是：①無理（むり）（勉強；做不到）；②嫌（いや）（討厭，不喜歡）；④随分（ずいぶん）（相當，很）。

譯 很遺憾，我不能出席明天的晚會。

■ ＿＿＿でんわがありましたよ。（◆ 2005 - III - 9）

① さっき　② ちっとも　③ もうすぐ　④ ほとんど

答案①

解 這 4 個選項都是副詞。答案以外的選項其意思分別是：②絲毫，一點也不（後面一般接否定的表達方式）；③馬上；④幾乎；基本上。

譯 剛才有人打電話來。

■ この ガラスの にんぎょうは こわれやすいので、＿＿＿ください。

（◆ 2004 - III - 5）

① うつらないで　② さわらないで

③ のこらないで　④ まわらないで

答案②

解 「～ないでください」是「請不要～」的意思。答案以外的選項其動詞原形和意思分別是：①移（うつ）る（搬，遷；轉移）或映（うつ）る（映，照）；③残（のこ）る（剩下）；④回（まわ）る（旋轉，轉動；巡迴，周遊）。

譯 這個玻璃人偶很容易碎，請不要觸摸。

■ つきに ほんを＿＿＿＿よみます。（◇ 1998 - Ⅲ - 1）

① さんさつ　② さんだい　③ さんぼん　④ さんまい

答案①

解 注意日語量詞的用法。數筆、領帶等細而長的物品時用「本（ほん）」；數書本時用「冊（さつ）」；數紙張等扁而薄的物品用「枚（まい）」；數機械、車輛等時用「台（だい）」。

譯 每個月讀三本書。

■ いま、2001 ねんです。さらいねん がいこくに いきます。

（◇ 2001 - Ⅳ - 5）

① 2002 ねんに がいこくに いきます。

② 2003 ねんに がいこくに いきます。

③ 2004 ねんに がいこくに いきます。

④ 2005 ねんに がいこくに いきます。

答案②

解 選項②中的「2003 年」與題目中的「2001 年」的「さらいねん（後年）」相對應。

譯 現在是 2001 年，後年我要去外國。① 2002 年去外國；② 2003 年去外國；③ 2004 年去外國；④ 2005 年去外國。

■ さびしい（◇ 2002 - Ⅴ - 3）

① ねぼうして しまって さびしかったです。

② きょうは さびしいから セーターを きます。

③ ひとりで すんでいるので、ときどき さびしく なります。

④ この へやは そうじを して いないので、さびしいです。

答案③

解 選項①、②、④為誤用。①可改為「恥（は）ずかしかった」（難為情）；②可改為「寒（さむ）い」（冷）；④可改為「汚（きたな）い」（髒）。

譯 因為一個人住，所以有時會寂寞。

■ <u>あさ こうえんを さんぽしました。</u>（◇ 2004 - Ⅳ - 1）

① あさ こうえんを とびました。

② あさ こうえんを まがりました。

③ あさ こうえんを はしりました。

④ あさ こうえんを あるきました。

答案④

解 選項④中的「歩(ある)きました」（走，步行）與題目中的「散歩(さんぽ)」（散步）相對應。

譯 （題目）早上在公園散步。①早上在公園飛翔（不合常理）；②早上在公園轉彎（不合常理）；③早上在公園跑步；④早上在公園步行。

♬ 046

し 1	【四】名 四 ⇨ 四捨五入(ししゃごにゅう)（四捨五入）
し 1	【市】名 市；城市，都市 ⇨ 市長(しちょう)（市長）
し 1	【氏】名 氏，姓氏
し 0	【詩】名 詩，詩歌
じ 1	【字】名 字，文字；字體，筆跡 15
じ 0	【時】接尾（時間）～點；時間，時候 16
しあい 0	【試合】名・自サ 比賽，競賽 7
しあさって 3	【明々後日】名 大後天
しあわせ 0	【幸せ】名・形動 幸福；幸運
しお 2	【塩】名 鹽　⇨ 塩加減(しおかげん)（調口味鹹、淡）2 ➡ 塩(しお)が甘(あま)い（口味輕、淡） ➡ 塩(しお)を撒(ま)く（撒鹽以驅鬼避邪，趕走討厭的人） ➡ 塩(しお)を踏(ふ)む（體驗辛酸）

平假名 あ か さ た な は ま やゆよ ら~わ 片假名

しおからい [4]	【塩辛い】形 鹹，鹽味太重
しか [1] [2]	【歯科】名 牙科　⇨ 歯科医（牙醫師）
しかい [0]	【司会】名・自サ 司儀，主持人　⇨ 司会者（司儀）
じかい [1] [0]	【次回】名 下次，下回，下屆
しかく [0]	【資格】名 資格，地位；身份
しかくい [3] [0]	【四角い】形 正方的；死板的，生硬，端正 1 ⇨ 四角（正方形）
しかし [2]	【然し・併し】接續 但是 6 ⇨ しかしながら（然而，但是）
しかた [0]	【仕方】名 方法，手段 6 ⇨ 仕方がない（沒辦法）
しかたない [4]	【仕方無い】形 沒辦法，不得已，無可奈何 ＝仕方がない
しかる [0]	【叱る】他五 訓斥，告誡
じかん [0]	【時間】名 小時；時間，光陰；時刻 15 ⇨ 時間割（り）（時間表，課程表，功課表） ⇨ 長時間（長時間）　⇨ 短時間（短時間）
しき [0]	【式】名 儀式，典禮；方式；款式，風格；公式；符號
しき [1] [2]	【四季】名 四季　⇨ 四季折々（四季各異）
しけん [2]	【試験】名・他サ 考試；試驗 5
じけん [1]	【事件】名 事件；（殺人、強盜等）案件
じこ [1]	【自己】名 自我　⇨ 自己紹介（自我介紹） 1
じこ [1]	【事故】名 事故，故障；事情，事由 6
じこくひょう [0]	【時刻表】名 時刻表　⇨ 時刻
しごと [0]	【仕事】名 工作；職務，業務 12
じしょ [1]	【辞書】名 辭典 3
じしん [0]	【地震】名 地震 3
しずか [1]	【静か】形動 安靜；平靜，安穩；寧靜 16

♫ 048

した 0	【下】名 下部，下方；樓下；內側；年紀小；（程度、地位等）低；剛～之後 16
した 2	【舌】名 舌頭；味覺 ➡ 舌(した)を巻(ま)く（咋舌） ➡ 舌(した)を振(ふる)う（振振有詞） ➡ 舌(した)が回(まわ)る（說話流利） ➡ 下足(したた)らず（言不盡意）
じだい 0	【時代】名（歷史上的）年代；時勢；人生的某一時期 ⇨ 時代遅(じだいお)れ（落伍）3
したがう 0 3	【従う】自五 服從；跟隨；沿著；隨著～ 1
したぎ 0	【下着】名 貼身衣服，內衣，襯衣 1
したく 0	【支度・仕度】名・自サ 準備；裝備；打扮，整裝 2
したしい 3	【親しい】形 親密，關係好；熟悉 2
しち 2	【七】名 七 ⇨ 七月(しちがつ)（七月） ⇨ 七時(しちじ)（七點）
しつ 2	【室】名 房間；房屋；夫人，妻室 6
しっかり 3	副・自サ 牢固地；結實；值得信賴的；清醒，不糊塗；認真，可靠；確實，的確；很多，足夠 3 ⇨ しっかり者(もの)（靠得住的人）
しつもん 0	【質問】名・自他サ 提問；質問，詢問 9
しつれい 2	【失礼】名・自サ・形動・感 失禮，無禮；對不起；失陪了 4
じてん 0	【辭典】名 辭典 1
じてんしゃ 2 0	【自転車】名 自行車 8
じどうしゃ 2 0	【自動車】名 汽車 2
しぬ 0	【死ぬ】自五 死亡；停止；失去生氣；不起作用；（圍棋）死棋；（棒球）出局 7
しばらく 2	【暫く】副 一會兒；暫時，目前；一段時間 3
じびき 3	【字引】名 字典，辭典
じぶん 0	【自分】名 自身，自己；我
しま 2	【島】名 島嶼 ⇨ 島国(しまぐに) 12
しまい 1	【姉妹】名 姐妹；同一系統之物 ⇔ 兄弟(きょうだい)

しまう 0	【仕舞う】自・他五 收拾，整理；保存；關門，倒閉 ⇨ おしまい（終了；停止；賣光）N3 ➡ V- てしまう（表示完了；表示不希望出現的結果）
しまる 2	【閉まる】自五 關門　⇔ 開（あ）く 7
しみん 1	【市民】名 市民，城市居民；公民
じむ 1	【事務】名 事務　⇨ 事務員（じむいん）（辦事人員）3 ⇨ 事務所（じむしょ）（辦事處）
しめる 2	【閉める】他下一 關閉；倒閉　⇔ 開（あ）ける 7
しめる 2	【締める】他下一 勒緊，繫緊；合計，結算；嚴責，教訓；結束；（醃漬）讓～緊實　⇔ 緩（ゆる）める ➡ 紐（ひも）を締（し）める（繫帶子） ➡ 支出（ししゅつ）を締（し）める（節約開支）
しゃいん 1	【社員】名 公司職員；（社團、組織的）成員 1 ⇨ 正社員（せいしゃいん）（正職員工）
しゃかい 1	【社会】名 社會；相同行業 1 ⇨ 社会科学（しゃかいかがく）（社會科學）
じゃがいも 0	名 馬鈴薯 1
じゃぐち 0	【蛇口】名 水龍頭
しゃしん 0	【写真】名 照片　⇨ 写真家（しゃしんか）（攝影家）
しゃちょう 0	【社長】名 社長，總經理 6
じゃま 0	【邪魔】名・他サ・形動 障礙物，妨礙；拜訪，串門子 ⇨ 邪魔立（じゃまだ）て（故意妨礙）　⇨ 邪魔（じゃま）っ気（き）（令人感到礙事） ⇨ 邪魔者（じゃまもの）（討厭鬼，絆腳石）2
しゅう 1	【週】名・接尾 週，星期 3
じゅう 1	【十】名 十　⇨ 十月（じゅうがつ）（十月）　⇨ 十時（じゅうじ）（十點）6
じゅう 0	【中】接尾（前接時間、空間、團體等名詞，表示範圍全體）全，整
じゆう 2	【自由】名・形動 自由；隨便 4
しゅうかん 0	【週間】名・接尾 ～個星期；週（間）
しゅうかん 0	【習慣】名 習慣；風俗 4

平假名　あ　か　さ　た　な　は　ま　やゆよ　ら～わ　片假名

じゅうしょ ①	【住所】名 住所，住址 5
じゅうどう ①	【柔道】名 柔道 1
じゅうぶん ③	【十分・充分】形動・副 十分，充足；許多；完全地
しゅうまつ ⓪	【週末】名 週末 1
じゅぎょう ①	【授業】名・自サ 授課；上課 6 ⇨ 授業時間（じゅぎょうじかん）(授課時數) ⇨ 授業料（じゅぎょうりょう）(學費)
しゅくだい ⓪	【宿題】名 作業；研究中的問題 3
しゅしょう ⓪	【首相】名 首相，內閣總理大臣
しゅじん ①	【主人】名(妻子向別人稱呼自己的)丈夫；自己所效忠的人；(商店等的)經營者，店主；接待者，東道主；一家之主 3
しゅっせき ⓪	【出席】名・自サ 出席 ⇔ 欠席（けっせき）(缺席) 4
しゅっちょう ⓪	【出張】名・自サ 出差 ⇨ 出張先（しゅっちょうさき）(出差地點) 5
しゅっぱつ ⓪	【出発】名・自サ 出發 ⇨ 出発点（しゅっぱつてん）(出發地點) N4
しゅと ① ②	【首都】名 首都 ⇒ 首府（しゅふ）(首府，首都) ⇒ 都（みやこ） N3
しゅふ ①	【主婦】名 家庭主婦
しゅみ ①	【趣味】名 興趣，愛好；樂趣，喜好 4
じゅんばん ⓪	【順番】名 順序，次序，輪流 6
じゅんび ①	【準備】名・自他サ 準備 7 ➡ まさかの準備（じゅんび）をしておく（以備萬一）
しょうが ⓪	【生薑】名 薑
しょうかい ⓪	【紹介】名・他サ 介紹 2
しょうがくきん ⓪	【奨学金】名 獎學金
しょうがつ ④	【正月】名 新年
しょうご ①	【正午】名 中午
じょうし ①	【上司】名 上司，上級 ⇔ 部下（ぶか）
しょうしょう ①	【少々】名・副 少許，稍微 1
じょうず ③	【上手】名・形動 高明，擅長，拿手；善於奉承 6

051

しょうせつ 0	【小説】名 小說 ⇨ 小説家（小說家）N4 1
しょうたい 1	【招待】名・他サ 招待，邀請 2 ⇨ 招待状（邀請函） ⇨ 招待券（招待券）
じょうたつ 0	【上達】名・自サ（學業、技能）進步，長進；上呈，上達
じょうだん 3	【冗談】名 玩笑話 ⇨ 冗談半分（半開玩笑） ➡ 冗談にも程がある（開玩笑也要有個分寸）
しょうち 0	【承知】名・他サ 知道；同意；許可；原諒 1
しょうねん 0	【少年】名 少年 ⇔ 少女 ⇨ 青少年（青少年）
じょうぶ 0	【丈夫】形動 健康的；結實的；堅固耐用的 6
しょうゆ 0	【醤油】名 醬油 2
じょおう 2	【女王】名 女王；皇后；皇族的女性
しょうらい 1	【将来】名 將來 ⇨ 将来性（有前途）2
しょきゅう 0	【初級】名 初級 ⇔ 中級 ⇔ 上級
しょく 0	【食】名・接尾 食品；吃，餐；飲食 ⇨ 食生活（（每天的）伙食，飲食生活）
しょくいん 2	【職員】名 職員，工作人員 2
しょくぎょう 2	【職業】名 職業
しょくじ 0	【食事】名・自サ 吃飯，飲食，飯菜 9
しょくどう 0	【食堂】名 餐廳 N4 5
しょくひん 0	【食品】名 食品 3
しょくりょう 2	【食料】名 食物；食品 3 ⇨ 食料品（指肉、魚、蔬菜等食品）
しょっぱい 3	【塩っぱい】形 鹹的；小氣的，吝嗇的；為難的
じょし 1	【女子】名 女孩子，姑娘；女子，婦女 1
じょせい 0	【女性】名 女性 ⇔ 男性 5

平假名 あ か さ た な は ま や ゆ よ ら～わ 片假名

しらせる [0]	【知らせる】他下一 通知，告訴；通報，預告 1 ⇨ 知(し)らせ（通知，消息；預兆，前兆） ➡ 虫(むし)の知(し)らせ（心中有預感）
しらべる [3]	【調べる】他下一 調查，研究；查閱（辭典等）；搜索，檢查；審訊 9 ⇨ 調(しら)べ（調查；審問；搜查；檢查）
しりあい [0]	【知り合い】名 相識，結識；相識的人，熟人
しりつ [1]	【市立】名 市立 1
しりつ [1]	【私立】名 私立　⇔ 国立(こくりつ)　⇔ 公立(こうりつ)
しりょう [1]	【資料】名 資料 2
しる [0]	【知る】他五 知道，了解，認識 14 ⇨ 知(し)らん顔(かお)（裝作不知道的樣子） ➡ 知(し)った顔(かお)をする（裝懂） ➡ 知(し)らぬが仏(ほとけ)（眼不見心不煩）
しろ [1]	【白】名 白色；潔白（無罪）　⇔ 黒(くろ) 2
しろい [2]	【白い】形 白色　⇔ 黒(くろ)い 15
じん [1]	【人】名・造語 ～人 4 ⇨ 社会人(しゃかいじん)（社會人士）　⇨ 芸能人(げいのうじん)（演藝人員）
しんかんせん [3]	【新幹線】名 新幹線；高速鐵路 2
じんこう [0]	【人口】名 人口；眾人之口 4
じんじゃ [1]	【神社】名 神社 1
しんせつ [1]	【親切】名・形動 體貼，關懷，熱情 N4 6
しんせん [0]	【新鮮】形動 新鮮；清新 N3
しんちょう [0]	【身長】名 身高 N3
しんねん [1]	【新年】名 新年
しんぱい [0]	【心配】名・形動・自他サ 擔心；照顧，張羅 5
しんぶん [0]	【新聞】名 報紙，報刊　⇨ 新聞社(しんぶんしゃ)（報社）N5 7

歷屆考題

■ わたしは りょうしんに しょうらいの ことを 話(はな)しました。

（◆ 1995 - Ⅳ - 7）

① わたしは りょうしんに きのう 何(なに)を したか 話(はな)しました。

② わたしは りょうしんに これから 何(なに)を するか 話(はな)しました。

③ わたしは りょうしんに 今(いま) 何(なに)を して いるか 話(はな)しました。

④ わたしは りょうしんに 今(いま)まで 何(なに)を してきたか話(はな)しました。

答案②

解 選項②中的「これから」（今後）與題目中的「将来(しょうらい)」（將來）相對應。

譯（題目）我與父母談了有關將來的打算。①我與父母談了昨天做了什麼；②我與父母談了今後要做的事情；③我與父母談了 現在正在做的事；④我與父母談了至今為止都做了些什麼。

■ たかはし さんは 日本(にほん)の しょうせつを けんきゅうして います。

（◆ 1996 - Ⅳ - 6）

① たかはし さんの せんもんは 日本(にほん)の ちりです。

② たかはし さんの せんもんは 日本(にほん)の れきしです。

③ たかはし さんの せんもんは 日本(にほん)の ぶんがくです。

④ たかはし さんの せんもんは 日本(にほん)の けいざいです。

答案③

解 選項③中的「日本(にほん)の文学(ぶんがく)」（日本的文學）與題目中的「小説(しょうせつ)」（小說）相對應。

譯（題目）高橋研究日本的小說。①高橋的專業是日本地理；②高橋的專業是日本歷史；③高橋的專業是日本文學；④高橋的專業是日本經濟。

■ うけつけで「お名前と ごじゅうしょを 書いて ください。」と言われました。（◆ 1998 - Ⅳ - 9）

① うけつけで 名前(なまえ)と つとめて いる ところを 書(か)きました。

② うけつけで 名前(なまえ)と すんで いる ところを 書(か)きました。

③ うけつけで 名前と うまれた 日を 書きました。

④ うけつけで 名前と うまれた 国を 書きました。

答案②

解 選項②中的「住んでいる所」(住的地方)與題目中的「住所」(地址)相對應。

譯 (題目)接待處要求：「請寫上您的姓名和住址。」①在接待處寫上了姓名和工作地址；②在接待處寫上了姓名和住址；③在接待處寫上了姓名和出生日期；④在接待處寫上了姓名和國籍。

■ あしたの パーティーは、どんな のみものを＿＿＿しましょう か。(◆2001 - III - 9)

① しんぱい　② しょうたい　③ しゅっせき　④ じゅんび

答案④

解 答案以外的選項其漢字形式和意思分別是：①心配(擔心)；②招待(招待)；③出席(出席)。

譯 明天聚會要準備些什麼喝的呢？

■ きょうは おきゃくさまが きます。＿＿＿ことを しないよう に、気を つけてください。(◆2002 - III - 1)

① しつれいな　② しんせつな　③ しんぱいな　④ ていねいな

答案①

解 這 4 個選項用的都是形容動詞的連體形。答案以外的選項其漢字形式和意思分別是：②親切(熱情，親切)；③心配(擔心)；④丁寧(有禮貌，認真)。

譯 今天客人要來。請不要做出失禮的事情。

■ けっこんしきにだれを＿＿＿しましょうか。(◆2003 - III - 9)

① しょうらい　② しょうち　③ しょうたい　④ しょうかい

答案③

解 答案以外的選項其漢字形式和意思分別是：①将来(將來)；②承知(同意；知道)；④紹介(介紹)。

譯 結婚儀式請誰來呢？

■ こどもは おとうさんに しかられました。（◆ 2005 - Ⅳ - 1）

① こどもは おとうさんに わらわれました。

② こどもは おとうさんに ほめられました。

③ こどもは おとうさんに そだてられました。

④ こどもは おとうさんに おこられました。

答案④

解 選項④中的「怒（おこ）られました」（挨罵了）與題目中的「叱（しか）られました」（被訓斥了）相對應。

譯 （題目）孩子被父親責罵了。

■ じゅんび（◆ 2006 - Ⅴ - 4）

① パーティーの じゅんびが できました。

② 車（くるま）の こしょうの じゅんびが まだできません。

③ 空気（くうき）が かわいて いるので、家事（かじ）の じゅんびを します。

④ きょうならったかんじの じゅんび をもういちどいえでします。

答案①

解 選項②、③、④均為誤用。②可改為「出発（しゅっぱつ）の準備（じゅんび）」（出發的準備）；③可改為「洗濯（せんたく）の準備（じゅんび）」（洗東西的準備）；④可改為「漢字（かんじ）の復習（ふくしゅう）」（漢字的複習）。

譯 ①已經做好晚會的準備了。

■ しょうらいの けいかくを みんなで はなしました。（◆ 2007 - Ⅳ - 2）

① いままでの けいかくを みんなで はなしました。

② さいごの けいかくを みんなで はなしました。

③ さいしょの けいかくを みんなで はなしました。

④ これからの けいかくを みんなで はなしました。

答案④

解 選項④中「これから」（今後）與題目中的「将来（しょうらい）」（將來）相對應。

譯（題目）大家一起談論了將來的計畫。①大家一起談論了迄今為止的計畫；②大家一起談論了最後的計畫；③大家一起談論了最初的計畫；④大家一起談論了今後的計畫。

■ 「そろそろ＿＿＿。」と いって せんせいの へやを でました。（◇1995 - Ⅲ - 8）

① しつれいしません　② しつれいします
③ しつれいしています　④ しつれいしました

答案②

解「失礼する」有三個意思，可表示告辭，如「お先(さき)に失礼(しつれい)します。」（我先告辭了）；還可表示對不起，如「この間(あいだ)はどうも失礼(しつれい)しました。」（前幾天太對不起了）；還可以表示打擾，如「失礼(しつれい)します」（和「お邪魔(じゃま)します」相通）

譯 說了聲「我該告辭了」，就走出了老師的房間。

■ さむいですね。まどを＿＿＿ください。（◇2000 - Ⅲ - 3）

① おして　② きって　③ けして　④ しめて

答案④

解 這 4 個選項用的都是動詞的「て」形。答案以外的選項其動詞基本形和意思分別是：①「押(お)す」（按；推；壓）；②「切(き)る」（切，砍，割）；③「消(け)す」（關上；消除）

譯 好冷啊，請把窗戶關上。

■ わからない ひとは わたしに＿＿＿ください。（◇2001 - Ⅲ - 2）

① かえって　② こたえて　③ しつもんして　④ れんしゅうして

答案③

解 這 4 個選項用的都是動詞的「て」形。答案以外的選項其基本形和意思分別是：①帰(かえ)る（回）；②答(こた)える（回答）；④練習(れんしゅう)する（練習）。

譯 不懂的人請向我提問。

■ わからないことは、わたしに______してください。（◇2003 - III - 6）

① しつもん　② じゅぎょう　③ べんきょう　④ れんしゅう

答案①

解 答案以外的選項其漢字形式和意思分別是：②授業（じゅぎょう）（上課）；③勉強（べんきょう）（學習）；④練習（れんしゅう）（練習）。

譯 不懂的事情請問我。

■ この かばんは ふるいですが、とても______。（◇2005 - III - 5）

① げんきです　② しずかです　③ じょうぶです　④ にぎやかです

答案③

解 答案以外的選項其漢字形式和意思分別是：①「元気（げんき）」（健康，有精神）；②「静（しず）か」（安靜）；④「賑（にぎ）やか」（熱鬧）。

譯 這個包雖然舊了，但很耐用。

♬ 053

す ⓪①	【酢】名 醋 3
ず ⓪	【図】名 圖，圖表
すいえい ⓪	【水泳】名・自サ 游泳 5
すいか ⓪	【西瓜】名 西瓜
すいぞくかん ④③	【水族館】名 水族館 1
すいどう ⓪	【水道】名 自來水（管）；（船舶等通過的）航道；海峽
ずいぶん ①	【随分】副・形動 非常，頗；太不像話，太苛刻 8
すいようび ③	【水曜日】名 星期三　＝水曜（すいよう） 6
すう ⓪	【吸う】他五 吸，吸入；吸吮；吸收 3
すうがく ⓪	【数学】名 數學 1
すうじ ⓪	【数字】名 數字；好幾個字 1

♬ 054

すがた ①	【姿】名 姿態，外觀，打扮；姿勢；狀況，情況；身影，其人
すき ②	【好き】形動 喜愛的；隨心所欲 ⇔ 嫌い(きら) 16 ⇨ 好く(す)（喜歡，愛好） ⇨ 大好き(だいす)（非常喜愛） ⇨ 好き嫌い(すきら)（喜好和厭惡；挑剔） ➡ 好きこそ物の上手なれ(す もの じょうず)（愛好才能精通）
すぎる ②	【過ぎる】自上一 通過，穿過；超過；經過，經歷；結束，過去；過期；過度，過分 5 ➡ ～過ぎ(す)（過於～） ➡ ～過ぎる(す)（過分，過多，太～）
すく ⓪	【空く】自五 空，稀疏；（肚子）餓；閑下來 5 ➡ おなかが空く(す)（肚子餓） ➡ 手が空く(て す)（手空下來）
すぐ ①	【直ぐ】副 馬上；不久；（距離）很近；容易，輕易
すくない ③	【少ない】形 少 ⇔ 多い(おお) 13
すくなめ ⓪	【少な目】形動 較少的
すぐに ①	【直ぐに】副 馬上 3
すごい ②	【凄い】形 可怕，嚇人；非常，特別厲害；表示驚訝、驚嘆的心情 6
すこし ②	【少し】副 少量，少數；一點點；稍微；一會兒 15
すこしも ②⓪	【少しも】副（下接否定）一點也（不），絲毫也（不）
すし ②①	【寿司】名 壽司 1
すずしい ③	【涼しい】形 涼快；明亮，清澈的 5 ➡ 涼しい顔(すず かお)（若無其事的樣子）
ずつ ①	副 每，各；表示均等的反覆或變化 7
すっかり ③	副 全部，完全；非常 5
すっきり ③	副 心情爽快；整潔，清爽；明瞭 1
ずっと ⓪	副 一直，不停地；長時間；～得多 ＝ずうっと 8
すっぱい ③	【酸っぱい】形 酸的；費盡唇舌 ➡ 口を酸っぱくして言う(くち す い)（磨破了嘴皮，苦口婆心）
すてき ⓪	【素敵】形動 極好，絕妙，極漂亮 4

すてる 0	【捨てる】他下一 扔掉；放棄，不理；拋棄，遺棄；斷絕關係 7 ⇨ 書き捨てる（寫了就丟掉；胡亂地寫） ➡ ～捨てる（就這樣～）
すな 0	【砂】名 沙子
すなお 1	【素直】形動 坦率，直率；溫順，聽話；工整，沒有虛飾
すなわち 2	【即ち】接續 即，也就是說
すばらしい 4	【素晴らしい】形 出色；非常好的，特別 1
すべて 1	【全て】副 全部，總共
すべる 2	【滑る】自五 下滑；滑溜；打滑；滑倒；考試落第；地位下降；說漏嘴 4 ➡ 口がすべる（說溜嘴） ➡ 筆がすべる（寫得很快）
すむ 1	【住む】自五 居住 15 ⇨ 住み心地（住起來的感覺） ➡ 住めば 都（久居則安）
すむ 1	【済む】自五 結束；足夠，可以；解決 15
すみ 1	【隅】名 角落 ➡ 隅から隅まで（每一個角落） ➡ 隅に置けない（不可小看）
すみません 4	感 對不起，抱歉；不好意思，謝謝 13
すり 1	【掏摸】名 扒手，小偷
ずるい 2	【狡い】形 狡猾，滑頭，奸詐 1
する 0	自他サ 做；表示人的感覺；表示某種狀態；處於某種狀態；值（多少錢），要；佩戴 16
すると 0	接續 於是，那麼 6
すわる 0	【座る・坐る】自五 坐；居任某職位；不動；座落 10 ➡ 肝が座る（膽量很穩） ➡ 腰が座る（坐著不動；沉著，不動搖） ➡ 判が座る（蓋上印章） ➡ 船が座る（船擱淺） ➡ 目が座る（兩眼發直）

歷屆考題

■ おなかが すいて いたので、れいぞうこの 中(なか)の 食(た)べものを＿＿＿食(た)べて しまいました。（◆ 1995 - Ⅲ - 4）

① すっかり　② びっくり　③ ぐっすり　④ はっきり

答案①

解 答案以外的選項其意思分別是：②びっくり（吃驚）；③ぐっすり（酣睡的樣子）；④はっきり（清楚）。

譯 肚子很餓，所以把冰箱裡的食物全部吃光了。

■ わたしは 日本(にほん)に 来(き)てから＿＿＿この いえに すんで います。（◆ 1996 - Ⅲ - 4）

① もっと　② きっと　③ ずっと　④ やっと

答案③

解 其餘各項為：①もっと（更）；②きっと（一定）；④ やっと（終於）。

譯 來日本後我一直住在這棟房子裡。

■ かいだんが ぬれて います。＿＿＿ので、ちゅういして ください。（◆ 1998 - Ⅲ - 3）

① おちやすい　② うごきやすい　③ すべりやすい　④ たおれやすい

答案③

解 動詞連用形加「やすい」表示某事容易做到，「滑(すべ)りやすい」是「容易滑倒」的意思。答案以外的選項其動詞基本形和意思分別為：①落(お)ちる（掉落）；②動(うご)く（動；轉動）；④倒(たお)れる（倒塌）。

譯 臺階潮濕易滑，請當心。

■ すいて いる 電車(でんしゃ)が 来(き)ました。（◆ 1999 - Ⅳ - 4）

① ひとが すこしも のって いない 電車(でんしゃ)が 来ました。

② ひとが たくさん のって いる 電車(でんしゃ)が 来ました。

③ のって いる ひとが すくない 電車(でんしゃ)が 来ました。

④ のって いる ひとが いない 電車(でんしゃ)が 来ました。

答案③

解 選項③中的「乗っている人が少ない」（坐的人少）與題目中的「空く」相對應。

譯（題目）來了一輛比較空的電車。①來了一輛無人乘坐的電車；②來了一輛有很多乘客的電車；③來了一輛坐的人不多的 電車；④來了一輛無人乘坐的電車。

■ ここは すべりやすいので きを つけて ください。（◆ 2003 - IV - 5）

① ここは あるきにくいです。　② ここは きこえにくいです。

③ ここは ゆれにくいです。　④ ここは みえにくいです。

答案①

解 選項①中的「歩きにくい」（不好走）與題目中的「滑りやすい」（容易滑倒）相對應。

譯（題目）這裡容易滑倒，請注意一點。①這裡不好走；②這裡很難聽到；③這裡很難搖晃；④這裡很難看到。

■ しょくじが すんだら 話を しましょう。（◆ 1997 - IV - 6）

① しょくじを しながら 話を しましょう。

② しょくじの あとで 話を しましょう。

③ しょくじの まえに 話を しましょう。

④ しょくじを しないで 話を しましょう。

答案②

解 選項②中的「食事の後」（吃過飯後）與題目中的「食事が済んだら」（吃完飯）相對應。

譯（題目）吃完飯再說話吧！①邊吃飯邊說話吧！②吃完飯後再說話吧！③吃飯前說話吧！④不吃飯說話吧！

■ すると（◆ 2007 -V- 1）

① きのうは 天気が よく なかったです。すると、わたしは テニスを しませんでした。

② なんかいも 聞きました。すると、わかりませんでした。

③ ボタンを おしました。すると、ドアが あきました。

④ あした しけんを します。するとよく べんきょうして ください。

答案③

解「すると」有兩個意思，一個是表示兩件事情先後發生，相當於中文的「於是」，另一個是表示從前面的事項可以理所當然的得出後項的結果，相當於中文的「那麼，也就是說」。選項①、②、④均為誤用。①、④可改為「ですから」（因此）；②可改為「しかし」（但是）。

譯 ③按下了按鈕，於是門打開了。

■ ゆうびんきょくは、＿＿＿そこです。

① あと　② まだ　③ すぐ　④ どうぞ

答案③

解「すぐ」是副詞。「馬上」的意思。中文句子可以翻成「就在……」答案以外的選項其漢字形式和意思為：①あと（後）；②まだ（還沒）；④どうぞ（請）。

譯 郵局就在那。

■ わたしは テニスが すきです。（◇ 1997 - Ⅳ - 5）

① わたしは テニスが きらいです。

② わたしは テニスが へたです。

③ わたしは テニスが したいです。

④ わたしは テニスが あそびたいです。

答案③

解 選項③中的「したい」（想做～）與題目中的「好(す)き」（喜歡）相對應。

譯（題目）我喜歡打網球。①我討厭網球；②我網球打不好；③我想打網球；④我想玩網球。

■ きょうは とても つかれました。いえに かえって＿＿＿ねます。

（◇ 2002 - Ⅲ - 10）

① ほんとう　② すぐに　③ たぶん　④ ちょうど

答案②

解　答案以外的選項其漢字形式和意思分別是：①本当(ほんとう)（真的）；③多分(たぶん)（也許，多半）；④丁度(ちょうど)（正好，恰好）。

譯　今天很累，回家以後馬上就去睡覺。

■　わたしは うたがへたです。でも、うたは＿＿＿。（◇ 2003 - Ⅲ - 4）

①　すきです　②　じょうずです　③　じょうぶです　④　りっぱです

答案①

解　答案以外的選項其漢字形式和意思分別是：②上手(じょうず)です（擅長）；③丈夫(じょうぶ)です（結實，牢固）；④立派(りっぱ)です（出色，氣派）。

譯　我歌唱得不好。但是喜歡歌。

■　ここで たばこを＿＿＿ください。（◇ 2006 - Ⅲ - 2）

①　かけないで　②　きえないで　③　すわないで　④　つかないで

答案③

解　「～ないでください」是「請不要～」的意思。答案以外的選項其動詞基本形和意思分別是：①掛(か)ける（掛；花費；打〔電話〕）；②消(き)える（消失）；④付(つ)く（沾上，附著）或着(つ)く（到達）。其中選項②、④是自動詞，不能用在受詞助詞「を」後面。「たばこを吸(す)う」是固定搭配，意為「吸菸」。

譯　請不要在這裡吸菸。

♫ 056

せ [0][1]	【背】名 背，後背；後方；身高；山脊 3 ➡ 背(せ)を向(む)ける（轉過身；背叛）
ぜ [1]	【是】名 是，正確，合乎道理 9
せい [1]	【姓】名 姓氏 7
せい	【製】造語 製造；製品，產品
せいおう [0][1]	【西欧】名 西歐，西洋　⇨ 西欧諸国(せいおうしょこく)

せいかつ ⓪	【生活】名・自サ 生活；生計 ❷ ⇨ 食生活（しょくせいかつ）（飲食生活） ⇨ 生活水準（せいかつすいじゅん）（生活水平） ⇨ 生活力（せいかつりょく）（生活能力） ⇨ 生活費（せいかつひ）（生活費）
せいさん ⓪	【生產】名・他サ 生產
せいざ ⓪	【星座】名 星座 ❶
せいじ ⓪	【政治】名 政治 ⇨ 独裁政治（どくさいせいじ）（獨裁政治） ⇨ 政治家（せいじか）（政治家） ⇨ 政治意識（せいじいしき）（政治意識） ⇨ 政治評論家（せいじひょうろんか）（政治評論員）
せいしょうねん ③	【青少年】名 青少年
ぜいたく ③④	【贅沢】名・形動 豪華；浪費；過度
せいと ①	【生徒】名 中學生，高中生及補習班等的學生 ❺
せいど ①	【制度】名 制度
せいねん ⓪	【成年】名 成年
せいふく ⓪	【制服】名 制服
せいほうけい ③⓪	【正方形】名 正方形
せいよう ①	【西洋】名 西洋，西方 ❶
せかい ①	【世界】名 世界；宇宙；領域；視野 ❼
ぜいきん ⓪	【税金】名 稅金
せいねん ⓪	【青年】名 青年 ⇒ 若者（わかもの）
せき ②	【咳】名 咳嗽 ❷
せき ①	【席】名 座位；地位；集會地點 ❻ ➡ 席（せき）を蹴（け）る（拂袖而去）
せっけん ⓪	【石鹸】名 肥皂，香皂 ❶
せつめい ⓪	【説明】名・他サ 說明 ❿
せなか ⓪	【背中】名 背，背面 ❷ ⇨ 背中合（せなかあ）わせ（背靠背；互為表裡）
ぜひ ①	【是非】名・副（副）一定，必定，肯定；（名）是非，善惡 ❺
せびろ ⓪	【背広】名（男子）西服 ❶

せまい ②
【狹い】形 空間狹小，幅度狹窄；看法、觀點貧乏 ❽
➡ 肩身が狭い（臉上無光，抬不起頭）

せわ ②
【世話】名・他サ 照看，照顧；棘手，麻煩；介紹，斡旋
➡ お世話になりました（承蒙關照）
⇨ 世話役（斡旋人）
⇨ 世話好き（好管閒事〔的人〕；好幫助人〔的人〕）

せん ①
【線】名 線；鐵路線；電線，電話線；方針 ❹

せん ①
【千】名 千 ❸

ぜん ①
【全】接頭 全，全部 ❷

ぜんいん
【全員】名 全體人員 ❺

ぜんかい ① ⓪
【前回】名 上次，上回，前次 ❶

せんえん ①
【千円】名 一千日圓 ❸

せんげつ ①
【先月】名 上個月 ❼
⇨ 先々月（上上個月）

ぜんじつ ⓪
【前日】名 前一天

せんしゅ ①
【選手】名 選手

せんしゅう ⓪
【先週】名 上週 N5 ❼
⇨ 先々週（上上個禮拜）

せんせい ③
【先生】名 老師；對醫生、律師、政治家等等的敬稱 ⓰

ぜんせん ⓪
【前線】名 前線，第一線 ❹

ぜんぜん ⓪
【全然】副（後接否定）一點（也不），完全（不）❼
⇒ ちっとも　⇒ さっぱり

せんそう ⓪
【戦争】名・自サ 戰爭

せんたく ⓪
【洗濯】名・他サ 洗滌　⇨ 洗濯機（洗衣機）
➡ 命の洗濯（散心，消遣）❻

せんねん ⓪
【先年】名 前幾年，那一年 ❶

ぜんねん ⓪
【前年】名 去年 ❹

せんぱい ⓪
【先輩】名 先輩，前輩，老資格；先入學或畢業的人，先到工作崗位的人 ❶
⇔ 後輩

ぜんぶ ①	【全部】名全部，整體上 15
せんぷうき ③	【扇風機】名風扇，電扇
せんまん ③	【千万】名千萬；很多 1
せんむ ①	【專務】名董事，副總經理
せんめん ⓪	【洗面】名・自サ洗臉 ⇨ 洗面器（洗臉盆）⇨ 洗面所（洗臉台；洗手間；盥洗室）
せんもん ⓪	【專門】名專業，專長；專營，專賣⇒ 専攻 ⇨ 専門学校（專科學校） ⇨ 専門家（專家）
ぜんや ①⓪	【前夜】名前一天晚上；前夕
せんろ ①	【線路】名鐵路，軌道；線路，電線 1

歷屆考題

■ いしかわさんは、わたしの大学の せんぱいです。（◆ 1993 - IV - 7）

① いしかわさんは、わたしと いっしょに おなじ 大学に にゅうがくしました。

② いしかわさんは、わたしと おなじ としに ほかの 大学に にゅう がくしました。

③ いしかわさんは、わたしが にゅうがくした あとで おなじ 大学ににゅうがくしました。

④ いしかわさんは、わたしが にゅうがくする まえに おなじ 大学に にゅうがくしました。

答案④

解 選項④中的「私が入学する前に」（在我入學前）與題目中的「先輩」（學長）相對應。

譯（題目）石川是我大學學長。①石川和我一起進了同一所大學；②在我上大學的同一年，石川進了另一所大學；③石川在 我入學後，進了同一所大學；④石川在我入學前，進了同一所 大學。

■ この 車(くるま)はにほんせいです。（◆ 1994 - IV - 10）

① この 車(くるま)はにほんで のられました。

② この 車(くるま)はにほんで うられました。

③ この 車(くるま)はにほんで なおされました。

④ この 車(くるま)はにほんで つくられました。

答案④

解 選項④中的「作(つく)られる」（生產）與題目中的「製(せい)」（製造）相對應。

譯 （題目）這車是日本製造的。①這車在日本被人乘坐；②這車在日本銷售；③這車在日本修理；④這車在日本製造。

■ おもしろい えいがだと 聞(き)いたので、＿＿＿見(み)たいです。

（◆ 1995 - III - 1）

① たぶん　② そんなに　③ ぜひ　④ きゅうに

答案③

解 答案以外的選項其意思分別為：①たぶん（可能）；②そんなに（那麼）；④急(きゅう)に（突然）。

譯 聽說是一部很有趣的電影，一定要看看。

■ このむらでは おもに こめを＿＿＿しています。（◆ 2007 - III - 6）

① せいさん　② けんぶつ　③ たいいん　④ はつおん

答案①

解 答案以外的選項其漢字形式和意思分別是：②見物(けんぶつ)（參觀，遊覽）；③退院(たいいん)（出院）；④発音(はつおん)（發音）。

譯 這個村子主要生產稻米。

■ これはせっけんです。（◇ 1991 - IV - 4）

① これは なにかを あらう ときに つかいます。

② これは なにかを つくる ときに つかいます。

③ これは なにかを きく ときに つかいます。

④ これは なにかを みる ときに つかいます。

答案①

解 選項①中的「洗(あら)う」(洗)與題目中的「石鹸(せっけん)」(肥皂)相對應。

譯 (題目)這是肥皂。①這是洗東西時使用的;②這是製造東西時使用的;③這是用來聽東西的;④這是用來看東西的。

■ このみちは______です。(◇1992 - III - 5)

① わかい　② うすい　③ せまい　④ おもい

答案③

解 答案以外的選項其漢字形式和意思分別是:①若(わか)い(年輕的);②薄(うす)い(淡的,薄的);④重(おも)い(重的)。

譯 這路很窄。

■ きのうせんたくをしました。(◇2001 - IV - 1)

① きのう へやを きれいに しました。

② きのう ようふくを あらいました。

③ きのう りょうりを つくりました。

④ きのう ほんを かいました。

答案②

解 選項②中的「洋服(ようふく)を洗(あら)う」(洗衣服)與題目中的「洗濯(せんたく)」(洗衣服)相對應。

譯 (題目)昨天洗了衣服。①昨天把房間收拾乾淨了;②昨天洗了衣服;③昨天做了菜;④昨天買了書。

■ ヤンさんは せが たかいです。(◇2003 - IV - 3)

① ヤンさんは かるいです。　② ヤンさんは つよいです。

③ ヤンさんは わかいです。　④ ヤンさんは おおきいです。

答案④

解 選項④中的「大(おお)きい」(大)與題目中的「背(せ)が高(たか)い」(個子高)相對應。

譯 (題目)小楊個子很高。①小楊很輕;②小楊很強;③小楊很年輕;④小楊很大。

♫ 058

そう 0 1	副・感 那樣，是；不錯；是嗎，對了 15
そう 0	【沿う】自五 沿著；遵照，按照 ⇨ 川沿い（沿河，河邊） ➡ ～沿い（沿，順～）
ぞう 1	【象】名 象，大象
そういう 0	連體 那樣的
そういえば 4	接續 那麼說來，那麼一說
そういった 0	連體 那樣的
ぞうきん 0	【雑巾】名 抹布
そうこ 1	【倉庫】名 倉庫
そうじ 0	【掃除】名・他サ 清掃，打掃 7
そうして 0	接續 而，又，而且；然後；於是　＝そして 1
そうだん 0	【相談】名・他サ 聽取意見，諮詢；協商，商量 N4 6
そうり 1	【総理】名（「内閣総理大臣」之略）總理，首相；總管 ⇨ 総理大臣（總理）
ぞうり 0	【草履】名 日式夾腳鞋
そこ 0	【其処】代名 指距對方較近的場所，那兒；那一點 10
そこで 0	接續 於是，因此 5 ⇒それで　⇒そういうわけで
そして 0	接續 然後，於是 9
そせん 1	【祖先】名 祖先　⇒先祖
そだつ 2	【育つ】自五 發育，成長，長大；進步，長進 ⇨ 育ち（發育，成長；教育，教養；出身）
そだてる 3	【育てる】他五 撫養；促進發育，培養 1 ⇨ 子育て（養育、撫養孩子）
そちら 0	代名 那邊；您；那個；那一位；貴單位 4

そつぎょう 0	【卒業】名・他サ 從學校畢業；通過某階段 2 ⇨ 卒業論文（畢業論文） ⇨ 卒業生（畢業生） ⇨ 卒業証書（畢業證書） ⇒ 高卒（高中畢業） ⇒ 大卒（大學畢業）
そっち 3	代名 那邊，那個；貴處，您那兒；您
そと 1	【外】名 外面；戶外；外部；外表，臉上 N5 4
そとがわ 0	【外側】名 外側，外面 6
その 0	【其の】連體・感 那，那個；那時，那件事；嗯～ 16
そのうえ 0	【その上】接續 而且，又，加上；然後
そのうち 0	【その内】副 過幾天，不久；其中 3
そのころ 3	【その頃】名 那時，那時候
そのため 0	【其の為】接續 為此，因為
そのほか 2	【その他】名 此外，其次
そのまま 4 0	副 原原本本，原封不動的；就那樣地；一模一樣 6
そば 1	【側・傍】名 旁邊；附近；剛～之後，剛～不久 9
そば 1	【蕎麦】名 蕎麥；蕎麥麵 ⇨ 冷やしそば（冷蕎麥麵）
そふ 1	【祖父】名 祖父，爺爺，外公 3
そぼ 1	【祖母】名 祖母，奶奶，外婆 4 ⇨ 祖父母（祖父母）
そら 1	【空】名 天，空中；天氣；心情；謊言，假話；背誦 5
そる 1	【剃る】他五 剃，刮
それ 0	代名 那個；那件事；那時 16 ⇨ それら（〔「それ」的複數〕那些）
それから 0	接續 還有，然後；請講下去 11
それぞれ 2 3	副 分別，各自
それだけ 0	副 那些，那麼多；唯獨那個；只有那些，只限於那些
それで 0	接續 那麼；因此；後來 10
それでは 3	副 那麼，那就；如果是那樣，要是那樣的話 3
それでも 3	接續 雖然那樣，儘管如此 6

それなのに ③	接續 儘管那樣，雖然那樣 1
それなら ③	接續 如果那樣，要是那樣
それに ⓪	接續 而且 7
それほど ⓪	副 那麼，那樣 3
そろそろ ①	副 慢慢地；漸漸地，一點點地；不久，快要，差不多該 5
そんな ⓪	連體形動 那樣的；哪裡，不會 12
そんなに ⓪	副 那麼地，那麼樣地

歷屆考題

■ たなかさんは「そふも そぼも げんきです。」と いいました。

（◆ 1992 - Ⅳ - 2）

① たなかさんの おじさんも おばさんも おげんきだ そうです。

② たなかさんの おとうさんも おかあさんも おげんきだ そうです。

③ たなかさんの おにいさんも おねえさんも おげんきだ そうです。

④ たなかさんの おじいさんも おばあさんも おげんきだ そうです。

答案④

解 在日語中，稱呼自己的（外）祖父、（外）祖母時可以用「祖父（そふ）」「祖母（そぼ）」，但稱呼別人的（外）祖父、（外）祖母時則應該用「お爺（じい）さん」「お婆（ばあ）さん」。注意區別稱呼家庭成員時的敬稱與謙稱形式。

譯 （題目）田中說：「祖父、祖母身體都很健康。」①聽說田中的叔叔、阿姨都很健康；②聽說田中的爸爸、媽媽都很健康；③聽說田中的哥哥、姐姐都很健康；④聽說田中的爺爺、奶奶 都很健康。

■ もう おそいから、______かえりましょう。（◆ 1997 - Ⅲ - 4）

① そろそろ　② だんだん　③ ときどき　④ とうとう

答案①

解 「そろそろ帰る」表示「該回去了」，為固定搭配。答案以外的選項其意思分別為：②段段（漸漸）；③時々（時常）；④とうとう（終於）。

譯 已經很晚了，該回去了。

■ 1じになりました。＿＿＿テストをはじめます。（◆ 2002 - Ⅲ - 6）

① でも　② しかし　③ どうも　④ それでは

答案④

解 答案以外的選項其意思分別是：①但是；②但是；③實在是。

譯 1 點到了。那麼就開始測驗吧。

■ このみちはせまい。＿＿＿、車がおおくてあぶない。

（◆ 2003 - Ⅲ - 7）

① だから　② すると　③ それに　④ じゃあ

答案③

解 答案以外的選項其意思分別是：①因此；②於是；④那麼。

譯 這條路很窄，而且車多，所以很危險。

■ ずっと日本にすむつもりです。＿＿＿、今、日本語をべんきょうしています。（◆ 2004 - Ⅲ - 3）

① では　② けれど　③ それで　④ たとえば

答案③

解 答案以外的選項其意思分別是：①那麼；②但是；④比如，例如。

譯 我準備一直住在日本。因此現在正在學習日語。

■ そだてる（◆ 2007- v - 3）

① たいせつにそだてていた花がさきました。

② このりょうりはおいしくなるまで、よくそだてました。

③ なんどもなおしてさくぶんをそだてました。

④ じが小さくて見えないので、もうすこしそだててください。

答案①

解 選項②、③、④均為誤用。②可改為「煮(に)ました」（煮）；③可改為「書(か)き直(なお)しました」（重寫）；④「大(おお)きくして」（放大）。

譯 ①精心培育的花開了。

■ すずきさんは そうじを しました。（◇ 1992 - IV - 3）

① すずきさんは かおや てを きれいに しました。

② すずきさんは ちゃわんや コップを きれいに しました。

③ すずきさんは シャツやハンカチを きれいに しました。

④ すずきさんは いえの なかや にわを きれいに しました。

答案④

解 選項④中的「いえのなかやにわを綺麗(きれい)にする」（把房間、院子弄乾淨）與題目中的「掃除(そうじ)」（打掃）相對應。

譯 （題目）鈴木打掃了。①鈴木洗臉、手等；②鈴木洗碗、杯子等；③鈴木洗襯衫、手帕等；④鈴木把房間、院子等打掃乾 淨。

■ そうじを して ください。（◇ 2004 - IV - 2）

① てを きれいに して ください。

② へやを きれいに して ください。

③ ふくを きれいに あらって ください。

④ からだを きれいに あらって ください。

答案②

解 選項②中的「部屋(へや)を綺麗(きれい)にする」（把房間弄乾淨）與題目中的「掃除(そうじ)」（打掃）相對應。

譯 （題目）請打掃一下。①請把手弄乾淨；②請把房間弄乾淨；③請把衣服洗乾淨；④請把身體洗乾淨。

■ こうさてんの______に びょういんが あります。（◇ 2006 - III - 9）

① そば　② たて　③ にわ　④ はこ

答案①

解 答案以外的選項其漢字形式和意思分別是：②縦(たて)（豎的，縱向）；③庭(にわ)（庭院，院子）；④箱(はこ)（箱子，盒子）。

譯 在十字路口旁邊有一家醫院。

平假名 あ か さ た な は ま やゆよ ら～わ 片假名

♬ 060

だい 0 1	【代】名 代，輩；錢，費用；時代，世代；年齡層 7
だい 0	【台】名・接尾（接尾）（車輛、機械等的數量詞）台，架，輛，座；（金額）大關；（名）高臺；（東西下方的）座台，基座 4
だい 1	【大】名・形動・接頭 大；多，大量；優越，好；非常，很
だい 1	【第】接頭 第 10 ⇨ 第一陣（だいいちじん）（第一批） ⇨ 第一歩（だいいっぽ）（第一步，開端）
だい 1	【題】名 題，標題，書名；題，題目，問題 4
たいいく 1	【体育】名 體育
だいいち 1	【第一】名 第一，最初；主要；首先 1
たいいん 0	【退院】名・自サ 出院 1
たいかい 0	【大会】名 大會；大型運動會；盛會
だいがく 0	【大学】名 大學 3 ⇨ 大学院（だいがくいん）（大學研究所） ⇨ 大学生（だいがくせい）（大學生）
たいくつ 0	【退屈】名・自サ・形動 無聊
たいし 1	【大使】名 大使；特命全權大使 1 ⇨ 大使館（たいしかん）（大使館）
だいじ 3 1	【大事】名・形動 重要，關鍵；貴重的，珍貴的；大事 5
たいしょう 0	【大正】名 大正（日本的年號，1912～1926 年）1
だいじょうぶ 3	【大丈夫】形動 安全，放心；沒關係，不要緊 9
だいすき 1	【大好き】形動 最喜歡，最愛好 1
たいせつ 0	【大切】形動 重要，貴重；愛惜，珍重
だいたい 0	【大体】名・副 大體上，大概，概略；基本上，差不多；全部；本來，原來；主要部分 12
たいてい 0	【大抵】副 通常；大概，也許；適度，適當；普通 4
だいどころ 0	【台所】名 廚房；（家庭的）經濟狀況 6

だいぶ ⓪	【大分】副 數量多；很，頗，相當地 1
たいふう ③	【台風】名 颱風 3
たいへん ⓪	【大変】形動・副 夠受的，不得了，不簡單；重大，嚴重；非常 10
だいめいし ③	【代名詞】名 代名詞
たいよう ①	【太陽】名 太陽 ⇨ 太陽系（たいようけい）（太陽系）
たおれる ③	【倒れる】自下一 倒塌；病倒，死；倒臺；倒閉，破產 7
たかい ②	【高い】形 高；在上面，在上空；聲音的頻率高；工資、費用的價格高；地位高；評價高，聲譽高 13
だから ①	接續 因此，所以 1
たくさん ⓪③	【沢山】副 眾多，很多，許多；足夠，夠了 15 ⇨ 子（こ）だくさん（子女多）
たけ ⓪	【竹】名 竹；以松竹梅分等級時的第二 ➡ 竹（たけ）を割（わ）ったよう（（性格）率直）2
たしか ①	【確か】副・形動 確實，確切；可靠的；正確的，準確；大概，或許 3
たす ②	【足す】他五 加；補充，添足；辦 3 ⇨ 足（た）し算（ざん）（加法） ➡ 用（よう）を足（た）す（辦事；解大小便）
だす ①	【出す】他五 拿出，取出；寄出，繳出；顯現，表現；發出，產生；開始 做～ 9
たすける ③	【助ける】他下一 救助；幫助；援助；幫忙 2
たずねる ③	【尋ねる】他下一 尋找，尋求；詢問，打聽 3
たずねる ③	【訪ねる】他下一 訪問，拜訪 1
ただ ①	副・接續 唯，只；僅；但是，然而 6
ただいま ②④	【只今】名・感（名 ②感 ④）（名）現在；剛剛；馬上；（感）（外出回來的應酬話）我回來了 4 ⇨ たったいま（剛才，剛剛；馬上，立刻）
ただしい ③	【正しい】形 正確的，對的；正當；端正；正式的 9
たたみ ⓪	【畳】名 榻榻米 ➡ 畳（たたみ）の上（うえ）で死（し）ぬ（壽終正寢）

たつ ①	【立つ】自五 豎立；站起來；刺，紮；冒起，升起；門關著；決定，定下；開設；成立；保持，保住；被置於某種立場、狀態；傳開，散開；(同「発(た)つ」)離開，出發　⇨ 立(た)ち話(ばなし)（站著閒聊）❾ ⇨ 立(た)ち止(ど)まる（站住，止步）
たて ①	【縦】名 豎，縱；上下關係　⇔ 横(よこ)
だて ⓪	【建て】接尾 樓房的層；用某種貨幣支付
たてもの ② ③	【建物】名 建築物 ❻
たてる ②	【立てる】他下一 豎立起來；刺，紮；揚起波浪，使冒煙；關閉；設立；決定；讓人當；尊敬，給面子；傳播，散佈；弄出聲響 ❹
たてる ②	【建てる】他下一 建造 ❼
たとえ ⓪ ②	【例え】副 比方，例子，比喻 ❿
たとえば ②	【例えば】副 例如，比方說 ❷
たな ⓪	【棚】名 架子；棚架　⇨ 本棚(ほんだな)（書架）❶ ⇨ 棚上(たなあ)げ（〔把問題〕束之高閣） ➡ 棚(たな)から牡丹餅(ぼたもち)（福自天降） ➡ 棚(たな)に上(あ)げる（置之不理，假裝不知）
たのしい ③	【楽しい】形 快樂，愉快 ❿
たのしみ ③ ④	【楽しみ】名 愉快；樂趣；期望，希望 ❸
たのしむ ③	【楽しむ】他五 享受，欣賞；期待，盼望 ❹
たのむ ②	【頼む】他五 拜託，請求；訂貨，點菜，預訂；請，雇；委託，託付；依賴，依靠 ❾ ⇨ 頼(たの)み（懇求，請求；依賴）
たばこ ⓪	【煙草】名 煙草，香煙 ❾
たびさき ⓪	【旅先】名 旅行的目的地
たぶん ① ⓪	【多分】副・名 也許，或許，可能；許多，很多 ❹
たべもの ② ③	【食べ物】名 食物 ❽
たべる ②	【食べる】他下一 吃；生活，生計 ⓯

063

たま 2	【玉・珠・球・弾】名（圓形狀物）球，珠，泡泡，子彈；寶石，（明珠），（算盤）珠；（凹凸）鏡片，透鏡；硬幣；電燈泡
たまご 2 0	【卵・玉子】名 雞蛋，鳥蛋等；未出師或未畢業的人，初出茅廬者 1
たま（に） 0	名・副 偶爾，難得　⇨ たまの休日（きゅうじつ）（難得的休假）6
ため 2	【為】名 為～利益、好處；因為，為了；由於 15 ⇨ ためにする（別有用心，打個人算盤） ⇨ ためになる（有好處，有益，有用處）
だめ 2	【駄目】形動 無用；白費；不可挽救；做不到，不可能；不行 15
たりる 0	【足りる】自上一 足夠；可以，將就 9
だれ 1	【誰】代名 誰 13 ⇨ 誰（だれ）しも（每人）　⇨ 誰（だれ）も（人人都）
だれか 1	【誰か】連語 誰，某人
たんご 0	【単語】名 單字，單詞 N3
たんじょうび 3	【誕生日】名 生日，誕辰 N5 ⇨ 誕生（たんじょう）（出生，誕生；創設，創辦）
だんせい 0	【男性】名 男性　⇔ 女性（じょせい）（女性）4
だんだん 0 3	【段段】副 逐漸地 4
だんな 0	【旦那】名 主人，老爺；自己的丈夫
だんぼう 0	【暖房】名 暖氣設備 2

歷屆考題

■ これは だいじな ものです。（◆ 1991 - Ⅳ - 5）

① これは りっぱな ものです。　② これは たいせつな ものです。

③ これは じょうぶな ものです。　④ これは ふるい ものです。

答案②

解 選項②中的「大切（たいせつ）」（珍貴的）與題目中的「大事（だいじ）」（要緊的）相對應。

譯（題目）這是很重要的東西。①這是很好的東西；②這是很重要的東西；③這是很結實的東西；④這是很舊的東西。

■ この 川（かわ）の みずは のんでも＿＿＿か。（◆ 1994 - III - 5）

① すみません　② だいじょうぶです

③ まにあいます　④ できません

答案②

解 答案以外的選項其意思分別為：①すみません（對不起）；③間（ま）に合（あ）う（趕得上）；④出来（でき）る（會；做好）。

譯 這條河裡的水能喝嗎？

■ しゅくだいは だいたい すみました。（◆ 1992 - IV - 6）

① しゅくだいは ぜんぶ すみました。

② しゅくだいは ほとんど すみました。

③ しゅくだいは だんだん すみました。

④ しゅくだいは きっと すみました。

答案②

解 選項②中的「ほとんど」（差不多）與題目中的「だいたい」（大體上）相對應。

譯（題目）作業大都做好了。①作業全部做好了；②作業幾乎都做好了；③作業漸漸做好了（不符合日語表達習慣）；④作業一定做好了（不符合日語表達習慣）。

■ わたしは たまに としょかんを りようします。（◆ 1996 - IV - 9）

① わたしは あまり としょかんを りようしません。

② わたしは けっして としょかんを りようしません。

③ わたしは 毎日（まいにち） としょかんを りようします。

④ わたしは いつも としょかんを りようします。

答案①

解 選項①中的「あまり～ません」（不太～）與題目中的「たまに」（偶爾）相對應。

譯（題目）我偶爾會上圖書館。①我不太上圖書館；②我絕不上圖書館；③我每天上圖書館；④我總是上圖書館。

■ かばんから ほんや じしょを だしました。（◆ 1997 - IV - 1）

① かばんは かるく なりました。

② かばんは おもく なりました。

③ かばんは おおきく なりました。

④ かばんは やさしく なりました。

答案①

解 選項①中的「軽（かる）くなりました」（變輕了）與題目中的「本（ほん）や辞書（じしょ）を出（だ）しました」（拿出了書、字典）相對應。

譯（題目）從皮包裡拿出了書、字典等。①皮包變輕了；②皮包變重了；③ 皮包變大了；④ 皮包變簡單了

■ へやの＿＿＿を つけて、あたたかく します。（◆ 2001 - III - 1）

① だんぼう　② でんとう　③ どうぐ　④ れいぼう

答案①

解 答案以外的選項其漢字形式和意思分別為：②電灯（でんとう）（電燈）；③道具（どうぐ）（工具）；④冷房（れいぼう）（冷氣）。

譯 打開暖氣，使房間暖和。

■ だめ（◆ 2004 - V - 1）

① あしたは だめです。よていがあります。

② わたしの だめがやっとなおりました。

③ きのうは 時間（じかん）を だめに つかって しまった。

④ テレビを 買（か）おうと したら、あと 2000 円（えん） だめだった。

答案①

解 選項②、③、④為誤用。②可改為「病気」（病）；③可改為「無駄」（浪費）；④可改為「足りなかった」（缺，不夠）。

譯 ①明天不行，有安排了。

■ 車のかぎはきのう＿＿＿ここにありました。（◆2006-Ⅲ-9）

① きゅうに　② じゅうに　③ たしかに　④ じょうぶに

答案③

解 答案以外的選項其漢字形式和意思分別是：①急に（突然，一下子）；②中に（整個）；④丈夫に（結實地，牢固地）。

譯 車鑰匙昨天確實在這裡。

■ 2に3を＿＿＿と5になる。（◆2007-Ⅲ-9）

① たす　② ひく　③ けす　④ やく

答案①

解 答案以外的選項其漢字形式和意思分別是：②「引く」（減去；拉）；③「消す」（關掉；滅掉；刪除）；④「焼く」（燒，烤；加熱，燒紅）。

譯 2加3得5。

■ さむくなったので、そろそろ＿＿＿がほしいですね。

（◆2007-Ⅲ-4）

① ゆしゅつ　② れいぼう　③ ゆにゅう　④ だんぼう

答案④

解 答案以外的選項其漢字形式和意思分別是：①輸出（出口）；②冷房（冷氣）；③輸入（進口）。

譯 天冷了，差不多想要有暖氣了啊。

■ わたしはじてんしゃを＿＿＿もっています。（◇1991-Ⅲ-4）

① にだい　② にさつ　③ にほん　④ にまい

答案①

解 注意日語量詞的用法。數筆、領帶等細而長的物品時用「本（ほん）」；數書本時用「冊（さつ）」；數紙張等扁而薄的物品用「枚（まい）」；數機械、車輛等時用「台（だい）」。

譯 我有兩輛自行車。

■ えいがかんの まえに みせが＿＿＿ならんで います。（◇ 1995 - III - 5）

① はじめて　② たいへん　③ たくさん　④ おおぜい

答案③

解 答案以外的選項其漢字形式和意思分別是：①「初（はじ）めて」（初次）；②「大変（たいへん）」（很）；④「大勢（おおぜい）」（人多）。

譯 電影院的前面有很多商店。

■ さとうさんは＿＿＿こないでしょう。（◇ 1996 - III - 3）

① ちょうど　② すこし　③ たぶん　④ だんだん

答案③

解 答案以外的選項其意思分別為：①「ちょうど」（正好）；②「少（すこ）し」（有點）；④「段段（だんだん）」（漸漸地）。

譯 佐藤可能不來了吧。

■ かんじは はじめ やさしいですが、＿＿＿むずかしくなります。（◇ 1997 - III - 10）

① よく　② まだ　③ だんだん　④ ちょうど

答案③

解 答案以外的選項其意思分別為：①經常；②還，尚且；④正好。

譯 漢字最初很簡單，慢慢就難起來了。

■ やまだ「しごとが たくさん あったから、ゆうべは ねませんでした。」

たなか「それは＿＿＿でしたね。」（◇ 1998 - III - 5）

① たいへん　② もちろん　③ ちょっと　④ ほんとう

答案①

解 答案以外的選項其意思分別為：②「勿論（もちろん）」（當然）；③「ちょっと」（有點兒）；④「本当（ほんとう）」（果真）。

譯 山田：「工作太多，昨晚都沒睡。」田中：「真是辛苦了。」

■ もう はるですね。これから、＿＿＿あたたかく なりますね。（◇ 2004 - III - 2）

① いちいち　② いろいろ　③ だんだん　④ もしもし

答案③

解 答案以外的選項其意思分別是：①一一，逐個；②各種各樣；④（打電話用語）喂喂。

譯 已經是春天了，接下來會漸漸變暖和吧。

■ あそこに じてんしゃが＿＿＿とまっています。（◇ 2004 - III - 4）

① いっぴき　② いっさつ　③ いちまい　④ いちだい

答案④

解 答案以外的選項其漢字形式和意思分別是：①「一匹（いっぴき）」（一頭，一隻，一匹〔布〕）；②「一冊（いっさつ）」（一本）；③「一枚（いちまい）」（一張）。

譯 那裡停著一輛自行車。

■ 「りょこうは どうでしたか。」

「とても＿＿＿です。」（◇ 2007 - III - 10）

① よわかった　② かわいかった　③ つめたかった　④ たのしかった

答案④

解 這 4 個選項都是形容詞的過去式。答案以外的選項其形容詞基本形的漢字形式和意思分別是：①弱（よわ）い（軟弱，不強；脆弱，虛弱）；②可愛（かわい）い（可愛）；③冷（つめ）たい（冰冷；冷漠）。

譯 「旅遊怎麼樣？」「很愉快。」

♫ 064

ち 0	【血】名 血液；血脈 ➡ 血(ち)と汗(あせ)の結晶(けっしょう)（血汗結晶） ➡ 血(ち)は水(みず)よりも濃(こ)い（血濃於水） ➡ 血(ち)も涙(なみだ)もない（冷酷無情） ➡ 血(ち)を吐(は)く思(おも)い（嘔心瀝血）
ちいさい 3	【小さい】形（體積、面積、身長等）小；（數量、程度）微少，小，低；（年齡）幼小；瑣碎，細小；度量小 12
ちいさな 1	【小さな】連體 小，微小 1
ちかい 2	【近い】形 近，靠近；最近，近日；親近；親密；近似於　⇔ 遠(とお)い 9
ちがう 0	【違う】自五 不同，不符合；錯誤；不正常 9 ⇨ 違(ちが)い（差異，區別，差別；差錯，錯誤）
ちかく 2	【近く】名・副 近處；不久；近乎 10
ちかごろ 2	【近頃】名・副・形動 最近，近來 2
ちかてつ 0	【地下鉄】名 地鐵 5
ちかみち 2	【近道】名 近路
ちから 3	【力】名 力，力量，力氣；體力；重力，引力；權力，勢力；精力；勁力；效力，作用；努力；學力，能力，財力 3 ⇨ 力(ちから)いっぱい（竭盡全力）⇨ 力(ちから)付(づ)ける（鼓勵，鼓舞） ⇨ 力試(ちからだめ)し（試試自己的能力或體力） ➡ 力(ちから)を入(い)れる（致力於）　➡ 力(ちから)に余(あま)る（難以勝任）
ちきゅう 0	【地球】名 地球　⇨ 地球儀(ちきゅうぎ)（地球儀）
ちこく 0	【遅刻】名・自サ 遲到，誤點 N4 1
ちず 1	【地図】名 地圖 5 N5
ちち 2	【父】名 父親；創始者 16
ちちおや 0	【父親】名 父親　⇔ 母親(ははおや) 3
ちっとも 3	副 毫不，一點兒（也不）；一會兒也（不）2

♬ 065

ちめい [0]	【地名】名 地名 4
ちゃ [0]	【茶】名（常以「お茶」形式出現）茶
ちゃいろ [0]	【茶色】名 茶色 4
ちゃいろい [0]	【茶色い】形 茶色的
ちゃくしん [0]	【着信】名・自サ 來電，來訊
ちゃわん [0]	【茶碗】名 茶碗，飯碗 2
ちゃんと [0]	副・自サ 按期，如期；完全，早就；規規矩矩，正當；充分；好好地 1
ちゅう	【中】接尾 在～之中；正在～中 15
ちゅうい [1]	【注意】名・自サ 留神，注意；小心，謹慎；忠告，警告 ⇨ 注意事項（ちゅういじこう） ⇨ 注意力（ちゅういりょく） ⇨ 不注意（ふちゅうい） ⇨ 注意深い（ちゅういぶかい）（高度注意的，小心翼翼的，謹慎的）6
ちゅうおう [3] [0]	【中央】名 正中間；中央 1 ⇨ 中央銀行（ちゅうおうぎんこう） ⇨ 中央集権（ちゅうおうしゅうけん） ⇨ 中央政府（ちゅうおうせいふ）
ちゅうがく [1]	【中学】名 中學 1 ⇨ 中学生（ちゅうがくせい）（中學生） ⇨ 中学校（ちゅうがっこう）（中學）
ちゅうごく [1]	【中国】名 中國；中國地方（指岡山、廣島、山口、島根、鳥取五縣）2
ちゅうし [0]	【中止】名・他サ 中止，停止 1
ちゅうしゃ [0]	【注射】名・他サ 注射 ⇨ 予防注射（よぼうちゅうしゃ）（預防針）
ちゅうしゃ [0]	【駐車】名・自サ 停車 ⇨ 駐車場（ちゅうしゃじょう）（停車場）3
ちゅうしょく [0]	【昼食】名 午餐
ちゅうしん [0]	【中心】名 中央，中心；最重要的事物或者人；焦點，要點；回轉軸
ちゅうねん [0]	【中年】名 中年 ⇔ 少年（しょうねん） ⇔ 青年（せいねん） 4
ちゅうぼう [0]	【厨房】名 廚房，伙房 2
ちゅうもん [0]	【注文】名・他サ 點菜，訂做，訂貨；要求，條件 N3
ちょう [1]	【町】名 街，巷；鎮 13
ちょう [1]	【蝶】名 蝴蝶 ＝ちょうちょう

ちょう ①	【腸】名 腸
ちょうし ⓪	【調子】名 音調；情況
ちょうしょ ①	【長所】名 優點，長處　⇔ 短所(たんしょ)（短處，缺點）
ちょうじょ ①	【長女】名 長女，大女兒　⇔ 長男(ちょうなん)
ちょうじょう ③	【頂上】名 山頂；頂點，極點
ちょうしょく ⓪	【朝食】名 早餐
ちょうど ⓪	副 正好，恰好；恰巧，碰巧；簡直 4
ちょうなん ①③	【長男】名 長子　⇔ 長女(ちょうじょ)
ちょうほうけい ③⓪	【長方形】名 長方形　⇨ 正方形(せいほうけい)
ちょうみりょう ③	【調味料】名 調味料
ちょっと ①⓪	副・感（副）一會兒，一下；順便；相當，頗為；一時（難以），（不大）容易；（感）喂 16
ちょっとした ⓪①	連體 一點，一些，有點，稍微 1
ちり ①	【地理】名 地勢，地形，地理；地理情況，路形 1

歷屆考題

■ ここは ちゅうしゃじょうです。（◆ 1993 - Ⅳ - 5）

① ここは じどうしゃを とめる ところです。

② ここは じどうしゃを うる ところです。

③ ここは じどうしゃを つくる ところです。

④ ここは じどうしゃを あらう ところです。

答案 ①

解 選項①中的「自動車(じどうしゃ)を停(と)める所(ところ)」（停車的地方）與題目中的「駐車場(ちゅうしゃじょう)」（停車場）相對應。

譯 （題目）這兒是停車場。①這兒是停汽車的地方；②這兒是賣汽車的地方；③這兒是製造汽車的地方；④這兒是洗汽車的地方。

■ うちには＿＿＿こどもがいて、いつも にぎやかです。

（◆ 1997 - III - 2）

① ひくい　② わかい　③ ほそい　④ ちいさい

答案④

解 答案以外的選項其漢字形式和意思分別為：①低(ひく)い（矮的）；②若(わか)い（年輕的）；③細(ほそ)い（細的）。

譯 我家有年幼的孩子，總是很熱鬧。

■ おとうとは わたしより＿＿＿がつよいです。（◆ 1998 - III - 1）

① あたま　② げんき　③ せなか　④ ちから

答案④

解「力(ちから)が強(つよ)い」是「力氣大」的意思。答案以外的選項其意思分別是：①頭(あたま)（頭）；②元気(げんき)（精力旺盛）；③背中(せなか)（背）。

譯 弟弟力氣比我大。

■ A「あしたしょくじに行(い)きませんか。」

B「あしたはちょっと。」（◆ 2001 - IV - 3）

① あしたは 行けます。　② あしたは かまいません。

③ あしたは だいじょうぶです。　④ あしたは だめです。

答案④

解「ちょっと」常用來表示委婉的謝絕，是「ちょっと都合(つごう)が悪(わる)い」（不太方便）的省略形式。

譯（題目）A：「明天要去吃飯嗎？」B：「明天不太～」①明天能去；②明天沒關係；③明天沒問題；④明天不行。

■ ちゅうし（◆ 2006 - V - 3）

① あした雨(あめ)だったら しあいは ちゅうし します。

② あの人(ひと)は 会社(かいしゃ)を ちゅうし して 大学(だいがく)に いくらしい。

③ けんこうに よくないので たばこを すうのは ちゅうし します。

④ バスが ちゅうし して 学校(がっこう)に おくれた。

答案①

解 選項②、③、④為誤用。②可改為「会社(かいしゃ)をやめて」（從公司辭職）；③可改為「やめる」（戒〔煙〕）；④可改為「止(と)まってくれなくて」（不停下）。

譯 ①如果明天下雨的話，就停止比賽。

■ じゅぎょうは＿＿＿さんじにおわりました。（◇ 1993 - Ⅲ - 5）

① ちょっと　② だんだん　③ まっすぐ　④ ちょうど

答案④

解 答案以外的選項其意思分別為：①ちょっと（一點兒）；②段段(だんだん)（漸漸地）；③真(ま)っ直(す)ぐ（筆直；一直）。

譯 課正好是三點整結束。

■ 「この カメラは あなたの ですか。」

「いいえ、＿＿＿。」（◇ 2002 - Ⅲ - 9）

① あります　② ありません　③ ちがいます　④ ちがいません

答案③

解 答案以外的選項其意思分別是：①有；②沒有；④沒錯。

譯 「這個相機是你的嗎？」「不，不是的。」

♫ 067

ついたち ④	【一日】名 一號，一日 8
ついて ①	【就いて】接續 關於，就 15
つうきん ⓪	【通勤】名・自サ 上班 N3
つうちょう ⓪	【通帳】名 帳簿；存摺
つかいかた ⓪	【使い方】名 用法 3
つかう ⓪	【使う】他五 使用，利用工具；雇傭；使用語言；使用手段；做某事 ⇨ 使(つか)い捨(す)て（一次性使用）15 ⇨ 使(つか)い道(みち)（用法；用途，用處）

つかまえる 0	【捕まえる】他下一 抓住，揪住，逮住；叫到（計程車）2
つかまる 0	【捕まる】自五 被捕捉；被捕；緊緊抓住；叫到（計程車）
つかれる 3	【疲れる】自下一 疲勞，勞累；變舊 9 ⇨ 疲（つか）れ（疲勞，疲乏，疲倦）
つき 2	【月】名 月球；月 11
つぎ 2	【次】名 下次，下回；隔壁，鄰室 14
つく 1 2	【付く】自五 附上，粘附，沾上；留下痕跡；附屬，附帶；具備，設有；帶有；掌握，學會；紮根；跟隨，照料；隨同，陪伴；偏袒，向著；命名；點火；決定；運氣好 12
つく 1 2	【点く】自五 點（燈）；點燃 3
つく 1 2	【着く】自五 到達；觸及 10
つくえ 0	【机】名 書桌 6
つくる 2	【作る】他五 製作，加工；栽培；耕種；制定；創作；排成，形成；設立；創下紀錄等；抽空；交朋友，生孩子；強裝，勉強；培養，訓練；化妝；做飯 15 ⇨ 作（つく）り方（かた）（做法；建築方式；培養、栽種法） ⇨ 手作（てづく）り（自己做，自製的東西）
つける 2	【付ける】他下一 安裝；穿上；記、寫上；定（價）；塗抹；靠近；跟蹤；附上；使陪伴，派～；養成；盛飯等；建立（關係）；解決 11 ➡ 色（いろ）をつける（上色） ➡ 気（き）をつける（留意） ➡ 手（て）をつける（著手；碰摸） ➡ 名（な）をつける（命名） ➡ 話（はなし）をつける（商量好，解決）➡ 身（み）をつける（學會）
つける 0	【漬ける】他下一 浸泡；醃菜 ⇨ 漬物（つけもの）（醬菜，鹹菜）
つごう 0	【都合】名・他サ 方便，合適；情況，關係，理由；準備，安排，抽出；合計，總共 2
つたえる 0	【伝える】他下一 通知，傳達；傳授，繼承；從海外引進；傳遞熱、光、聲音等 6
つち 2	【土】名 土壤，泥土；地面，地上；土地，大地

つづく 0	【続く】自五 繼續，持續；接連不斷；連接著，挨著；緊接著　⇨ 続(つづ)き（繼續；續篇；連在一起）4
つづける 0	【続ける】他下一 繼續，持續；連接在一起 9
つつみ 3	【包み】名 包；包裹；包袱 1
つつむ 2	【包む】他五 包裝；覆蓋，籠罩，沉浸；包紅包奉上；隱瞞，藏在心裡　N3 ⇨ 小包(こづつみ)（包裹）⇨ 包(つつ)み（包，包袱）
つとめる 3	【勤める】他下一 工作，做事，任職 5
っぽい	接尾（表示某種傾向很突出）容易 ⇨ 忘(わす)れっぽい（健忘）⇨ 色(いろ)っぽい（妖艷）
つま 1	【妻】名 妻子 1
つまようじ 3	【爪楊枝】名 牙籤
つまらない 3	形 無趣，無聊；不足掛齒
つまり 3 1	接續 總之
つめ 0	【爪】名 指甲；（琴）指套，假指甲 ⇨ 爪切(つめき)り（指甲剪） ➡ 爪(つめ)に火(ひ)をともす（吝嗇） ➡ 爪(つめ)の垢(あか)を煎(せん)じて飲(の)む（東施效顰）
つめたい 0	【冷たい】形 寒冷；冷淡，冷漠 2
つもり 0	【積もり】名 意圖，打算；期待，預定；就當作～，就算是～ 11
つゆ 0	【梅雨】名 梅雨　＝ばいう
つよい 2	【強い】形 強，強大；健康，結實；堅強，剛強；對～有抵抗力；嚴格，強硬；牢固，緊；擅長，會做；酒量好 9
つらい 0	【辛い】形 難過，難受，難堪；冷酷，刻薄
づらい 2	【辛い】接尾（動詞連用形下）難以，不便，不好 ⇨ 読(よ)み辛(づら)い（難讀）⇨ 見辛(みづら)い（看起來費力）
つり 0	【釣り】名 釣魚；找回的錢　⇨ 釣(つ)り銭(せん)（找回的錢）

つる 0	【釣る】他五 垂釣；引誘，誘騙 7 ⇨ 釣（つ）りあがる（釣起來） ⇨ 釣（つ）り出（だ）す（引誘出來，騙出來）
つれ 0	【連れ】名 同伴，夥伴，伴侶
つれる 0	【連れる】他下一 帶，領 11 ⇨ 連（つ）れ（同伴） ⇨ 連（つ）れ合（あ）い（戀人，老伴；夥伴） ⇨ 連（つ）れこむ（帶入） ⇨ 連（つ）れ出（だ）す（帶出去）

歷屆考題

■ きょうは たくさん しごとを したから、とても＿＿＿。

（◆ 1996 - III - 10）

① つかれました　② つくりました

③ つかいました　④ つとめました

答案①

解 這 4 個選項用的都是動詞的過去式。答案以外的選項其基本形和意思分別是：②作（つく）る（製造）；③使（つか）う（使用）；④勤（つと）める（工作）。

譯 今天做了很多事，累壞了。

■ 日本語（にほんご）を べんきょうする つもりです。（◆ 1998 - IV - 5）

① 日本語（にほんご）の べんきょうを する よていです。

② 日本語（にほんご）の べんきょうを する はずです。

③ 日本語（にほんご）の べんきょうを する そうです。

④ 日本語（にほんご）の べんきょうを する ことが できます。

答案①

解 選項①中的「予定（よてい）」（計畫）與題目中的「つもり」（打算）相對應。

譯 （題目）我準備學日語。①準備學日語；②理應學日語；③聽說要學日語；④能學日語。

■ きょうは かぜが＿＿＿です。（◆ 2006 - III - 6）

① みじかい　② つよい　③ ふとい　④ ほそい

答案②

解 答案以外的選項其漢字形式和意思分別是：①短い（短的）；③太い（粗的；胖的）；④細い（細的）。「風が強い」是固定搭配，意思是「風大」。

譯 今天風很大。

■ へやの でんきを つけました。（◇ 1991 - IV - 3）

① へやを あたたかく しました。② へやを すずしく しました。

③ へやを あかるく しました。④ へやを くらく しました。

答案③

解 選項③中的「部屋を明るくする」（讓房間明亮）與題目中的「電気を付ける」（開燈）相對應。

譯 （題目）打開房間裡的燈。①讓房間暖和；②讓房間涼快；③讓房間明亮；④把房間弄暗。

■ あには こうじょうに つとめて います。（◇ 1993 - IV - 5）

① あには こうじょうで れんしゅうして います。

② あには こうじょうで はたらいて います。

③ あには こうじょうで べんきょうして います。

④ あには こうじょうで ならって います。

答案②

解 選項②中的「働く」（工作）與題目中的「勤める」（工作，任職）相對應。

譯 （題目）哥哥在工廠工作。①哥哥在工廠練習；②哥哥在工廠工作；③哥哥在工廠唸書；④哥哥在工廠學習。

■ このざっしは つまらなかったです。（◇ 1995 - IV - 4）

① この ざっしは おもしろく なかったです。

② この ざっしは むずかしく なかったです。

③ この ざっしは ながく なかったです。

④ この ざっしは わるく なかったです。

答案①

解 選項①中的「面白(おもしろ)くなかった」(無趣)與題目中的「つまらなかった」(無聊)相對應。

譯 (題目)這雜誌很沒意思。①這雜誌無趣;②這雜誌不難;③這雜誌不長;④這雜誌不壞。

■ この ぎゅうにゅうは れいぞうこに いれて ありました。とても＿＿＿。
(◇ 1996 - III - 7)

① ひくいです ② つめたいです ③ さむいです ④ すずしいです

答案②

解 答案以外的選項其漢字形式和意思分別為:①「低(ひく)い」(低的,矮的);③「寒(さむ)い」(天氣寒冷);④「涼(すず)しい」(天氣涼快)。

譯 這牛奶放在冰箱裡,很冰。

♬ 069

て ①	【手】名 手;把手;動物的前腳;人手;手段,計略,策略;象棋等的走法;筆跡;種類;方向;手藝;所有 16
てあらい ②	【手洗い】名 洗手;廁所 ⇨ お手洗(てあら)い(廁所)2
ていきけん ③	【定期券】名 月票,定期券
ていきゅうび ③	【定休日】名(每月的)定期休息(日),公休 1
ていしゃ ⓪	【停車】名・自サ 停車
ていしょく ⓪	【定食】名 套餐 1
ていねい ①	【丁寧】形動 彬彬有禮,恭敬;詳細地,細心地 N4
でかける ⓪	【出掛ける】自下一 外出,出發;訪問,串門 9

てがみ 0	【手紙】名 信，書信 10
できあがる 0 4	【出來上がる】自五 做完，做好；酒酣，酒意濃 3
てきとう 0	【適当】形動 適合，恰當；適度，適當；馬虎，敷衍 2
できる 2	【出來る】自上一 做好，做完；製作，製造；出產；形成，出現；天生的；設立，成立；可能；好，不錯；有修養，人品好 16
できるだけ 0	副 儘量，盡可能，盡力 2
でぐち 1	【出口】名 出口 1 N5
てくび 1	【手首】名 手腕
てちょう 0	【手帳】名 筆記本，雜記本 1
てつだう 3	【手伝う】自・他五 幫助；加上 10 ⇨ 手伝い（幫忙；女傭人） ⇨ お手伝いさん（女傭人）
てつどう 0	【鉄道】名 鐵路，鐵道
では 1	接續 如果那樣，要是那樣；論～，關於～ 16
てぶくろ 2	【手袋】名 手套 1
てまえ 0	【手前】名・代名（名）這邊，跟前；（同「点前」茶道的）禮法；當著～的面，顧及體面；能力，本事；（代名）鄙人；你這傢伙，你 ➡ 世間の手前もある（也得考慮體面）
てら 2	【寺】名 寺廟，廟宇 2
でる 1	【出る】自下一 外出；出發，離去；出現；突出，露出；流出；出席；接電話；到達；超過；出版、登載；得到；發生；出產；出自；進入；畢業；支出；銷售；採取～態度；增加　⇨ 出揃う（湊齊，到齊）13
てん 0	【点】名 點，標點；分，分數；觀點，論點 9
てんいん 0	【店員】名 店員，售貨員 N4

平假名 あ か さ た な は ま や ゆ よ ら～わ 片假名

てんき ①	【天気】名 天氣；晴天；心情 13 ⇨ お天気屋（てんきや）（喜怒無常的人） ⇨ 天気予報（てんきよほう）（天氣預報）
でんき ①	【電気】名 電力；電燈 3
でんきゅう ⓪	【電球】名 電燈泡　⇨ 裸電球（はだかでんきゅう）（沒有外罩的電燈泡）
てんきよほう ④	【天気予報】名 天氣預報 8
でんごん ⓪	【伝言】名・他サ 傳話，留言；帶口信 1 ⇒ ことづけ　⇒ ことづて
でんしゃ ⓪ ①	【電車】名 電車 12
でんせつ ⓪	【伝説】名 傳說
てんちょう ①	【店長】名 店長 4
でんとう ⓪	【電灯】名 電燈　⇒ 電気（でんき） 1
てんぷら ⓪	【天麩羅】名（日式油炸食品）天麩羅 2
てんのう ③	【天皇】名 天皇　⇨ 天皇制（てんのうせい）　⇨ 天皇誕生日（てんのうたんじょうび）
でんぽう ⓪	【電報】名 電報
てんらん ⓪	【展覧】名・他サ 展覽　⇨ 展覧会（てんらんかい）（展覽會） 1
でんわ ⓪	【電話】名・自サ 電話（機）；（打）電話 N5 16 ⇨ 電話局（でんわきょく）（電信局）　⇨ 電話番号（でんわばんごう）（電話號碼） ⇨ 電話機（でんわき）（電話機）

歷屆考題

■ 先生（せんせい）に「このあいだの テストは よく できましたね。」と いわれました。（◆ 1994 - Ⅳ - 8）

① 先生（せんせい）に しつもんされました。　② 先生（せんせい）に たのまれました。

③ 先生（せんせい）に しかられました。　④ 先生（せんせい）に ほめられました。

答案④

解 選項④中的「褒められる」(受到表揚)與題目中的「よくできました」(考得很好)相對應。

譯 (題目)老師對我說:「上次考試考得非常好。」①我被老師提問了;②我被老師委託做事;③我被老師訓斥了;④我被老師表揚了。

■ えの てんらんかいに 行きます。(◆ 1995 - Ⅳ - 1)

① えを かきに 行きます。 ② えを ならいに 行きます。

③ えを なおしに 行きます。 ④ えを 見に 行きます。

答案④

解 選項④中的「絵を見に行きます」(去看畫)與題目中的「展覧会」(展覽會)相對應。

譯 去看畫展。①去畫畫;②去學畫;③去改畫;④去看畫。

■ たなかさんは いつも ＿＿＿ ことばを つかいます。(◆ 1996 - Ⅲ - 10)

① ふべんな ② ざんねんな ③ ていねいな ④ ねっしんな

答案③

解 答案以外的選項其漢字形式和意思分別為:①「不便」(不方便);②「残念」(遺憾);④「熱心」(熱心)。

譯 田中總是使用彬彬有禮的話語。

■ てきとう(◆ 2002 - Ⅴ - 4)

① この きせつは とても てきとうで よく ねむれます。

② せんそうは 人びとの せいかつに てきとうでは ありません。

③ わかい 人に てきとうする ホテルを しょうかいして ください。

④ 日本に ついて しらべるのに てきとうな 本は ありませんか。

答案④

解 「適当」是形容動詞,不能用作サ行變格動詞。選項①、②、③均為誤用。① 可改為「快適で」(舒適);② 可改為「ふさわしくありません」(不適合);③ 可改為「若い人に向いているホテル」(適合年輕人的旅館)。

譯 ④有沒有適合查閱關於日本情況的書。

■ じをていねいに書(か)きなさい。（◆ 2004 - Ⅳ - 3）

① まんなかに じを 書(か)きなさい。 ② きれいに じを 書(か)きなさい。

③ おおきく じを 書(か)きなさい。 ④ いそいで じを 書(か)きなさい。

答案②

解 選項②中的「綺麗(きれい)」（工整）與題目中的「丁寧(ていねい)」（認真）相對應。

譯（題目）請認真寫字。①請把字寫在正中間；②請把字寫得工整點；③請把字寫得大一點；④請趕緊寫字。

■ わたしは ゆうべ ともだちに＿＿＿を かきました。（◇ 1992 - Ⅲ - 2）

① ふうとう ② きって ③ でんわ ④ てがみ

答案④

解 答案以外的選項其漢字形式和意思分別是：①封筒(ふうとう)（信封）；②切手(きって)（郵票）；③電話(でんわ)（電話）。

譯 我昨晚寫信給朋友。

■ あしたはいいてんきでしょう。（◇ 1998 - Ⅳ - 4）

① あしたは くもるでしょう。

② あしたは はれるでしょう。

③ あしたは あめが ふるでしょう。

④ あしたは ゆきが ふるでしょう。

答案②

解 選項②中的「晴(は)れる」（放晴）與題目中的「いい天気(てんき)」（好天氣）相對應。

譯（題目）明天可能是好天氣吧！①明天可能是陰天；②明天可能會放晴；③明天可能會下雨；④明天可能會下雪。

■ ちちはいま でかけて います。（◇ 1999 - Ⅳ - 2）

① ちちは いま いえに います。

② ちちは いま いえを でます。

③ ちちは いま いえに いません。

④ ちちは いま いえに つきました。

答案③

解 選項③中的「家(いえ)にいません」（不在家）與題目中的「出掛(でか)ける」（外出）相對應。

譯（題目）父親現在外出了。①父親現在在家；②父親要出門；③父親現在不在家；④父親剛剛到家。

■ おてあらいは あちらです。（◇ 2001 - Ⅳ - 4）

① トイレは あちらに あります。

② プールは あちらに あります。

③ ホテルは あちらに あります。

④ デパートは あちらに あります。

答案①

解 注意日語中「廁所」有多種說法，常見的有「トイレ、お手洗(てあら)い、化粧室(けしょうしつ)」。

譯（題目）廁所在那邊。①廁所在那邊；②游泳池在那邊；③旅館在那邊；④百貨公司在那邊。

■ にほんごで ながい＿＿＿を かきました。（◇ 2006 - Ⅲ - 8）

① にもつ　② てがみ　③ いろ　④ え

答案②

解 答案以外的選項其漢字形式和意思分別是：①荷物(にもつ)（行李）; ③色(いろ)（顏色）; ④絵(え)（畫）。

譯 用日文寫了一封長信。

♬ 071

と 0	【戸】名 大門；窗戶，板窗 2
と 1	【都】名 都，首都
ど 1	【土】名 土；星期六
ど 0	【度】名・接尾（名）程度；氣度，氣量；次數，回數；度數；溫度；角度；（接尾）～次 10

どう 1	副 怎麼樣，怎麼，如何 12
どう 1	【同】名・連體 相同；（與上述相同）該～ 2
どう 1	【道】名 道路；（行政區劃的）道；學問，技藝
どう 1	【銅】名 銅
どういう 1	連體 什麼樣的；怎麼樣的 8
どういたしまして 1	感 不敢當，沒關係，不客氣 4
どうきゅうせい 3	【同級生】名 同年級同學
どうぐ 3	【道具】名 工具；家庭生活用具，家具；手段 ⇨ 小道具（こどうぐ）（小道具；小工具）
とうざい 1	【東西】名 東西；東方和西方，東部和西部，東洋和西洋；方向 ⇔ 南北（なんぼく）
とうさん 1	【父さん】名 爸爸，父親 4
どうし 0	【動詞】名 動詞
どうして 1	【如何して】副・感（副）為什麼，何故；如何地（感）（強烈否定）哪的話 15
どうしても 1 4	【如何しても】副 務必；怎麼也 7
どうぞ 1	副 請；請吧；設法 11
どうそうかい 3	【同窓会】名 同學會 1
とうとう 1	副 終於，到底，終究，結局 2
とうふ 0 3	【豆腐】名 豆腐
どうぶつ 0	【動物】名 動物 ⇨ 動物園（どうぶつえん）（動物園）3
とうほく 0	【東北】名 東北（包括青森、岩手、秋田、宮城、山形、福島 6 縣）；東北方 ⇒ 東北地方（とうほくちほう） ⇔ 西南（せいなん）
どうも 1	副 怎麼也；總覺得；實在（用於打招呼或表示感謝、歉意）8
とうよう 1	【東洋】名 東洋，東方 ⇔ 西洋（せいよう）
どうよう 0	【童謠】名 童謠
どうりょう 0	【同僚】名 同事 2

とお [1]	【十】名 十歲；十個，十 [12]
とおい [0]	【遠い】形（距離）遠；（時間）長；關係疏遠；遲鈍，不敏銳；相差懸殊 ⇔ 近(ちか)い ⇨ 遠(とお)からず（不久） ➡ 耳(みみ)が遠(とお)い（耳背）[6] ➡ 気(き)が遠(とお)くなる（神志昏迷；不知如何是好）
とおか [0]	【十日】名 十號；十天 [1]
とおく [3] [0]	【遠く】名 遠方，遠處
とおり [3] [1]	【通り】名・造語 街道，大街；通行；水、空氣的流通；（聲音的）響亮；評價，聲譽；理解，領會；同樣的狀態 ➡ ～通(とお)り（種類，種；套，組）[5]
どおり [1]	【通り】接尾 原樣，同樣，照～樣；程度；～大街 ⇨ 思(おも)い通(どお)り（如願，隨意） ⇨ 銀座通(ぎんざどお)り（銀座大街）
とおる [1]	【通る】自五 通過，穿過；通過（考核等）；滲透；聞名；（聲音）清亮；被領進屋裡；行得通，合理；開通；點菜 [8] ⇨ 通(とお)り抜(ぬ)ける（穿越） ⇨ 通(とお)りすがり（路過，順便）
とき [2]	【時】名 時間；時辰；時候；時代；季節；當時的；好時機；場合 ➡ 時(とき)は金(かね)なり（時間就是金錢）[16]
ときどき [0] [4]	【時時】副・名 時時；有時，偶爾；各個時期 [19] N5
とくに [1]	【特に】副 格外，特別 [3]
とくべつ [0]	【特別】副・形動 特別，特殊 ⇔ 普通(ふつう) [4]
とけい [0]	【時計】名 鐘錶 ⇨ 腕時計(うでどけい)（手錶）[7] ⇨ 砂時計(すなどけい)（砂漏） ⇨ 柱時計(はしらどけい)（掛鐘）
どこ [1]	【何処】代名 哪兒 [16]
とこや [0]	【床屋】名 理髮店 [2]
ところ [0]	【所・処】名 地點；地區；住處；餘地；部分；之處；正～的時候；內容，範圍 [16] ➡ 所(ところ)かまわず（不分場合，隨處）
とし [2]	【年】名 年；年齡 [14]
として [0]	助・連語 作為～，以～資格；暫且不談，反正；（下接否定）全部；假如 [4]

平假名 あ か さ た な は ま やゆよ ら～わ 片假名

♬ 073

としても	連語 即使 1
としょかん 2	【図書館】名 圖書館 ⇨ 図書(圖書，書籍) 9
どそく 0	【土足】名 不脫鞋，穿著鞋子；帶泥的腳
とだな 0	【戸棚】名 櫥，櫃 ⇨ 食器戸棚(碗櫃)
とちゅう 0	【途中】名 途中，路上；(工作等)中途 5
どちら 1	代名 哪兒；哪裡；(敬語)哪位 10
とっきゅう 0	【特急】名 特快 ⇨ 特急券(特快車票) 1
どっち 1	代名 (俗)哪一個 4
とても 0	副 非常，極其；(下接否定)怎麼也； ＝とっても
とどける 3	【届ける】他下一 報告；送到 2 ⇨ 届け先(所送地址)
どなた 1	代名 (「だれ」的敬語)哪位
となり 0	【隣】名 鄰居；鄰近 ⇨ 隣近所(左鄰右舍) 16 ⇨ 隣り合わせ（相鄰，比鄰） ➡ 隣の花は赤い(鄰家花紅)
どの 1	連體 哪個 16
とぶ 0	【飛ぶ】自五 飛；飛跑；飛揚，飛濺；斷，脫落；煙消雲散，無影無蹤；(號碼、頁數等)不連接；散佈，流傳 5 ⇨ 飛び上がる(跳起來) ⇨ 飛び起きる（一躍而起） ⇨ 飛び降りる(跳下) ⇨ 飛び立つ(起飛) ⇨ 飛びつく(撲過來，撲過去)
とまる 0	【止まる・停まる】自五 停，停止；止住，停頓；中斷；堵塞 6
とまる 0	【泊まる】自五 停泊；投宿，住宿 ⇨ 泊(ま)り(住宿，住下，過夜；值宿；住處，旅館)
とめる 0	【止める・停める】他下一 使～停下；堵住；制止，禁止 N4
ともだち 0	【友達】名 友人，朋友 15
どよう 2 0	【土曜】名 星期六，禮拜六 2

とら 0	【虎】名 虎，老虎；醉漢，醉鬼；（生肖）肖虎 1
どようび 2	【土曜日】名 星期六 12
とり 0	【鳥】名 鳥；雞 10 ⇨ 小鳥（ことり）（小鳥）10
とりかえる 0	【取（り）替える・取（り）換える】他下一 交換；更換，更新 ⇨ 取（と）（り）替（か）え（交換，更新；備用的）
とりにく 0	【鳥肉】名 雞肉 1
とる 1	【取る】他五 拿，握；除掉，去掉；奪取，偷盜；掌權；掌管天下；獲得；拿取（食物），進行（睡眠等）；佔據（時間、空間）；徵收；記下；理解；確保；保存；訂閱；上了年紀；接受，承擔；採取措施，用手段；測量，計算；診脈 5
とる 1	【撮る】他五 拍照，攝影；拍電影 11
どれ 1	【何れ】代名 哪個 16
どろぼう 0	【泥棒】名 小偷，偷竊 7 ➡ 泥棒（どろぼう）を捕（と）らえて縄（なわ）をなう（臨渴掘井，臨時抱佛腳）
どんどん 1	副 接連不斷，一個勁兒的；（鼓等的）咚咚聲 3
どんな 1	連體 什麼樣的，怎樣的 14 ⇨ どんなに（多麼；無論怎樣，無論如何～也）
どんぶり 0	【丼】名 大碗，大碗公；大碗蓋飯；（手藝人等圍在腰前的）口袋

歷屆考題

■ <u>わたしは きのう とこやへ いきました。</u>（◆ 1991 - Ⅳ - 3）

① わたしは きのう かみを きって もらいにいきました。

② わたしは きのう びょうきを なおして もらいに いきました。

③ わたしは きのう シャツや ズボンを あらってもらいに いきました。

④ わたしは きのう くるまの うんてんを おしえてもらいに いきました。

答案①

解 選項①中的「髪を切る」（剪頭髮）與題目中的「床屋」（理髮店）相對應。

譯（題目）昨天我去了理髮店。①昨天我讓人理了頭髮；②我昨天看了病；③昨天我讓人洗了襯衫、褲子等；④昨天我去學開 車。

■ わたしは くだものが すきです。______りんごが だいすきです。（◆ 1994 - Ⅲ - 7）

① とくに　② はっきり　③ すっかり　④ ほとんど

答案①

解 答案以外的選項其意思分別為：②「はっきり」（清楚，明確）；③「すっかり」（完全）；④「ほとんど」（幾乎）。

譯 我喜歡水果，其中最喜歡的是蘋果。

■ どんどん（◆ 2003 - Ⅴ - 4）

① えいがを 見て どんどん わらいました。

② 休みの 日は どんどん ねています。

③ あかちゃんは どんどん 大きく なります。

④ オートバイが どんどん はやいです。

答案③

解 選項①、②、④均為誤用。①可把「どんどん」去掉；②可改成「ずっと」（一直）；④可改為「とても」（非常）。

譯 ③嬰兒不斷長大。

■ とうとう（◆ 2005 - Ⅴ - 2）

① しょくじの あとで とうとう おちゃを おねがいします。

② 新聞の じは とうとう こまかいです。

③ とうとう しけんの 日が 来ました。

④ わからなかったら、とうとう じしょを 見て ください。

答案③

解 答案以外的選項均為誤用，去掉「とうとう」即可。

譯 ③終於到了考試的日子。

■ きのう かぞくの しゃしんを＿＿＿。（◇ 1994 - III - 2）

① とりました　② つくりました　③ かきました　④ しました

答案①

解「写真を撮る」是「拍照」的意思。答案以外的選項其意思分別為：②作る（作）；③書く（寫）；④する（做）。

譯 昨天幫家人拍了照片。

■ やまだ「このほん、どうも ありがとうございました。」

たなか「いいえ、＿＿＿。」（◇ 1996 - III - 6）

① どういたしまして　② ごちそうさまでした

③ おねがいします　④ ごめんなさい

答案①

解 答案以外的選項其意思分別為：②ご馳走様でした（謝謝你的款待）；③お願いします（拜託）；④ごめんなさい（對不起）。

譯 山田：「謝謝你把這本書借給我。」田中：「不，不客氣。」

■ ぎんこうの まえに くるまが＿＿＿います。（◇ 1997 - III - 1）

① のって　② たって　③ とまって　④ すわって

答案③

解 這 4 個選項用的都是動詞的「て」形。答案以外的選項其漢字形式和意思分別為：①乗る（乘坐）；②立つ（站著）；④座る（坐著）。

譯 銀行前停著車子。

■ はじめまして、＿＿＿。（◇ 2000 - III - 9）

① ありがとうございます　② こんにちは

③ すみません　④ どうぞよろしく

答案④

解 「はじめまして、どうぞよろしく」是初次見面時常用的寒暄語。答案以外的選項其意思分別為：①「ありがとうございます」（謝謝）；②「こんにちは」（午安）；③「すみません」（很抱歉）。

譯 初次見面，請多關照。

■ たいていは あるいて いきますが、＿＿＿バスでいきます。

（◇ 2001 - III - 10）

① いつも　② いろいろ　③ ときどき　④ だんだん

答案③

解 答案以外的選項其意思分別為：①いつも（總是）；②色色（いろいろ）（各式各樣）；④ 段段（だんだん）（漸漸地）。

譯 大多是走路去，有時搭公車去。

■ おととい としょかんに いきました。（◇ 2002 - IV - 2）

① ごはんを たべました。　② スポーツを しました。

③ ほんを かりました。　④ かいものを しました。

答案③

解 選項③中的「本（ほん）を借（か）りました」（借了書）與題目中的「図書館（としょかん）」（圖書館）相對應。

譯 （題目）前天去了圖書館。①吃飯了；②運動了；③借書了；④購物了。

■ とりが＿＿＿います。（◇ 2005 - III - 8）

① あげて　② あって　③ さして　④ とんで

答案④

解 這 4 個選項用的都是動詞的「て」形。答案以外的選項其動詞基本形和意思分別是：①上（あ）げる（舉起，抬起；提高；給）；②ある（有，在）；③指（さ）す（指）。

譯 鳥在飛。

■ 「きのうは どうも ありがとうございました。」

「いいえ、＿＿＿。」（◇ 2007 - III - 6）

① しつれいします　　② いらっしゃい

③ どういたしまして　　④ いただきます

答案③

解 這 4 個選項都是日常寒暄語。答案以外的選項其漢字形式和意思分別是：①失礼（しつれい）します（告辭了；打擾了）；②いらっしゃい（歡迎）；④いただきます（我要開動了）。選項②、④不寫漢字。

譯 「今天多謝你了。」「不客氣。」

♬ 075

ない	補助・形 不～；沒有 16
ないせん 0	【内線】名 內線；(電話)內線，分機　⇔ 外線（がいせん）
なおす 2	【直す】他五・補助 修改，訂正；更改，變更；(在動詞的連用形後)重做，改作 2
なおる 2	【直る】自五 改正過來；修理好；恢復，痊癒；(座位)升等；改變地位 5
なか 1	【中】名 內部，裡面；(事物)進行中；(順序)中等，中級 14
ながい 2	【長い・永い】形 距離遠的、長的；(時間)長；永別；耐性好　⇨ 長（なが）さ（長度）11 ➡ 長（なが）い目（め）で見（み）る（從長遠來看）
なかなか 0	【中中】副 非常，相當；(下接否定)不輕易，不容易 8
なかゆび 2	【中指】名 中指
ながら 1 0	接續・接尾 一邊～一邊；雖然，儘管；都，全；原樣 3
なく 0	【泣く】自五 啼哭，哭泣；吃到苦頭，懊悔 5 ⇨ 泣（な）き顔（がお）(哭臉，哭喪臉)　⇨ 泣（な）き虫（むし）(愛哭鬼)

なく [0]	【鳴く】自五（鳥等）鳴叫，啼叫 1 ⇨ 鳴《な》（き）声《ごえ》（鳴叫聲，啼聲）
なくす [0]	【無くす】他五 遺失，喪失；消除 1
なくなる [0]	【無くなる】自五 完，盡，遺失 2
なくなる [0]	【亡くなる】自五 死去，去世 3
なげる [2]	【投げる】他下一 投，扔；跳入；投射；放棄 1
なさい [2]	他五・補助 請做；請 3
なさる [2]	【為さる】他五「する」（為，做）的尊敬語；與動詞連用形構成尊敬語 4
なぜ [1]	【何故】副 為什麼，何故 3 ⇨ 何故《なぜ》なら（因為） ⇨ 何故《なぜ》か（不知為何，不由得）
なつ [2]	【夏】名 夏天　⇔ 冬《ふゆ》　⇨ 夏風《なつかぜ》（夏天的風）11 ⇨ 夏休み《なつやす》（暑假）　⇨ 夏痩せ《なつや》（夏天消瘦） ⇨ 夏《なつ》ばて（中暑）　⇨ 夏風邪《なつかぜ》（熱傷風）
なつかしい [4]	【懐かしい】形（令人）懷念；眷戀，依戀 ⇨ 懐《なつ》かしがる（懷念，眷戀）　⇨ 懐《なつ》かしさ（眷戀之情）
なつやすみ [3]	【夏休み】名 暑假 4
など [1]	【等】助 等等，之類；表示輕視或謙遜；表示列舉 5
ななつ [2]	【七つ】名 七個；七歲 1
なに [1]	【何】代名・副・感 什麼；那，那個任何；（用以否定對方的話）哪裡，沒什麼；表示意想不到 15
なにか [1]	【何か】副・連語 什麼，某些；總覺得
なにも [0] [1]	【何も】副・連語 什麼也，全都；並（不），什麼（也不）
なのか [0]	【七日】名 七號；七天 1
なふだ [0]	【名札】名 姓名牌，姓名卡
なべ [1]	【鍋】名 鍋；火鍋 ⇨ 鍋《なべ》もの（火鍋料理）　⇨ 寄《よ》せ鍋《なべ》（什錦火鍋）
なまえ [0]	【名前】名 姓名，名字；（事物的）名稱

なみだ ①	【涙・涕・泪】名 眼淚；同情　⇨ 涙ぐむ（含淚）
ならう ②	【習う】他五 學習；（反覆）練習 10
ならぶ ⓪	【並ぶ】自五 排，排成列；匹敵 8
ならべる ⓪	【並べる】他下一 排列；（整齊地）擺；比較；一一列舉 N5
なる ①	【成る・為る】自五 變成～狀態；變得～；到（某時刻、某個數量）；起作用；（以お～になる）構成尊敬語
なる ⓪	【鳴る】自五 鳴，響；馳名，聞名 2 ➡ 世に鳴る（聞名於世）
なるべく ⓪③	副 盡可能 2
なるほど ⓪	副・感 果然，的確 1
なれる ②	【慣れる】自下一 習慣，習以為常；熟練；慣於～ 2 ⇨ 慣れ（習慣；熟習）
なん ①	【何】代名 何，什麼 6
なんか ①	助・連語・副 之類，等等；哪；有些，好像 2
なんきょく ⓪	【南極】名 南極　⇔ 北極
なんだ ①⓪	【何だ】感・連語 什麼；什麼，那個；什麼，哎呀；哪裡，算不了 4
なんて ①	副・助・連語 什麼的；（輕視的口氣）～之類的；表示意外的口氣 5
なんでも ①	【何でも】連語・副 不管什麼；不論有什麼；不管怎樣；大概；據說是　⇨ なんでもかんでも（全都）4
なんと ①	副・感（副）多麼，何等；竟然；怎麼樣，如何；（感）哎呀 1
なんとか ①	【何とか】連語・副・自サ 設法；勉強總算；表示不定的事物；12
なんど ①	【何度】名 多少次，幾次 2
なんとなく ④	【何となく】副 總覺得，不由得；無意中
なんにも ⓪	副 什麼也；一點也 1

なんにち 1	【何日】名 幾號；多少天 1
なんにん 1	【何人】名 多少人 1
なんべい 0	【南米】名 南美洲 1
なんぼく 1	【南北】名 南北

歷屆考題

■ しごとを しながら わたしの はなしを きいて ください。

（◆ 1991 - Ⅳ - 10）

① しごとを しないで、わたしの はなしを きいて ください。

② しごとを してから、わたしの はなしを きいて ください。

③ しごとを やめて、わたしの はなしを きいて ください。

④ しごとを やめないで、わたしの はなしを きいて ください。

答案④

解 選項④意為「不停止工作，聽我說話」，要求對方同時進行兩個動作，與題目中的「ながら」（一邊～一邊～）相對應。

譯（題目）請邊工作邊聽我說。①請停止工作，聽我說話。②請工作完再聽我說；③請停止工作，聽我說話；④請別停止工 作，聽我說話。

■ わたしは でんきやで テレビを＿＿＿もらいました。（◆ 1992 - Ⅲ - 6）

① ならんで　② なおって　③ なおして　④ ならって

答案③

解 這 4 個選項用的都是動詞的「て」形。答案以外的選項其動詞基本形和意思分別是：①並ぶ（なら）（排列）；②治る（なお）（痊癒）或直る（なお）（修好；改過來）；④習う（なら）（學習）。

譯 在電器行請人幫我修好了電視。

■ あたらしい いえに だんだん＿＿＿きました。（◆ 1993 - Ⅲ - 8）

① はじまって　② おぼえて　③ なれて　④ すんで

答案③

解 這 4 個選項用的都是動詞的「て」形。答案以外的選項其基本形和意思分別是：①始(はじ)まる（開始）；②覚(おぼ)える（記住）；④住(す)む（居住）。

譯 漸漸地習慣了新家。

■ あしたの パーティーには、なるべく 来(き)て ください。（◆ 1995 - IV - 4）

① あしたの パーティーには、かならず 来(き)て ください。

② あしたの パーティーには、やはり 来(き)て ください。

③ あしたの パーティーには、きっと 来(き)て ください。

④ あしたの パーティーには、できるだけ 来(き)て ください。

答案④

解 選項④中的「できるだけ」（儘量，盡可能）與題目中的「なるべく」（盡可能）相對應。

譯 （題目）明天的聚會請儘量參加。①明天的聚會請一定要參加；②明天的聚會還是請參加一下；③明天的聚會請一定要參加；④明天的聚會請儘量參加。

■ やまださんは ゆうべ なくなった そうです。（◆ 1996 - IV - 7）

① やまださんは ゆうべ おかねを なくした そうです。

② やまださんは ゆうべ どこかへ いった そうです。

③ やまださんは ゆうべ くにへ かえった そうです。

④ やまださんは ゆうべ しんだ そうです。

答案④

解 選項④中的「死(し)んだ」（死了）與題目中的「亡(な)くなった」（去世了）相對應。

譯 （題目）據說山田昨晚過世了。①據說山田昨晚把錢弄丟了；②據說山田昨晚去了某處；③據說山田昨晚回國了；④據說山田昨晚死了。

■ だいじな うでどけいが こわれて しまいました。______、とても お金(かね)が かかりました。（◆ 2002 - III - 9）

① かえしたら　② すてたら　③ なおしたら　④ 見(み)つけたら

答案③

解 這 4 個選項用的都是動詞連用形加「たら」的形式。答案以外的選項其動詞基本形和意思分別是：①返(かえ)す（歸還，返還）；②捨(す)てる（扔，丟棄）；④見(み)つける（找到）。

譯 重要的手錶壞了。修了一下，花了很多錢。

■ あしたは しけんですから、＿＿＿はやく来(き)てください。

（◆ 2003 - III - 8）

① なるほど　② なるべく　③ それほど　④ そんなに

答案②

解 答案以外的選項其意思分別是：①的確，果然；③那麼（後面一般接否定）；④那麼地。

譯 明天考試，請儘量早點來。

■ がくせいたちは きょうしつで やまだせんせいに にほんごを＿＿＿います。（◇ 1991 - III - 8）

① ならって　② つくって　③ おぼえて　④ べんきょうして

答案①

解 這 4 個選項用的都是動詞的「て」形。答案以外的選項其意思分別為：②作(つく)る（製作）；③覚(おぼ)える（記住）；④勉強(べんきょう)する（學習）。

譯 學生們在教室裡跟著山田老師學日語。

■ テーブルに おさらを 8 まい ならべて ください。（◇ 2005 - IV - 4）

① おさらを 8 まい おいて ください。

② おさらを 8 まい もって ください。

③ おさらを 8 まい つかって ください。

④ おさらを 8 まい わたして ください。

答案①

解　選項①中的「置く」（放，擺放）與題目中的「並べる」（擺放）相對應。

譯　（題目）請在飯桌上擺放 8 個碟子。①請放 8 個碟子；②請拿 8 個碟子；③請用 8 個碟子；④請交給我 8 個碟子。

♬ 078

に ①	【二】名 二 12
にいさん ①	【兄さん】名（敬）哥哥；對年輕男人的稱呼 5
におい ②	【匂い・臭い】名 氣味；氣息，風格；樣子，跡象
にがい ②	【苦い】形 苦的；不愉快的，痛苦的　N4 ⇨ 苦笑い（苦笑）
にがて ⓪ ③	【苦手】名・形動 不擅長的；難對付的 1
にがみ ③	【苦み】名 苦味，苦的感覺；嚴肅 4
にぎやか ②	【賑やか】形動 熱鬧，繁華；鬧哄哄 6
にく ②	【肉】名（人的）肌肉；肉類；果肉；肉體；（肌肉或物體的）厚度；印泥 10 ⇨ 肉眼（肉眼）　⇨ 肉筆（親筆（寫的東西）） ⇨ 肉料理（葷菜）　⇨ 肉屋（肉店）
にくい ②	【難い・悪い】接尾（接動詞連用形）困難，不好辦 ⇨ 歩きにくい（難走）10
にくい ②	【憎い】形 可憎，討厭
にくるい ②	【肉類】名 肉類
にげる ②	【逃げる】自下一 逃跑；逃避（責任等）1 ⇨ 逃げ腰（想逃脫的樣子；想逃避責任） ⇨ 逃げ込む（逃入，竄入）　⇨ 逃げ出す（逃走，逃出）
にし ⓪	【西】名 西方；（佛）西天，淨土；西歐各國 1 ⇨ 西口（西出口）
にじ ⓪	【虹】名 彩虹

079

にじゅう ①	【二十】數 二十 1
にち	【日】名・接尾 號，日；星期日 15
にちじ ①	【日時】名 日期和時間 1
にちじょう ⓪	【日常】名 日常，平常 ➡ 日常茶飯事（にちじょうさはんじ）（司空見慣的事）
にちよう ③⓪	【日曜】名 星期日　＝日曜日（にちようび）（星期日）
にっき ⓪	【日記】名 日記；日記本 N4
にってい ⓪	【日程】名 日程　⇒スケジュール　⇨日程表（にっていひょう）
にほん ②	【日本】名 日本　＝にっぽん 2 ⇨ 日本語（にほんご）　⇨ 日本人（にほんじん）
にもかかわらず ①⑤	連語・接續 儘管～還是～
にもつ ①	【荷物】名 貨物，行李；負擔，累贅 14 ⇨ 手荷物（てにもつ）（隨身行李）
にゅういん ⓪	【入院】名・自サ 住院　⇔ 退院（出院）5
にゅうがく ⓪	【入学】名・自サ 入學　⇔ 卒業（そつぎょう）（畢業）　⇒ 入校（にゅうこう） 1 ⇨ 入学試験（にゅうがくしけん）（入學考試）　⇨ 入学式（にゅうがくしき）（入學典禮） ⇨ 入学手続き（にゅうがくてつづき）（入學手續）
にゅうじょう ⓪	【入場】名・自サ 入場　⇔ 退場（たいじょう） ⇨ 入場式（にゅうじょうしき）　⇨ 入場券（にゅうじょうけん）　⇨ 入場料（にゅうじょうりょう）（入場費）
にょうぼう ①	【女房】名 妻子，老婆
によって	連語 根據；透過；因為
にる ⓪	【似る】自上一 像，似；大同小異 6
にわ ⓪	【庭】名 庭院；特定場所 2 ➡ 教えの庭（おしえのにわ）（教授知識的場所；課堂）
にわとり ⓪	【鶏】名 雞 1
にん ①	【人】名・接尾・造語 人；位於某立場的人
にんげん ⓪	【人間】名 人類；人品；人間 ⇨ 人間性（にんげんせい）（人性，人的本性）

にんき ⓪	【人気】名 人緣，人望　⇨ 人気者(にんきもの)（受歡迎的人）⇨ 不人気(ふにんき)（不受歡迎，不流行）
にんぎょう ⓪	【人形】名 人偶；傀儡，沒有獨立性的人 7
にんじん ⓪	【人参】名 胡蘿蔔，紅蘿蔔 1
にんずう ①	【人数】名 人數　⇨ 少人数(しょうにんずう)（人數少）1

歷屆考題

■ このつくえは、ひきだしがちいさいのでつかいにくいです。

（◆ 1993 - Ⅳ - 10）

① このつくえは、てきとうです。　② このつくえは、ふべんです。

③ このつくえは、とくべつです。　④ このつくえは、だいじです。

答案②

解 選項②中的「不便(ふべん)」與題目中的「使(つか)いにくい」（不好用）相對應。

譯（題目）這張桌子抽屜很小，使用起來不方便。①這張桌子正合適；②這張桌子不方便；③這張桌子很特別；④這張桌子很 重要。

■ あねは母(はは)にかおがよく＿＿＿います。（1996 - Ⅲ - 9）

① あって　② にて　③ うつして　④ つたえて

答案②

解 這 4 個選項用的都是動詞的「て」形。答案以外的選項其動詞基本形和意思分別是：①合(あ)う（符合）；③写(うつ)す（抄，拍照）或移(うつ)す（移動；搬家）；④伝(つた)える（通知，傳達）。

譯 姐姐的臉長得很像媽媽。

■ このくすりはとても＿＿＿のみにくいです。（◆ 2001 - Ⅲ - 4）

① うまくて　② こわくて　③ にがくて　④ よわくて

答案③

解 答案以外的其餘選項為：①旨い（好吃的；高明的）；③怖い（可怕的）；④弱い（軟弱的）。

譯 這藥很苦，難以下嚥。

■ むすめの にゅうがくしきが ありました。（◆ 2002 - Ⅳ - 4）

① むすめが　けっこんしました。

② むすめが　そつぎょうしました。

③ むすめが　だいがくせいに　なりました。

④ むすめが　しゃかいじんに　なりました。

答案③

解 選項③中的「大学生になりました」（成了大學生）與題目中的「入学式」（入學典禮）相對應。

譯（題目）女兒的入學典禮舉行過了。①女兒結婚了；②女兒畢業了；③女兒成了大學生；④女兒成為社會人士了。

■ にちようびの こうえんは にぎやかです。（◇ 2002 - Ⅳ - 3）

① にちようびの こうえんは きれいです。

② にちようびの こうえんは しずかです。

③ にちようびの こうえんは ひとがすくないです。

④ にちようびの こうえんは ひとがおおぜいいます。

答案④

解 選項④中的「人が大勢」（人很多）與題目中的「賑やか」（熱鬧）相對應。

譯（題目）星期天的公園很熱鬧。①星期天的公園很漂亮；②星期天的公園很安靜；③星期天的公園人很少；④星期天的公園 人很多。

♫ 080

ぬいぐるみ ⓪	【縫いぐるみ】名 布娃娃、填充玩具
ぬぐ ①	【脱ぐ】他五 脫掉，摘掉；脫下丟開 2 ➡ 一肌脱ぐ（助人一臂之力）
ぬすむ ②	【盗む】他五 偷盜；偷閒；背著～，偷偷地；剽竊；(棒球)盜壘　⇨ 盗み（偷盜）⇨ 盗み聞き（偷聽）3 ⇨ 盗み食い（偷吃）⇨ 盗み出す（偷出） ⇨ 盗み取る（偷竊）⇨ 盗み見る（偷看） ⇨ 盗み読み（偷看書信等）➡ 暇を盗む（偷閒）
ぬの ⓪	【布】名 布
ぬる ⓪	【塗る】他五 塗，抹　⇨ 塗り立て（剛油漆過的）3 ⇨ 塗り上げる（塗好；塗上） ⇨ 塗り替える（重新塗刷）⇨ 塗り薬（塗劑） ⇨ 塗り立てる（粉刷得很漂亮；濃妝豔抹） ⇨ 塗りつける（塗上；推諉，轉嫁） ⇨ 塗り潰す（塗滿）⇨ 塗り直す（重新塗抹） ➡ 人の顔に泥を塗る（往別人臉上抹黑）
ぬるい ②	【温い】形 半冷不熱，不夠熱；不嚴厲 1
ぬれる ⓪	【濡れる】自下一 淋濕，沾濕 2

歷屆考題

■ あつかったら、どうぞうわぎを＿＿＿ください。（◆ 1991 - III - 7）

① はずして　② むいて　③ すてて　④ ぬいで

答案④

解 這 4 個選項用的都是動詞的「て」形。答案以外的選項其動詞基本形和意思分別為：①外す（取下)；②剥く（剝，削)；③捨てる（扔)。

譯 要是熱的話，請把外套脫了。

■ どろぼうに さいふを ぬすまれました。（◆ 1998 - Ⅳ - 10）

① どろぼうが さいふを ひろって くれました。

② どろぼうが さいふを とりかえて いきました。

③ どろぼうが さいふを もらって くれました。

④ どろぼうが さいふを とって いきました。

答案④

解 選項④中的「取(と)って行(い)く」（拿走）與題中的「盜(ぬす)む」（偷盜）相對應。

譯（題目）被小偷偷走錢包。①小偷撿到我的錢包；②小偷換走我的錢包；③小偷接受我的錢包；④小偷拿走我的錢包。

♬ 081

ね ⓪	【音】名 聲音，音響；樂音；音色；哭聲
ねあげ ⓪	【値上げ】名・他サ 提高價錢
ねえさん ①	【姉さん】名 姐姐；對年輕女子的稱呼 5
ねがう ②	【願う】他五 期望；請求，要求 7 ⇨ 願(ねが)い（願望，請求） ➡ 願(ねが)ってもない（求之不得的〔好事〕）
ねがいごと ⓪⑤	【願い事】名 心願
ねこ ①	【猫】名 貓；藝妓 6 ⇨ 子猫(こねこ)（幼貓） ⇨ 猫背(ねこぜ)（駝背） ⇨ 猫舌(ねこじた)（怕熱燙食物〔的人〕） ➡ 猫(ねこ)の手(て)も借(か)りたい（忙得不可開交） ➡ 猫(ねこ)の額(ひたい)（狹小） ➡ 猫(ねこ)の目(め)（變化無常） ➡ 猫(ねこ)をかぶる（假裝老實）
ねずみ ⓪	【鼠】名 老鼠 ⇨ 鼠色(ねずみいろ)（深灰色） ⇨ 鼠算(ねずみざん)（數量呈幾何級快速增長）
ねだん ⓪	【値段】名 價格 2

ねつ 2	【熱】名 熱；熱度；熱情　⇨熱愛《ねつあい》(熱切相愛) 2 ⇨熱《ねつ》エネルギー(熱能)　⇨熱情《ねつじょう》(熱情) ⇨熱処理《ねつしょり》(熱處理)　⇨熱戦《ねっせん》(激戰) ⇨熱度《ねつど》(熱度)　⇨熱望《ねつぼう》(熱切希望)
ねっしん 1 3	【熱心】名・形動 熱心，熱情 4 N4
ねぼう 0	【寝坊】形動・名・自サ 睡懶覺(的人) N4 ⇒朝寝坊《あさねぼう》(睡懶覺〔的人〕)
ねむい 0 2	【眠い】形 想睡的，睏倦 8 N4
ねむる 0	【眠る】自五 睡；長眠，死；埋藏，放置，不被利用 ⇔覚《さ》める（醒來）　⇨眠《ねむ》り(睡覺，睡眠) 8 ⇨眠《ねむ》り薬《ぐすり》（安眠藥）　⇨眠《ねむ》り込《こ》む（入睡；睡熟）
ねる 0	【寝る】自下一 躺下；睡覺；因病臥床；積壓 16 ⇔起《お》きる（起來）　⇨寝顔《ねがお》(睡相)　⇨寝相《ねぞう》(睡姿)
ねん 1	【年】名 年，一年 4
ねんがじょう 3 0	【年賀状】名 賀年卡
ねんがっぴ 3	【年月日】名 年月日
ねんかん 0	【年間】名 全年；整年，終年 9
ねんげつ 1	【年月】名 年月，歲月，光陰
ねんじゅう 1	【年中】名・副 一年間；始終 2 ⇨年中行事《ねんじゅうぎょうじ》(一年中的傳統活動)　＝年中《ねんちゅう》
ねんだい 0	【年代】名 年代，時代 3
ねんねん 0	【年々】名 每年，年年，逐年 1
ねんぽう 0	【年報】名 年報 1
ねんまつ 0	【年末】名 年末　⇔年始《ねんし》　⇔年初《ねんしょ》
ねんれい 0	【年齢】名 年齡　⇨年齢制限《ねんれいせいげん》　⇨年齢層《ねんれいそう》(年齡層) 6

歷屆考題

■ ゆうべ おそくまで しょうせつを 読(よ)んでいたから、けさは＿＿＿。

（◆ 2003 - III - 5）

① ねむい　② すごい　③ さびしい　④ うるさい

答案①

解 答案以外的選項其漢字形式和意思分別是：②凄(すご)い（厲害，驚人；可怕）；③寂(さび)しい（孤獨，寂寞）；④煩(うるさ)い（討厭；囉唆）。

譯 因為昨晚看小說看到很晚，所以今天早上很睏。

■ たなかさんは、毎日(まいにち)＿＿＿に けんきゅうを している。

（◆ 2004 - III - 9）

① あんしん　② ざんねん　③ しんぱい　④ ねっしん

答案④

解 答案以外的選項其漢字形式和意思分別是：①安心(あんしん)（放心）；②残念(ざんねん)（遺憾）；③心配(しんぱい)（擔心）。

譯 田中每天都充滿熱情地進行研究。

■ ねっしん（◆ 2006 - IV - 5）

① 雨(あめ)が ねっしんに ふって いました。

② つかれて いたので、ねっしんに ねました。

③ びょうきが ねっしんに よく なりました。

④ 学生(がくせい)は ねっしんに かいわの れんしゅうを しました。

答案④

解 選項①、②、③均為誤用。①可把「熱心(ねっしん)に」改為「すごく」（大）；②可把「熱心(ねっしん)に」改為「すぐに」（馬上）；③可把「熱心(ねっしん)に」改為「だいぶ」（很，頗，相當）。

譯 ④學生們充滿熱情地進行了會話練習。

♫ 083

の ①	【野】名 野地，原野；田地，田野
のこる ②	【残る】自五 留下；剩餘；殘留；流傳後世 3 ⇨ 残(のこ)らず（全部，統統，一個不剩） ⇨ 残(のこ)り（殘餘，剩餘）
のこりもの ⓪⑤	【残り物】名 剩下的東西 1
のど ①	【喉】名 喉嚨；歌聲 1 ➡ 喉(のど)が鳴(な)る（〔見到好吃的〕饞得要命） ➡ 喉元過(のどもとす)ぎれば熱(あつ)さを忘(わす)れる（好了傷疤忘了疼）
のぼる ⓪	【上る】自五 向上移動；溯流航行；就高位；從地方向首府移動；達到，高達；被提起 3
のぼる ⓪	【登る】自五 登，攀登；（溫度）上升；（數量）達到；（往上游）逆流而上 5
のみ	助 只，僅，只有，只是 8
のみもの ②	【飲み物】名（水、酒、茶等等）飲料 8
のむ ①	【飲む・呑む】他五 喝；吞下去；抽，吸；（無可奈何）接受；壓倒，勝過；隱匿 N5 ⇨ 飲(の)み食(く)い（吃喝） ⇨ 飲(の)み歩(ある)く（喝了一家又一家）⇨ 飲(の)み過(す)ぎる（喝過量）
のり ②	【海苔】名 海苔，海藻，紫菜 1
のり ②	【糊】名 膠水，漿糊；漿，粉漿
のりかえる ④③	【乗（り）換える・乗（り）替える】自下一 換乘；改變（主張、方針、所屬等）1 ⇨ 乗(の)（り）換(か)え（換車，換乘）
のりもの ⓪	【乗り物】名 交通工具 4
のる ⓪	【乗る】自五 乘，坐，騎；登上；和著，附和；乘勢，乘機；上當，受騙；附著 ⇔ 降(お)りる（下；降）13 ⇨ 乗(の)り合(あ)い（〔很多人〕同乘） ⇨ 乗(の)り移(うつ)る（換乘；靈魂附體） ⇨ 乗(の)り降(お)り（上下〔車船〕）
のる ⓪	【載る】自五 放在上面；刊載，登載 5

歷屆考題

■ がくせいが きょうしつに のこって います。（◆1991 - IV - 6）

① がくせいは まだ だれも きょうしつへ きて いません。

② がくせいは もう みんな きょうしつへ きて います。

③ きょうしつには、がくせいは もう だれも いません。

④ きょうしつには、がくせいが まだ います。

答案④

解 選項④中的「まだいます」（還有）與題目中的「残る」（留下）相對應。

譯（題目）學生留在教室裡。①學生一個也沒來教室；②學生都到教室了；③教室裡沒有任何學生；④教室裡還有學生。

■ つぎの えきで おりて、バスに＿＿＿ください。（◆1995 - III - 2）

① かわって ② のりかえて ③ ひっこして ④ とりかえて

答案②

解 這 4 個選項的都是動詞的「て」形。答案以外的選項其動詞基本形和意思分別是：①代る（替代）；③引っ越す（搬家）；④取り換える（交換）。

譯 請在下一站下車，換搭公車。

■ ぼくは のりものが だいすき です。（◆2005 - IV - 4）

① まんがや しょうせつが だいすき です。

② デパートや スーパーが だいすき です。

③ テニスや サッカーが だいすき です。

④ ひこうきや ふねが だいすき です。

答案④

解 選項④中的「飛行機や船」（飛機和船之類的）與題目中的「乗り物」（交通工具）相對應。

譯（題目）我很喜歡交通工具。①我很喜歡漫畫和小說之類的；②我很 喜歡百貨公司和超市之類的；③我很喜歡網球和足球之類的；④我很喜歡飛機和船之類的。

■ えきで でんしゃに＿＿＿ます。（◇ 1992 - Ⅲ - 9）

① のり　② とり　③ すわり　④ のぼり

答案①

解 注意片語搭配。乘坐汽車、電車用「乗る」，如「バスに乗る」；坐在某處用「座る」，如「席に座る」；拿、取用「取る」；登、爬用「登る」，如「山に登る」。

譯 在車站坐電車。

■ わたしはかぜをひいて、くすりを＿＿＿。（◇ 1993 - Ⅲ - 4）

① のみました　② とりました　③ たべました　④ しました

答案①

解 注意動詞搭配。「吃藥」在日語中為「薬を飲む」。答案以外的選項其動詞基本形和意思分別為：②取る（拿取）；③食べる（吃）；④する（做）。

譯 我患感冒，吃了藥。

■ なつやすみに やまに＿＿＿。（◇ 2003 - Ⅲ - 8）

① あけました　② あげました　③ のりました　④ のぼりました

答案④

解 這 4 個選項用的都是動詞的過去式。答案以外的選項其動詞基本形和意思分別是：①開ける（打開）；②上げる（舉起，抬起；提高；給）；③乗る（乘坐）。

譯 暑假去爬山了。

♫ 084

は ①	【刃】名 刃，刀刃
は ⓪	【葉】名 樹葉　⇨ 木の葉（樹葉）1

は 1	【歯】名 牙齒；齒狀物，器物的齒 ⇨ 歯茎（牙床，牙齦） ⇨ 歯あたり（咬勁） ➡ 歯が立たない（咬不動；敵不過） ➡ 歯を食いしばる（咬緊牙關）
ばあい 0	【場合】名 場合，時候；情況，狀態 3
ばあちゃん 1	名 奶奶，外婆 1
はい 1	【杯】名・接尾 杯；碗 5
はい 1	感 是的；（應答聲）有，到 16
ばい 0 1	【倍】名・接尾 倍，加倍 8
はいいろ 0	【灰色】名 灰色；不鮮明，暗淡；乏味；（喻）曖昧
はいく 0	【俳句】名 俳句（由五、七、五共十七個音節組成的短詩） ⇨ 俳人（俳句詩人）
はいざら 0	【灰皿】名 煙灰缸 1
ばいてん 0	【売店】名 小賣店，售貨亭
はいゆう 0	【俳優】名 演員 ⇒ 女優（女演員） ⇒ 男優（男演員）
はいる 1	【入る】自五 進入；移動；縮入；太陽下山；入學；進公司；裝進，容納；進入（某種狀態、時期）；包含，含有；看，聽 ⇨ 入り込む（進入，鑽入）
はか 2	【墓】名 墓 ⇨ 墓場（墓地） ⇨ 墓参り（掃墓）
はがき 0	【葉書】名 明信片 ⇨ 絵葉書（帶圖案的明信片）3
はかせ 1	【博士】名 博士；博學之士
ばかり 1	助 左右；僅，只；剛剛 7
はく 0	【穿く】他五 穿褲子、裙子等 8
はく 0	【履く】他五 穿鞋、襪等 8 ⇨ 履き違える（穿錯鞋；誤解） ⇨ 履物（鞋類）
はく	【泊】接尾 ～宿，～晚（例如：「二泊」兩宿，兩晚）1
はくちょう 0	【白鳥】名 天鵝，鵠
はくぶつかん 4	【博物館】名 博物館

はこ ⓪	【箱】名 箱子；（電車、火車）車廂 ❺ ⇨ 箱詰め（裝箱，裝盒） ⇨ 箱入り（裝在箱子、盒子裡） ➡ 箱入り娘（深居閨房的千金小姐）
はこぶ ⓪	【運ぶ】自・他五 進展；運送；前往；推進；運用 ❻
はさみ ③②	【鋏】名 剪刀；剪刀鋏 ❶
はし ①	【箸】名 筷子　⇨ 箸置き（筷架）
はし ②	【橋】名 橋 ❷
はじまる ⓪	【始まる】自五 開始；開始（老一套行為，老毛病）；（後接否定表示）無用，白費勁　⇔ 終わる ⓫ ⇨ 始まり（開始，開端；緣起，起源）
はじめ ⓪	【始め・初め】名 最初；起初；以～為首　⇔ 終わり ❽
はじめて ②	【初めて】名・副 初次，最初 ❽
はじめまして ④	感 初次見面 ❽
はじめる ⓪	【始める】他下一 開始；開始（老一套的行為、老毛病）；開始做～　⇔ 終える（結束，完成）⓭
ばしょ ⓪	【場所】名 場所，地方；所占的位置；相撲賽季 N4 ⇨ 春（夏）場所（春季〔夏季〕相撲大會）
はしる ②	【走る】自五 跑；行駛，奔馳，運行；逃亡；水奔流；通往，通向；傾向於（不好的方向）；（文筆）流暢 ❶ ⇨ 走り書き（疾書）　⇨ 走り高跳び（跳高） ⇨ 走り幅跳び（跳遠）　⇨ 走り読み（速讀） ➡ 筆が走る（信筆揮毫）　➡ 稲妻が走る（閃電） ➡ 曲が走る（曲子速度變快）
はず ⓪	【筈】名 理所當然；預定；的確；道理 ⓮
はずかしい ④	【恥ずかしい】形 不好意思的；害羞的；感到羞愧的 ❹ ⇨ 恥ずかしがり屋（靦腆的人）
はだ ①	【肌・膚】名 皮膚；物體表面；氣質 ❶ ⇨ 肌荒れ（皮膚變粗糙） ⇨ 肌寒い（涼颼颼的，有點涼意）
はたけ ⓪	【畑】名 田地，旱田；專業領域

はたち ①
【二十・二十歳】名 二十歲 1

はたらき ⓪
【働き】名 工作；機能，作用；才能

はたらく ⓪
【働く】自・他五 工作；作用；幹壞事 12
⇨ 共働き（ともばたらき）（夫婦雙方都工作）
⇨ 働き蟻（はたらきあり）（工蟻） ⇨ 働き口（はたらきぐち）（職業，工作崗位）
⇨ 働き盛り（はたらきざかり）（年輕力壯時期）
⇨ 働き手（はたらきて）（幹活的人；能手） ⇨ 働き者（はたらきもの）（勤勞的人）

はち ②
【八】名 八，第八個 2

はち ⓪
【蜂】名 蜜蜂 ⇨ 蜂蜜（はちみつ）（蜂蜜）

はつおん ⓪
【発音】名・自他サ 發音 4

はつか ⓪
【二十日】名 二十號；二十天 1

はっきり ③
副・自サ 清楚；明確；清晰，明瞭；乾脆，斷然 5

はっしゃ ⓪
【発車】名・自サ 發車，開車 ⇔ 停車（ていしゃ）

はと ①
【鳩】名 鴿子 ⇨ 鳩小屋（はとごや）（鴿籠）
➡ 鳩（はと）が豆鉄砲（まめでっぽう）を食（く）ったように（驚慌失措）

はな ②
【花】名 花；（特定的花）櫻花，梅花；花道；黃金時代；最好的；精華 13
⇨ 花束（はなたば） ⇨ 花吹雪（はなふぶき）（落英繽紛） ⇨ 花模様（はなもよう）（花紋）
⇨ 花屋（はなや）（花店） ➡ 話（はなし）に花（はな）が咲（さ）く（談得興致勃勃）
➡ 花（はな）も実（み）もある（有名有實）
➡ 花（はな）を持（も）たせる（給人面子，讓～臉上爭光）
➡ 花（はな）より団子（だんご）（捨華求實，講究實惠）

はな ⓪
【鼻】名 鼻子 ⇨ 鼻歌（はなうた）（哼小調）3
⇨ 鼻声（はなごえ）（鼻音） ⇨ 鼻先（はなさき）（鼻尖，眼前）
⇨ 鼻筋（はなすじ）（鼻樑） ⇨ 鼻高々（はなたかだか）（趾高氣揚）
➡ 鼻（はな）が高（たか）い（趾高氣揚，洋洋得意）
➡ 鼻（はな）に掛（か）ける（自大，炫耀） ➡ 鼻（はな）につく（膩煩）
➡ 鼻（はな）を折（お）る（挫其鋭氣，使受挫折）

はなし ③
【話】名 談話，話題；商量，商談；故事；傳言，謠傳；道理；事情　⇨ 話(はな)し中(ちゅう)（說話中，電話中）15
⇨ 話(はな)し方(かた)（說法；說話的樣子）
⇨ 話言葉(はなしことば)（口語）　⇨ 話上手(はなしじょうず)（會說話）
➡ 話(はなし)にならない（不值一提）
➡ 話(はなし)がはずむ（談得起勁）
➡ 話(はなし)に花(はな)が咲(さ)く（談得興致勃勃）
➡ 話(はなし)に実(み)が入(はい)る（越談越起勁）

はなす ②
【話す】他五 說，講；商量，商談；說（外語等）16

はなび ①
【花火】名 煙火

はなみ ③
【花見】名 賞（櫻）花　⇨ 花見客(はなみきゃく)（賞花的人）5

はなみず ⓪
【鼻水】名 鼻涕 1

はなよめ ②
【花嫁】名 新娘

はは ①
【母】名 母親；事物產生的根源，母 14
⇒ 母親(ははおや)　⇔ 父(ちち)

ははおや ⓪
【母親】名 母親　⇔ 父親(ちちおや)（父親）4

はみがき ②
【歯磨き】名 刷牙，牙刷，牙膏，牙粉

はやい ②
【速い】形 快，迅速　⇔ 遅(おそ)い 4
⇔ のろい（遲緩，遲鈍）

はやい ②
【早い】形 早；為時尚早，還不到時候；時間短，快 14
⇔ 遅(おそ)い　⇨ 早足(はやあし)（行動迅速）
⇨ 早死(はやじ)に（夭折，早逝）　⇨ 早耳(はやみみ)（消息靈通〔的人〕）

はやし ⓪③
【林】名 樹林 7

ばら ⓪
【薔薇】名 玫瑰花，薔薇花 3

はらう ②
【払う】他五 支付；拂，撣；趕走，除去；橫掃，橫砍；傾注，表示（尊敬等）；賣掉 4
⇨ 前払(まえばら)い（預付，先付）　⇨ 後払(あとばら)い（後付）

はる ①
【春】名 春天；新年；最盛期；青春期 10

はる ⓪
【貼る】他五 貼，黏　⇨ 貼(は)り付(つ)ける（貼上，粘上）1

はれ ②
【晴れ】名 晴，晴天；隆重，正式，公開；（嫌疑）消除

はれる ②	【晴れる】自下一 放晴；（心情）舒暢；（嫌疑、疑惑）消除　⇨晴（は）れ上（あ）がる（天氣放晴）6 ⇨晴（は）れ渡（わた）る（晴空萬里）
はん ①	【半】名・造語 半，一半；不完全 11
ばん ⓪	【晩】名 晚上 6
ばん ①	【番】名・接尾 號，序號；輪班；看守 15 ⇨番目（ばんめ）（第～幾）
はんがく ⓪	【半額】名 半價 4
ばんぐみ ⓪	【番組】名 節目 4
ばんごう ③	【番号】名 號碼　⇒ナンバー 6 ⇨受験番号（じゅけんばんごう）（准考證號碼）　⇨電話番号（でんわばんごう）（電話號碼）
ばんごはん ③	【晩御飯】名 晚飯
ばんせん ⓪	【番線】名・接尾（火車等的）～號線，～月台
はんたい ⓪	【反対】名・自サ・形動 相反，相對；反對 4 ⇨反対運動（はんたいうんどう）（反對運動）　⇨反対語（はんたいご）（反義詞） ⇨反対者（はんたいしゃ）　⇨反対党（はんたいとう）　⇨反対派（はんたいは）　⇔賛成（さんせい）（贊成）
はんとし ④	【半年】名 半年 4
はんぶん ③	【半分】名 一半；二分之一 N5

歷屆考題

■ やさしい しつもんに こたえられなくて、とても＿＿＿。

（◆1996 - III - 5）

① はずかしかったです　② すばらしかったです

③ すごかったです　④ めずらしかったです

答案①

解 這 4 個選項用的都是形容詞過去式的敬體。答案以外的選項其基本形和意思分別是：②素晴（すば）らしい（精彩的）；③凄（すご）い（厲害的）；④珍（めずら）しい（珍奇的、罕見的）。

譯 簡單的問題也答不出來，我感到很丟臉。

■ いとうさんは しごとが おおくて＿＿＿のようです。（1997 - III - 3）

① あそびすぎ　② はたらきすぎ　③ やすみすぎ　④ つとめすぎ

答案②

解 動詞連用形後接「すぎる」，表示「過於」。答案以外的選項分別為：①遊(あそ)ぶ（玩）；③休(やす)む（休息）；④勤(つと)める（工作）。

譯 伊藤的工作量很大，好像有些工作過度。

■ おてがみを はいけんしました。（◆ 1999 - IV - 3）

① おてがみを 読(よ)みました。　② おてがみを 書(か)きました。

③ おてがみを おくりました。　④ おてがみを 見(み)せました。

答案①

解 選項①中的「読(よ)む」（讀）與題目中的「拝見(はいけん)」（拜見）相對應。注意：後者是前者的謙讓語。

譯（題目）已拜讀了您的來信。①讀了信；②寫了信；③寄了信；④給人看了信。

■ こんや おもしろいテレビの＿＿＿はありますか。（◆ 2003 - III - 2）

① よやく　② ばんぐみ　③ タイプ　④ スクリーン

答案②

解 答案以外的選項其漢字或原詞及其意思分別是：①「予約(よやく)」（預約，預訂）；③ type（種類，類型）；④ screen（螢幕）。

譯 今晚有有趣的電視節目嗎？

■ 友(とも)だちに にっきを 見(み)られて とても＿＿＿。（◆ 2005 - III - 2）

① にがかった　② ねむかった

③ はずかしかった　④ よろしかった

答案③

解 這 4 個選項用的都是形容詞的過去式。答案以外的選項其基本形和意思分別是：①苦(にが)い（苦的）；②眠(ねむ)い（睏倦，想睡覺）；④宜(よろ)しい（好，可以）。

譯 被朋友看了日記，真難為情。

■ たなかさんは きょうは あおい ズボンを＿＿＿います。

（◇ 1992 - Ⅲ - 8）

① かぶって　② はいて　③ きて　④ かけて

答案②

解 注意片語的搭配。穿鞋子、褲子為「靴を履く」、「ズボンを穿く」。「帽子を被る」是戴帽子，其他如穿衣服為「服を着る」，戴眼鏡為「眼鏡をかける」。

譯 田中今天穿著藍色褲子。

■ わたしは いつも よる＿＿＿ねます。（◇ 1994 - Ⅲ - 7）

① ちかく　② ほそく　③ はやく　④ おもく

答案③

解 這 4 個選項用的都是形容詞的連用形。答案以外的選項其基本形和意思分別是：①近い（近的）；②細い（細的）；④重い（重的）。

譯 我晚上總是早早睡覺。

■ きのうの パーティーで やまださんに＿＿＿あいました。

（◇ 1995 - Ⅲ - 7）

① はじめ　② はじめて　③ はじめの　④ はじめから

答案②

解 答案以外的選項其意思分別為：①開始（為名詞）；②初次（為副詞）；③開始的；④開始就。此處應用副詞形式。

譯 在昨天的聚會上首次遇見了山田。

■ あの＿＿＿をわたって、だいがくへ いきます。（◇ 1996 - Ⅲ - 8）

① もん　② まど　③ はし　④ やま

答案③

解 「橋を渡る」是「過橋」的意思。答案以外的選項其漢字形式和意思分別為：①門（門）；②窓（窗）；④山（山）。

譯 走過那座橋去大學。

■ ふうとうに きってを＿＿＿。（◇ 1998 - Ⅲ - 9）

① とります　② かります　③ うります　④ はります

答案④

解 答案以外的選項其漢字形式和意思分別是：①取る（拿，取）；②借りる（借入）；③売る（賣）。

譯 在信封上貼郵票。

■ にほんへは はじめて いきます。（◇ 2006 - Ⅳ - 4）

① にほんへは あまり いきません。

② にほんへは まだ いって いません。

③ にほんへは よく いきます。

④ にほんへは 1 かい いきました。

答案②

解 選項②中的「まだ行っていません」（還沒去）與題目中的「はじめて行きます」（第一次去）相對應。

譯 （題目）將要第一次去日本。①不怎麼去日本；②還沒有去過日本；③經常去日本；④去過一次日本。

♬ 089

び 1	【美】名・造語 美，美麗
ひ 1	【火・灯】名 火，火焰；燈火，燈光 4 ➡ 火に油を注ぐ（火上澆油） ➡ 火のないところに煙が立たぬ（無風不起浪） ➡ 火を見るより明らか（洞若觀火）

ひ 0	【日】名 太陽；白晝；一晝夜；(特定的)一天，日子；時期，時代；日期，期限；時候 7 ⇨ 日の丸(太陽形狀；日本的國旗) ➡ 日の目を見る(與世人見面，問世)
ひえる 2	【冷える】自下一 變冷，變涼；(感情等)變冷淡 3 ⇨ 冷え症(怕冷症，下肢發冷的體質) ⇨ 冷え冷え(冷颼颼；冷清，孤寂)
ひがし 0 3	【東】名 東　⇨ 東側(東方；社會主義國家)　⇔ 西
ひかり 3	【光】名 光，光亮；勢力，威力；光明，希望 1
ひかる 2	【光る】自五 發光，閃光；出眾，顯眼
ひき 0	【匹】造語(數鳥獸及昆蟲)隻；條；頭 4
ひきだし 0	【引(き)出し】名 抽屜 7
ひく 0	【引く】他・自五 拉；拔出，抽(籤)；收回，縮回；拖拉，拖；引導，領；削減，扣除；引進，安裝(電燈、自來水等)；畫線；拉長；塗上；吸引，引誘；引用；查(字典等)；繼承；吸入，進入體內；消退，減退；後退；辭去，退出 10 ⇨ 引き合う(〔互相〕拉，扯；合算) ⇨ 引き渡す(交給)　➡ 手を引く(牽手；引領；抽手)
ひく 0	【弾く】他五 彈，奏，拉 N5
ひくい 2	【低い】形 低，矮；低賤；低微　⇔ 高い 7
ひげ 0	【髭】名 鬍子，鬍鬚 1
ひこうき 2	【飛行機】名 飛機 4
ひこうじょう 0	【飛行場】名 飛機場
ひさしぶり 0 5	【久し振り】名・形動(隔了)好久　⇒ 久々 2 ➡ お久し振りです(〔寒暄語〕好久不見)
びじゅつ 1	【美術】名 美術 3　⇨ 美術館 ⇨ 美術家　⇨ 美術史　⇨ 美術品
ひじょう 0	【非常】名・形動 非常；緊急；極，很 ⇨ 非常口(安全門)　⇨ 非常時(非常時期) ⇨ 非常に(非常，特別；緊急，緊迫)

びじん ①	【美人】名 美人，美女　⇒ 美女（びじょ）
ひたい ⓪	【額】名 額頭，天庭　⇒ おでこ（額頭；高額頭的人）
ひだり ⓪	【左】名 左；左翼　⇔ 右（みぎ）8 ⇨ 左側（ひだりがわ）（左側）⇨ 左利（ひだりきき）（左撇子；好喝酒的人） ⇨ 左手（ひだりて）（左手）
ひだりあし ⓪	【左足】名 左腳 1
びっくり ③	副・自サ 吃驚，驚訝 6
ひづけ ⓪	【日付】名（文件、書信上寫的）年月日，日期
ひっこす ③	【引っ越す】自五 搬家，遷居 8 ⇨ 引っ越し（ひっこし）（搬家，搬遷）⇨ 引っ越し先（ひっこしさき）（搬往地）
ひつよう ⓪	【必要】名・形動 必要，必需，需要 5 ⇨ 必要条件（ひつようじょうけん）（必要條件） ➡ 必要は発明の母（ひつようははつめいのはは）（需要是發明之母）
ひと ⓪	【人】名 人，人類；別人，旁人，人家；人品；人材；人手；成人，大人；自然人 16
ひどい ②	【酷い】形 過分，殘酷，無情；厲害，嚴重 7
ひとくち ②	【一口】名 一口；（吃、喝）一點；一句（話）；（入股、捐款等）一股、一份　➡ 一口乗る（ひとくちのる）（算我一份）1
ひとこと ②	【一言】名 一句話；三言兩語
ひとさしゆび ④	【人差（し）指】名 食指
ひとつ ②	【一つ】名・副 一個，一歲；表示強調；一體，一樣；一方面；試一試，稍微；請 9 ⇨ 一つ一つ（ひとつひとつ）（逐一；一一） ➡ 一つ屋根の下（ひとつやねのした）（同住一個屋簷下） ➡ 一つ釜の飯を食う（ひとつかまのめしをくう）（同吃一鍋飯） ➡ 一つ穴の狢（ひとつあなのむじな）（一丘之貉）
ひとつき ②	【一月】名 一個月

單字	解釋
ひとり [2]	【一人・独り】名・副 一個人；獨身；獨自；（後接否定）僅僅，只是 7 ⇨ 一人暮らし（ひとりぐ） ⇨ 一人当たり（ひとりあ）（每人均分） ⇨ 一人一人（ひとりひとり）（各自；一個人一個人地） ⇨ 一人ぼっち（ひとり）（孤獨一人） ⇨ 一人っ子（ひとり こ）（獨生子） ⇨ 一人娘（ひとりむすめ）／息子（むすこ）（獨生女／獨生子）
ひふ [1] [0]	【皮膚】名 皮膚 ⇨ 皮膚炎（ひふえん） ⇨ 皮膚科（ひふか） ⇨ 皮膚病（ひふびょう）
ひま [0]	【暇】名・形動 時間；閒暇，閒工夫；休假；解雇；離婚 ⇨ 暇つぶし（ひま）（消磨時間） ➡ 暇を盗む（ひま ぬす）（偷閒）5
びんせん [0]	【便箋】名 信箋，信紙
びんづめ [0] [4]	【瓶詰め】名 裝瓶，瓶裝
ひゃく [2]	【百】名 一百；許多 ➡ 百発百中（ひゃっぱつひゃくちゅう）（百發百中）5
ひょう [0]	【表】名 圖表，表格 1
びょう [1]	【秒】名 秒 2
びよういん [2]	【美容院】名 美容院 ⇨ 美容（びよう）（美容）1
びょういん [0]	【病院】名 醫院 11
びょうき [0]	【病気】名 病；老毛病，惡習 9 ⇨ 病気欠席（びょうきけっせき）（因病缺席） ⇨ 病気見舞（びょうきみまい）（探望病人）
びょうしつ [0]	【病室】名 病房，病室
ひらがな [3] [0]	【平仮名】名 平假名 ⇨ 片仮名（かたかな）（片假名）7
びょうにん [0]	【病人】名 病人 1
ひらく [2]	【開く】自・他五 打開；開啟，敞開；（數學）開方；開始；開；開花；有差距 ⇔ 閉じる（と）（關閉）4
ひゃっかじてん [4]	【百科辞典・百科事典】名 百科辭典
ひる [2]	【昼】名 白天；中午，正午；午飯 ⇔ 夜（よる）7 ⇨ 昼頃（ひるごろ）（中午時分） ⇨ 昼過ぎ（ひるす）（過了中午） ⇨ 昼飯（ひるめし）／昼ご飯（ひる はん）（午飯）
ひるね [0]	【昼寝】名・自サ 午睡，午覺

ひるま ③	【昼間】名白天，白晝
ひるまえ ③	【昼前】名上午
ひるやすみ ③	【昼休み】名午休
ひろい ②	【広い】形寬敞，廣闊，遼闊；淵博的，廣泛的；（心胸）寬廣　⇔ 狭い 9
ひろう ③ ⓪	【拾う】他五拾，撿；挑，選；意外得到；在路上攔車 ⇨ 拾い上げる（撿起來）7 ⇨ 拾い物（撿來的東西；意外的收穫） ⇨ 拾い読み（挑著讀） ⇔ 捨てる
ひろさ ①	【広さ】名寬度，寬窄，幅度；面積；廣博
びん ①	【瓶】名瓶子 4

歷屆考題

■ 昨日おなかと頭がとてもいたかったので、＿＿＿＿にいきました。

① びよういん　② びょいん　③ びよいん　④ びょういん

答案④

解「びょういん」是名詞。「醫院」的意思。選項①、②、③為誤用。

譯 昨天肚子跟頭很痛所以我去了醫院。

■ わたしは せんげつ ひっこしました。（◆ 1992 - IV - 7）

① わたしは せんげつ いえが かわりました。

② わたしは せんげつ しごとが かわりました。

③ わたしは せんげつ がっこうが かわりました。

④ わたしは せんげつ かいしゃが かわりました。

答案①

解 選項①中的「家が変わりました」（換了房子）與題目中的「引っ越しました」（搬了家）相對應。

譯（題目）我上個月搬家了。①上個月我換了房子；②上個月我換了工作；③上個月我換了個學校；④上個月我換了家公司。

■ みちで お金(かね)を______ので、こうばんに とどけました。

（◆ 1993 - III - 9）

① すてた　② とった　③ ひろった　④ つかまえた

答案③

解「お金(かね)を拾(ひろ)う」是「撿到錢」的意思。這 4 個選項用的都是動詞過去式的常體，選項②、③發生了促音便。答案以外的選項其基本形和意思分別是：①捨(す)てる（扔）；②取(と)る（拿）或撮(と)る（拍攝）；④捕(つか)まえる（抓住）。

譯 在路上撿到錢，把它交到了派出所。

■ ここは びじゅつかんです。（◆ 1994 - IV - 7）

① ここは えを 見(み)る ところです。

② ここは 本(ほん)を 読(よ)む ところです。

③ ここは スポーツを する ところです。

④ ここは こうぎを 聞(き)く ところです。

答案①

解 選項①中的「絵(え)を見(み)る所(ところ)」（欣賞畫的地方）與題目中的「美術(びじゅつ)館(かん)」（美術館）相對應。

譯（題目）這兒是美術館。①這兒是欣賞畫的地方；②這兒是讀書的地方；③這兒是做運動的地方；④這兒是聽課的地方。

■ アパートを かりる とき、何(なに)が ひつようですか。（◆ 1995 - IV - 4）

① アパートを かりる とき、何(なに)が はじまりますか。

② アパートを かりる とき、何(なに)が かわりますか。

③ アパートを かりる とき、何(なに)が いりますか。

④ アパートを かりる とき、何(なに)が こまりますか。

答案③

解 選項③中的「要(い)る」（需要）與題目中的「必要(ひつよう)」（必要，需要）相對應。

譯（題目）租公寓時需要什麼？①租公寓時會發生什麼（不符合日語表達習慣）？②租公寓時會有什麼改變？③租公寓時需要 什麼？④租公寓時什麼最讓人頭疼？

■ きのうは かぜも つよかったし、雨(あめ)も たくさん ふりました。

（◆ 1996 - Ⅳ - 1）

① きのうは うるさい 天気(てんき)でした。

② きのうは ひどい 天気(てんき)でした。

③ きのうは いい 天気(てんき)でした。

④ きのうは きびしい 天気(てんき)でした。

答案②

解 選項②中的「ひどい天気(てんき)」（糟糕的天氣）與題目中的「風雨交加」相對應。

譯（題目）昨天風雨交加。①昨天是個吵鬧的天氣（不合常理）；②昨天是個壞天氣；③昨天是個好天氣；④昨天是個嚴 格的天氣（不合常理）。

■ たなかさんは さとうさんに「ひさしぶりですね。」と いいました。

（◆ 1997 - Ⅳ - 7）

① たなかさんは さとうさんに よく あいます。

② たなかさんは さとうさんに きょねん あいました。

③ たなかさんは さとうさんに きのう あいました。

④ たなかさんは さとうさんに いっしゅうかんに いちど あいます。

答案②

解 選項②中的「去年会(きょねんあ)いました」（去年見了面）與題目中的「久(ひさ)し振(ぶ)り」（好久不見）相對應。

譯（題目）田中對佐藤說：「好久不見了。」①田中經常遇見佐藤；②田中去年見過佐藤；③田中昨天見過佐藤；④田中和佐 藤一週見一次。

■ その ニュースを 聞(き)いて びっくりしました。（◆ 1998 - Ⅳ - 6）

① その ニュースを 聞(き)いて よろこびました。

② その ニュースを 聞(き)いて おもいだしました。

③ その ニュースを 聞(き)いて わかりました。

④ その ニュースを 聞(き)いて おどろきました。

答案④

解 選項④中的「驚（おどろ）く」（吃驚）與題目中的「びっくり」（吃驚，驚訝）相對應。

譯 （題目）聽了那個消息後很吃驚。①聽了那個消息後很高興；②聽了那個消息後想了起來；③聽了那個消息後明白了；④聽了那個消息後很吃驚。

■ あしたは ひえるそうです。（◆ 1999 - Ⅳ - 2）

① あしたは はれるでしょう。

② あしたは くもるでしょう。

③ あしたは さむくなるでしょう。

④ あしたは あつくなるでしょう。

答案③

解 選項③中的「寒（さむ）くなる」（變冷）與題目中的「冷（ひ）える」（降溫，變冷）相對應。

譯 （題目）聽說明天會轉冷。①明天可能會放晴；②明天可能是個陰天；③明天可能會轉冷；④明天可能會變熱。

■ さいふは つくえの______の中（なか）にあります。（◆ 2001 - Ⅲ - 8）

① おしいれ　② ひきだし　③ カーテン　④ ベル

答案②

解 答案以外的選項其漢字、原詞和意思分別為：①「押（お）し入（い）れ」（壁櫥）；③ curtain（窗簾）；④ bell（鈴）。

譯 錢包在桌子抽屜裡。

■ よる12時（じ）に 電話（でんわ）が かかって きたので びっくりしました。

（◆ 2003 - Ⅳ - 4）

① よる12時（じ）に 電話（でんわ）が かかって きたので おこりしました。

② よる12時（じ）に 電話（でんわ）が かかって きたので おどろきました。

③ よる12時（じ）に 電話（でんわ）が かかって きたので こまりました。

④ よる12時（じ）に 電話（でんわ）が かかって きたので なきました。

答案②

解 選項②中的「驚きました」（吃驚）與題目中的「びっくり」（吃驚）相對應。

譯（題目）晚上12點來了電話，我很吃驚。①晚上12點來了電話，我很生氣。②晚上12點來了電話，我嚇了一跳。③晚上12點來了電話，我很為難。④晚上12點來了電話，我哭了。

■ ひさしぶりに 山田さんに あいました。（◆ 2003 - IV - 1）

① よく 山田さんに あって いました。

② ときどき 山田さんに あって いました。

③ 何時間か 山田さんに あって いませんでした。

④ 何年も 山田さんに あって いませんでした。

答案④

解 選項④中的「何年も」（幾年都）與題目中的「久し振り」（好久，許久）相對應。

譯（題目）和山田久別重逢了。①經常見到山田；②有時見到山田；③有幾個小時沒見到山田了；④有好幾年沒見到山田了。

■ わたしの うちに ねこが＿＿＿いますし。（◇ 1992 - III - 4）

① ふたつ　② ふたり　③ にだい　④ にひき

答案④

解 日語中數小動物用「匹」；①「二つ」用來數兩個物體；②「二人」為兩人；③「台」用來數機械、汽車、自行車等。

譯 我家有兩隻貓。

■ かぜを＿＿＿、かいしゃを やすみました。（◇ 1996 - III - 1）

① やって　② なって　③ ふいて　④ ひいて

答案④

解「風邪を引く」是「患感冒」的意思。答案以外的選項其意思分別為：①やる（做）；②なる（成為）；③吹く（〔風〕刮）。

譯 得了感冒，向公司請了假。

■ にちようびは ひまでした。（◇ 2007 - IV - 4）

① にちようびは いそがしくなかったです。

② にちようびは いそがしかったです。

③ にちようびは うるさくなかったです。

④ にちようびは うるさかったです。

答案①

解 選項①中的「忙(いそが)しくなかったです」（不忙）與題目中的「暇(ひま)でした」（有空，很閒）相對應。

譯（題目）星期天很閑。①星期天不忙；②星期天很忙；③星期天不吵；④星期天很吵。

♬ 092

ぶ ① ⓪	【部】名 部分；部類，部門
ふうとう ⓪	【封筒】名 信封 2
ふうふ ①	【夫婦】名 夫婦　⇨ 夫婦喧嘩(ふうふげんか)（夫妻吵架）2
ふえる ②	【増える】自下一 增加，增多　⇔ 減(へ)る 8
ふかい ②	【深い】形 深；深刻，深遠；深厚；（色、香）濃，深 ⇔ 浅(あさ)い 3
ふく ②	【服】名 衣服　⇒ 着物(きもの)（衣服，和服）　⇒ 衣服(いふく)
ふく ⓪	【拭く】他五 擦，拭　⇨ 拭(ふ)き取(と)る（擦掉）4
ふく ① ②	【吹く】自・他五（自五）（風）吹，颳；（他五）吹（笛等）；吹牛；（表面冒出）吹出泡泡，噴出水 9 ⇨ 吹(ふ)き散(ち)らす（吹亂；到處宣揚） ➡ 吹(ふ)けば飛(と)ぶよう（弱不禁風）
ふくざつ ⓪	【複雑】名・形動 複雑　⇔ 単純(たんじゅん)　⇔ 簡単(かんたん) N3 1
ふくしゅう ⓪	【復習】名・他サ 複習　⇔ 予習(よしゅう)（預習）1

ふくろ 3	【袋】名 口袋；水果的內皮 1 ⇨ 袋小路(ふくろこうじ)（死胡同） ➡ 袋(ふくろ)の中(なか)の鼠(ねずみ)（囊中之鼠，甕中之鱉）
ぶしつ 0	【部室】名 社團用的房間
ふたご 0	【雙子・二子】名 雙胞胎，孿生，雙生子
ふたつ 3	【二つ】名 二，兩個；第二；兩歲 16 ➡ ふたつとない（獨一無二）
ぶたにく 0	【豚肉】名 豬肉 1
ふたり 0	【二人】名 二個人 5
ぶちょう 0	【部長】名 部長，處長 1
ふつう 0	【普通】名・形動 普通，通常；一般 2 ⇔ 特別(とくべつ)　⇔ 特殊(とくしゅ)
ふつか 0	【二日】名 二號；兩天 5
ふとい 2	【太い】形 粗，胖，肥；（聲音）粗；臉皮厚，厚顏無恥 ⇔ 細(ほそ)い 7
ぶどう 0	名 葡萄
ふとる 2	【太る・肥る】自五 胖；增多　⇨ 痩(や)せる
ふとん 0	【布団・蒲団】名 被子，被褥 ⇨ 掛(か)け布団(ぶとん)（蓋被）　⇨ 敷布団(しきぶとん)（墊被） ⇨ 座布団(ざぶとん)（座墊）
ふね 1	【船・舟】名 船，舟；槽，盆 2 ➡ 船(ふね)に乗(の)りかかった（騎虎難下） ➡ 船(ふね)を漕(こ)ぐ（划船；〔喻〕打瞌睡）6
ふべん 1	【不便】名・形動 不便，不方便　⇔ 便利(べんり) 3
ふぼ 1	【父母】名 父母；家長 1
ふみきり 0	【踏（み）切り】名（鐵路的）平交道；（競技）起跳
ふむ 0	【踏む】他五 踏，踩；履行；經歷過，經驗過；評價，估計；押（韻）　⇨ 踏(ふ)み倒(たお)す（賴賬）1
ふゆ 2	【冬】名 冬　⇨ 冬(ふゆ)ごもり（冬眠；〔待在家裡〕過冬） ⇨ 冬物(ふゆもの)（冬季衣物、用品等等）10

平假名 あ か さ た な は ま やゆよ ら～わ 片假名

♫ 094

ふる ①	【降る】自五（雨、雪等）下，降 15 ⇨ 降り積もる（〔雪〕邊下邊積） ⇨ 降り止む（停下）
ふるさと ②	【故郷・故里】名 故鄉 ⇒ 郷里
ふるい ②	【古い】形 舊的；陳舊，過時；過往；不新鮮 11
ふるほん ⓪	【古本】名 舊書 1 ⇔ 新本
ふろ ② ①	【風呂】名 浴室；洗澡水；浴池，澡堂 9 ⇨ 風呂場（洗澡間） ⇨ 風呂屋（澡堂，（公共）浴池）
ふろしき ⓪	【風呂敷】名 用來包東西的方形布巾 ➡ 風呂敷を広げる（大吹大擂）
ふん ①	【分】名（時間單位）分 3
ぶん ①	【文】名 文章；文，文學；句 4 ⇨ 文豪（文豪） ⇨ 文才（文才） ⇨ 文士（〈職業〉作家；文人） ⇨ 文物（文物）
ぶんか ①	【文化】名 文化 ⇨ 文化圏 ⇨ 文化交流 ⇨ 文化祭（文化節；校慶） ⇨ 文化財（文化財產） ⇨ 文化摩擦（文化摩擦） ⇨ 文化の日（文化日）
ぶんがく ①	【文学】名 文藝；文藝學，文學；文史哲 3 ⇨ 文学部（文學系） ⇨ 文学博士 ⇨ 文学史
ぶんしょう ①	【文章】名 文章 ⇨ 文章語（文章用語）1
ぶんぽう ⓪	【文法】名 語法，文法 12
ぶんぼうぐ ③	【文房具】名 文具

歷屆考題

■ このみずうみの＿＿＿はどのくらいですか。（◆1991 - Ⅲ - 4）

① ふかさ　② あつさ　③ さむさ　④ おもさ

答案①

解 答案以外的選項其漢字形式和意思分別為：②厚さ（厚度）；③寒さ（寒冷）；④重さ（重量）。注意：形容詞語尾「い」變為「さ」之後，成為名詞。

譯 這個湖有多深？

■ <u>この きかいは こどもには ふくざつすぎます。</u>（◆ 1996 - Ⅳ - 8）

① この きかいは むずかしくて こどもには つかえません。

② この きかいは こどもにも かんたんに つかえます。

③ この きかいは おおきくて こどもには つかえません。

④ この きかいは せつめいを きけば こどもには つかえます。

答案①

解 選項①中的「難しい」（難）與題目中的「複雑」（複雜）相對應。

譯（題目）這台機械對孩子來說過於複雜。①這台機械太難了，孩子無法使用；②這台機械連孩子都可以輕易操作；③這台機械太大，孩子無法使用；④只要聽了說明，孩子就能夠使用這台機械。

■ きょうは かぜが つよく______いっます。（◇ 1993 - Ⅲ - 8）

① やんで　② ふって　③ ふいて　④ とまって

答案③

解 注意片語搭配。「風が吹く」是「颳風」的意思。答案以外的選項其漢字形式和意思分別為：①止む（停止）；②降る（下雨、雪等）；④止まる（停止）。

譯 今天風很大。

♫ 095

へた ②	【下手】名・形動 拙劣，不擅長；不慎重，馬虎 ⇔ 上手（擅長，拿手）③ ➡ 下手な鉄砲も数打てば当たる（只要肯做，一定會有收穫）
べつ ⓪	【別】名・形動 分別；另外，別的；除外，例外；特別； ⇨ 別名（別名）　⇨ 別物（不同的東西；特別）⑩

へや ②	【部屋】名 房間；（相撲）師傅訓練徒弟的地方 13
へん ①	【変】名・形動 奇怪，反常；（突發的）事變；異常；形跡可疑；（音）降半音符號 5
へん ⓪ ①	【辺】名 一帶，附近；大致；邊 1
べんきょう ⓪	【勉強】名・自他サ 學習；賤賣，便宜 14
へんじ ③	【返事】名・自サ 回覆，回信；答應，回答 2
べんとう ③	【弁当】名 便當 7
べんり ①	【便利】名・形動 方便　⇔ 不便（ふべん） 6 N4

歷屆考題

■ へんじ（◆ 2005 - V - 5）

① テレビの へんじが きこえません。

② へんじを だれに かりますか。

③ へんじを すぐに おこなって しまいました。

④ 名前（なまえ）を よびましたが へんじが ありませんでした。

答案④

解 選項①、②、③均為誤用。①可將「返事（へんじ）」改為「音（おと）」（聲音）；②可將「返事（へんじ）」改為「辞書（じしょ）」；③可將「行（おこな）って」改為「して」。

譯 叫了名字，但是沒人回答。

■ わたしの いえは えきの ちかくです。とても＿＿＿です。

（◇ 1995 - III - 6）

① べんり　② ひま　③ じょうず　④ いろいろ

答案①

解 這 4 個選項都是形容動詞。答案以外的選項其漢字形式和意思分別是：②暇（ひま）（空閒）；③上手（じょうず）（擅長）；④色色（いろいろ）（各式各樣）。

譯 我家就在車站附近，很方便。

■ わたしは じが へたです。（◇ 2006 - Ⅳ - 1）

① わたしは じが まるく ありません。

② わたしは じが おおきく ありません。

③ わたしは じが すきでは ありません。

④ わたしは じが じょうずでは ありません。

答案④

解 選項④中的「上手(じょうず)ではありません」（不擅長）與題目中的「下手(へた)」（拙劣）相對應。

譯 （題目）我的字寫得不好。①我的字不圓；②我的字不大；③我不喜歡字；④我不擅長寫字。

♬ 096

ぽい	接尾（接動詞連用形、名詞下）有點兒；容易 ＝っぽい　⇨ 怒(おこ)りっぽい（愛生氣） ⇨ 忘(わす)れっぽい（健忘）
ほう ①	【方】名 方，方向；方面；（比較起來的一方）類型；方形；平方；算是
ぼうし ⓪	【帽子】名 帽子 3
ほうそう ⓪	【放送】名・他サ 廣播，播出，播放 N2 ⇨ 再放送(さいほうそう)（重新再播出） ⇨ 放送局(ほうそうきょく)（電臺，電視臺）　⇨ 放送大学(ほうそうだいがく)（空中大學）
ほうちょう ⓪	【庖丁】名 菜刀
ほうほう ⓪	【方法】名 方法　⇒ 手段(しゅだん)　⇒ 仕方(しかた)（做法，辦法）2
ほうりつ ⓪	【法律】名 法律　⇨ 法律学(ほうりつがく) 1
ほか ⓪	【外・他】名・助（名）其他，別的；別處，別的地方；在～之外；（助）只有　⇒ 別(べつ)（另外）9
ぼく ①⓪	【僕】代名（男子的自稱）我 14
ほくろ ⓪	【黒子】名 黑痣

097

ほし⓪	【星】名 星星；斑點；星號；運勢；得分；目標；嫌疑犯 ➡星を戴く（披星戴月）1 ➡星をさす（猜中，說中）
ほしい②	【欲しい】形 希望得到；希望，要求 8 ⇨欲しがる
ほそい②	【細い】形 細，纖細；狹窄；聲音低而細；（力量、數目等）少，微弱 ⇔太い（粗）7 ⇨細長い（細長） ⇨細道（小道） ⇨細め（稍細的）
ほど⓪②	【程】名・助（助）（時間、距離、量等）左右；比較的基準；～越～；（後接否定表示）再也沒有比～更，最（名）程度；限度；大致的數量；大致的場所 13
ほとんど②	【殆ど】副・名 幾乎；大概，大體上，大部分 4
ほめる②	【褒める・誉める】他下一 稱讚，讚揚，表揚 N4 ⇨褒め称える（極力稱讚） ⇨褒めちぎる（絕讚）
ほら①	感（你）瞧；喂 10
ほん①	【本】名・接尾 書，書籍；（用來數細長物）支，根，條瓶，罐 ⇨本箱（書箱）N5
ほんじつ①	【本日】名 本日，今天 2
ほんだな①	【本棚】名 書架 3
ほんとう⓪	【本当】名・形動 真正，真實；本來；的確，相當 1 ＝ほんと
ほんや①	【本屋】名 書店；正房，主房 4

歷屆考題

■ 外国語(がいこくご)の本(ほん)を 日本語(にほんご)に＿＿＿する。（◆ 2006 - III - 8）

① あんない　② えんりょ　③ はんたい　④ ほんやく

答案④

解 答案以外的選項其漢字形式和意思分別是：①案内(あんない)（當嚮導，引路）；②遠慮(えんりょ)（客氣）；③反対(はんたい)（反對）。

譯 把外語書翻譯成日語。

■ 日本(にほん)では、ほとんど 一日中(いちにちじゅう) テレビの＿＿＿が ある。

（◆ 2007 - III - 1）

① きせつ　② ほうりつ　③ ほうそう　④ きそく

答案③

解 答案以外的選項其漢字形式和意思分別是：①季節(きせつ)（季節）；②法律(ほうりつ)（法律）；④規則(きそく)（規則）。

譯 在日本，幾乎整天都在播放電視節目。

■ あの＿＿＿を かぶって いる ひとが たなかさんです。

（◇ 2002 - III - 3）

① くつした　② とけい　③ ぼうし　④ めがね

答案③

解 這 4 個選項中只有③可以和動詞「かぶる」連用。答案以外的選項其漢字形式和意思分別是：①靴下(くつした)（襪子）；②時計(とけい)（手錶，鐘）；④めがね（眼鏡）。

譯 那個戴著帽子的人是田中。

■ わたしは あたらしい かばんが＿＿＿。（◇ 2003 - III - 1）

① べんりです　② ほしいです　③ やすいです　④ わるいです

答案②

解 答案外其餘各項的漢字形式和意思分別是：①便利(べんり)（方便，便利）；③安(やす)い（便宜）；④悪(わる)い（差，不好）。

譯 我想要新的皮包。

♬ 098

まい	【枚】接尾 張，片，塊，件　⇨ 枚数(まいすう)（張數，件數）6
まいあさ 1	【毎朝】名 每天早上 5
まいかい 0	【毎回】名 每回，每次；每局，每場 1
まいげつ 0	【毎月】名 每月　＝まいつき 2
まいしゅう 0	【毎週】名 每週 3
まいにち 1	【毎日】名 每天 6
まいねん 0	【毎年】名 每年　＝まいとし 6
まいばん 1 0	【毎晚】名 每晚 2
まいる 1	【参る】自五（謙讓語）來，去；參拜；投降，折服；變弱，累垮；迷戀 6
まえ 1	【前】名 面前；正前方；正面；以前，從前；在～之前；（順序）前面；相當於，等於 N5 ⇨ 前口上(まえこうじょう)（（戲劇等的）開場白） ⇨ 前(まえ)のめり（向前倒）
まえばらい 3	【前払い】名・他サ 事先付款
まがる 0	【曲がる】自五 彎曲；傾斜；拐彎；（心眼、行為）不正；（性格）乖僻　⇨ 曲(ま)がり（拐角；轉捩點）5 ⇨ 曲(ま)がり（拐角；轉捩點） ⇨ 曲(ま)がりくねる（彎彎曲曲）
まくら 1	【枕】名 枕頭　⇨ 枕(まくら)カバー（枕頭套） ➡ 枕(まくら)をあげる（起床） ➡ 枕(まくら)を高(たか)くする（高枕無憂）
まける 0	【負ける】自・他下一（自下一）輸，敗；屈服於，敗於；（對漆、藥物等）過敏，起斑疹；（他下一）減價，讓價 ⇔ 勝(か)つ　⇨ 負(ま)け犬(いぬ)（鬥輸的狗） ⇨ 負(ま)け（輸，敗；減價，多給） ➡ 負(ま)けるが勝(か)ち（吃小虧，佔大便宜；以退為進）
まご 2	【孫】名 孫子 1

099

まじめ 0	【真面目】名・形動 認真，老實；嚴肅；誠實，正經 ⇨ 真面目くさる（假裝正經）8 ⇨ くそ真面目（死心眼，死認真）
まず 1	【先ず】副 首先，最初；總之，姑且；大概 7
まずい 2	【不味い】形 難吃的；笨拙的；難看的；不妙；不合適 ⇔ 美味しい（好吃）1
また 2	【又】副・接續 別，其他；又，也；另外；（用於疑問句）究竟，到底；並且，同時；或者 12
まだ 1	【未だ】副 還，尚；另外，更加；還算；才，不過 16
または 2	【又は】接續 或是 1
まち 2	【街・町】名 城鎮；街道 12 N5
まちあわせ 0	【待ち合わせ】名 在約定的時間地點相會
まつ 1	【松】名 松（樹）；新年裝飾正門的松枝；新年期間（指元旦至一月七日）；用松、竹、梅排序時的最高位 2
まつ 1	【待つ】他五 等待；期待，指望 13 ⇨ 待合（等候（的地點））　⇨ 待ちうける（等候） ⇨ 待ち焦がれる（殷切地盼望） ⇨ 待ちに待った（盼望已久的） ⇨ 待ちくたびれる（等膩）
まっか 3	【真っ赤】形動 通紅，鮮紅；純粹，完全
まっくら 3	【真っ暗】形動 黑暗；漆黑；暗淡 1
まっくろ 3	【真っ黒】形動 烏黑
まっさお 3	【真っ青】形動 蔚藍，深藍；蒼白，刷白；鐵青
まっしろ 3	【真っ白】形動 雪白　⇨ 真っ白い（雪白的）
まっすぐ 3	【真っ直ぐ】名・形動・副 筆直；直接；正直 7
まつり 0 3	【祭り】名 祭祀；各種慶祝活動，節日 5 ⇨ お祭り（祭祀，廟會；儀式，節日）
まで 1	助 到達，到；到～地步 1
まど 1	【窓】名 窗戶 7

♬ 100

まどぎわ 0	【窓際】名 窗邊 1
まどぐち 2	【窓口】名 窗口；與外部聯繫的人或部門 1
まにあう 3	【間に合う】自五 趕上，來得及；夠用，足夠 9
まぶた 1	【瞼・目蓋】名 眼皮，眼瞼
まま 0 2	名 原封不動，照舊；任由，隨心所欲，任憑 13
まめ 2	【豆】名・接 豆子；小型，微型；小孩子的；些微的 1
まゆげ 1	【眉毛】名 眉毛　⇒眉(まゆ)
まる 0	【丸】名・接頭 圓；畫圈（表示正確）；全部；整，滿；整個 2
まるい 0	【丸い・円い】形 圓形的，球形的；彎曲；圓滑，圓滿 10
まわり 0	【回り】名・接尾 旋轉；巡迴，巡訪；蔓延；繞道 5
まわり 0	【周り】名 周圍，四周
まわる 0	【回る・廻る】自五 轉，旋轉；繞著，沿著；巡視；（依次）傳遞；繞彎；迂回；（在體內）發作；（動作等）靈活，靈敏；（時間）過了；周到，徹底 3 ➡ 頭(あたま)が回(まわ)る（頭腦靈活）　➡ 気(き)が回(まわ)る（細心，周到） ➡ 舌(した)が回(まわ)る（能言善辯）　➡ 手(て)が回(まわ)らない（非常忙）
まん 1	【万】名 萬 1
まんがいち 1 3	【万が一】名・副 萬一
まんが 0	【漫画】名 漫畫 7
まんじゅう 3	【饅頭】名 包餡的和菓子
まんねんひつ 3	【万年筆】名 鋼筆 1

歷屆考題

■ わたしは きょう しけんに まにあいませんでした。（◆ 1992 - Ⅳ - 8）

① わたしは きょう しけんが よく できませんでした。

② わたしは きょう しけんが ありませんでした。

③ わたしは きょう しけんに おくれました。

④ わたしは きょう しけんに おちました。

答案③

解 選項③中的「遅れました」（遲到了）與題目中的「間に合いませんでした」（沒趕上）相對應。

譯 （題目）我今天沒趕上考試。①我今天考試考得不好；②我今天沒有考試；③我今天考試遲到了；④我今天考試落榜了。

■ あには まじめに べんきょうを しています。（◆ 1993 - IV - 6）

① あには あんぜんに べんきょうを して います。

② あには いっしょうけんめいに べんきょうを しています。

③ あには げんきに べんきょうを しています。

④ あには にぎやかに べんきょうを しています。

答案②

解 選項②中的「一生懸命」（拼命地）與題目中的「真面目」（認真）相對應。

譯 （題目）哥哥很認真地學習。①哥哥很安全地學習（不合常理）；②哥哥拼命地學習；③哥哥精力充沛地學習；④哥哥很 熱鬧地學習（不合常理）。

■ かいぎの 時間は、はがき＿＿＿電話でおしらせします。

（◆ 2001 - III - 2）

① けれど　② すると　③ それで　④ または

答案④

解 答案以外的選項其意思分別是：①但是；②於是；③因此。這 4 個選項都可以用作接續詞，但選項①、②、③只能用來連接兩個句子，只有④可以用來連接兩個單字。

譯 會議時間我將用明信片或電話通知您。

■ この もんだいは まちがえやすい。（◆ 2002 - IV - 3）

① この もんだいは まちがえる 人が 少ししか いない。

② この もんだいは まちがえる 人が ぜんぜん いない。

③ この もんだいは まちがえる 人が 多い。

④ この もんだいは まちがえる 人(ひと)が 少(すく)ない。

答案③

解 選項③中的「間違(まちが)える人(ひと)が多(おお)い」（弄錯的人很多）與題目中的「間違(まちが)えやすい」（容易錯）相對應。

譯 （題目）這道題很容易錯。①做錯這道題的人只有少數；②完全沒有人做錯這道題；③做錯這道題的人很多；④做錯這道題 的人很少。

■ わたしは＿＿＿にちようびに としょかんへ いきます。

（◇ 1993 - Ⅲ - 1）

① まいしゅう　② まいあさ　③ まいにち　④ まいとし

答案①

解 答案以外的選項其漢字形式和意思分別是：②毎朝(まいあさ)（每天早上）；③毎日(まいにち)（每天）；④毎年(まいとし)（每年）。

譯 我每週日去圖書館。

■ この コーヒーは まずいです。（◇ 1994 - Ⅳ - 1）

① この コーヒーは やすく ないです。

② この コーヒーは おいしく ないです。

③ この コーヒーは からく ないです。

④ この コーヒーは ふるく ないです。

答案②

解 選項②中的「美味(おい)しくない」（不好吃）與題目中的「まずい」（難吃）相對應。

譯 （題目）這咖啡不好喝。①這咖啡不便宜；②這咖啡不好喝；③這咖啡不鹹；④這咖啡不是不新鮮。

■ つぎの かどを みぎに＿＿＿。（◇ 1995 - Ⅲ - 1）

① まがります　② わたります　③ のぼります　④ とまります

答案①

解 答案以外的選項其動詞基本形和意思分別是：②渡(わた)る（過，渡過）；③登(のぼ)る（爬，登）；④止(と)まる（停止）。

譯 下一個路口右轉。

■ 「ゆうびんきょくはどこですか。」

「このみちを＿＿＿いってください。すぐそこですよ。」

（◇ 2003 - Ⅲ - 3）

① まえに　② ちょうど　③ はじめに　④ まっすぐ。

答案④

解 答案以外的選項其漢字形式和意思分別是：①前(まえ)に（向前）；②丁度(ちょうど)（正好，恰好）；③初(はじ)めに（開始時，初期）。選項②一般不用漢字形式。

譯 「郵局在哪裡？」「請沿著這條路一直走。馬上就到了。」

■ このしょくどうはまずいです。（◇ 2004 - Ⅳ - 2）

① ここのりょうりはおいしいです。

② ここのりょうりはおいしくありません。

③ ここのりょうりはやすいです。

④ ここのりょうりはやすくありません。

答案②

解 選項②中的「美味(おい)しくありません」（不好吃）與題目中的「まずい」（難吃）相對應。

譯 （題目）這個餐廳的東西很難吃。①這裡的菜好吃；②這裡的菜不好吃；③這裡的菜便宜；④這裡的菜不便宜。

■ さようなら。＿＿＿あした。（◇ 2005 - Ⅲ - 4）

① また　② もう　③ いかが　④ しかし

答案①

解 答案以外的選項其意思分別是：②已經；③如何，怎麼樣；④但是。這4個選項中只有①能和「あした」連用。

譯 再見。明天見。

♬ 101

みえる ②	【見える】自下一 看得見；顯出，顯得；（敬語）光臨；看樣子好像，似乎 11
みかた ③	【見方】名 看法，想法；看的方法
みがく ⓪	【磨く・研く】他五 刷淨，擦亮；磨練，提高（修養）；使乾淨漂亮 ➡ 腕（うで）を磨（みが）く（磨練本領）3
みかん ①	【蜜柑】名 橘子 2
みぎ ⓪	【右】名 右；以上，前文；右傾；強的一方 ⇔ 左（ひだり） ⇨ 右上（みぎうえ） ⇨ 右腕（みぎうで） ⇨ 右手（みぎて） ⇨ 右肩（みぎかた）9
みぎあし ⓪	【右足】名 右腳 1
みぎがわ ⓪	【右側】名 右邊 ⇔ 左側（ひだりがわ）2
みじかい ③	【短い】形 短；時間短暫 8 ⇨ 短（みじか）め（稍短的） ⇔ 長（なが）い
みず ⓪	【水】名 水；洪水；水分，液體；（相撲）比賽暫停 10 ➡ 水（みず）と油（あぶら）（水火不容） ➡ 水（みず）に流（なが）す（既往不咎） ➡ 水（みず）の泡（あわ）となる（成為泡影） ➡ 水（みず）を打（う）ったよう（鴉雀無聲） ➡ 水（みず）で割（わ）る（用水稀釋）
みずうみ ③	【湖】名 湖 3
みずぎ ⓪	【水着】名 泳裝
みせ ②	【店】名 店 ⇨ 夜店（よみせ）（夜市〔＝夜市（よいち）〕）11 ⇨ 店屋（みせや）（店鋪，商店） ➡ 店（みせ）を畳（たた）む（休業，關門）
みせる ②	【見せる】他下一 出示，顯示；裝作～樣子給人看；使～見識；做給別人看（表示決心與意志）9 ⇨ 見（み）せ所（どころ）（最拿手的地方，最精采的地方）
みそ ①	【味噌】名 味噌；得意之處 ⇨ 味噌汁（みそしる）（味噌湯）
みたいだ ①	助動（表示比喻）像～那樣，像～一樣；（表示舉例）例如～樣子；（表示不確定、推量）彷彿，好像 12
みち ⓪	【道】名 道路；路程；道理；方法；領域；過程 15

みっか 0	【三日】名 三號，三天 8
みつかる 0	【見付かる】自五 被發現；找到，看見 1
みつける 0	【見付ける】他下一 找到；眼熟，看慣 2 ➡ 見（み）つけない顔（かお）（生面孔）
みっつ 3	【三つ】名 三個；三歲 8
みどり 1	【緑】名 綠；嫩芽；綠樹 2
みな 2 0	【皆】名・代名・副 各位，全體，所有人；都，全　＝みんな　⇨ 皆（みな）さん（〔敬〕大家，諸位）10
みなと 0	【港】名 港口 5 N4
みなみ 0	【南】名 南　⇔ 北（きた）　⇨ 東（ひがし）　⇨ 西（にし）5 ⇨ 南風（みなみかぜ）　⇨ 南（みなみ）アフリカ（南非） ⇨ 南側（みなみがわ）（南面）　⇨ 南半球（みなみはんきゅう）　⇨ 南向（みなみむ）き（朝南）
みみ 2	【耳】名 耳朵；聽力；（麵包、布、紙等的）邊緣 3 ⇨ 耳新（みみあたら）しい（初次聽說）　⇨ 耳慣（みみな）れる（聽慣） ⇨ 耳元（みみもと）（耳旁）　➡ 耳（みみ）が早（はや）い（消息快） ➡ 耳（みみ）が痛（いた）い（刺耳，說到自己的痛處） ➡ 耳（みみ）に挟（はさ）む（夾在耳朵上面；略微聽到一點） ➡ 耳（みみ）にする（聽到，聽見）　➡ 壁（かべ）に耳（みみ）あり（隔牆有耳） ➡ 耳（みみ）を傾（かたむ）ける（傾聽，聆聽）　➡ 耳（みみ）が遠（とお）い（耳背） ➡ 耳（みみ）に入（はい）る（聽到）
みやげ 0	【土産】名 紀念品；伴手禮 4 ⇨ みやげ話（ばなし）（旅行見聞）4
みょうじ 1	【名字・苗字】名 姓
みる 1	【見る】他上一 看；判斷；經歷；吃虧，上當；觀察；照料；試試看；一見；既然 16 ➡ 今（いま）に見（み）ろ（走著瞧）　➡ 見（み）る影（かげ）もない（十分寒酸） ➡ 見（み）るに忍（しの）びない（目不忍睹）
みんな 3	【皆】名・副 各位，都 12

歷屆考題

■ 父は とうきょうへ 行くと、いつも ＿＿＿ を かって きて くれます。

（◆ 1993 - Ⅲ - 2）

① おまつり　② おれい　③ おみやげ　④ おいわい

答案③

解 答案以外的選項其漢字形式和意思分別是：①お祭り（祭祀；慶典）；②お礼（感謝；謝禮）；④お祝い（祝賀）。

譯 爸爸去東京總會幫我買禮物。

■ たなかさんが にゅういんしたので、＿＿＿ に 行きました。

（◆ 1997 - Ⅲ - 6）

① おみまい　② おいわい　③ おまつり　④ あいさつ

答案①

解 答案以外的選項其漢字形式和意思分別是：②「お祝い」（祝賀）；③「お祭り」（祭祀；節日）；④「挨拶」（寒暄；問候）。

譯 田中住院了，我去探望他（她）。

■ ここは みなと です。（◆ 1998 - Ⅳ - 8）

① ここは ちかてつに のったり おりたり する ところ です。

② ここは ふねに のったり おりたり する ところ です。

③ ここは ひこうきに のったり おりたり する ところ です。

④ ここは タクシーに のったり おりたり する ところ です。

答案②

解 選項②中的「船に乗ったり降りたりする所」（上下船的地方）與題目中的「港」（港口）相對應。

譯 （題目）這兒是港口。①這兒是上下地鐵的地方；②這兒是上下船的地方；③這兒是上下飛機的地方；④這兒是上下計程車的地方。

■ わたしは やまもとさんに りょこうの ＿＿＿ を もらいました。

（◆ 2007 - Ⅲ - 5）

① おみやげ　② おみまい　③ おまつり　④ おいわい

答案①

解 答案以外的選項其漢字形式和意思分別是：②「お見舞い」（慰問，探望）；③「お祭り」（節日；祭祀）；④「お祝い」（祝賀）。

譯 我從山本先生那裡收到了旅行的伴手禮。

■ なくしためがねをやっと＿＿＿。

① あらいました　　② みがきました

③ みつけました　　④ さそいました

答案③

解「見つけました」是動詞。「找到」的意思。答案以外的選項其漢字形式和意思為：①「洗いました（洗了）」②「磨きました（刷了）」④「誘いました（邀請了）」

譯 終於找出丟掉的眼鏡了。

■ わたしは よる ねる まえに はを＿＿＿。（◇ 1994 - III - 1）

① あらいます　② つかいます　③ あびます　④ みがきます

答案④

解「歯を磨く」是「刷牙」的意思。答案以外的選項為：①洗う（洗）；②使う（用）；③浴びる（淋浴）。

譯 我晚上睡覺前刷牙。

♫ 103

むいか 0	【六日】名 六號；六天 1
むかう 0	【向かう】自五 面向，朝著；對，向；往，去；趨向，接近；對抗，反抗 2
むかえる 0	【迎える】他下一 迎接；（時期）來臨，迎來；接，邀請；迎合　⇔ 送る 6 ⇨ 迎え（迎接〔的人〕）　⇨ 迎え入れる（迎入）

むかし 0	【昔】名 從前；(已過去的)十來年時間　⇔ 今(いま) 8 ⇨ 大昔(おおむかし)(遠古，太古，上古) ⇨ 一昔(ひとむかし)(往昔，過去〔一般指十年以前〕) ⇨ 昔話(むかしばなし)(傳說，故事；舊話，老話)
むぎ 1	【麦】名 麥子　⇨ 麦茶(むぎちゃ)(麥茶)　⇨ 小麦(こむぎ)(小麥)
むこう 0 2	【向こう】名 那邊，前方；目的地；對面，另一邊；今後，從現在起；對方 2
むし 0	【虫】名 蟲；對某事物入迷的人；怒氣，氣憤，鬱悶；小孩生病；對好哭、軟弱、好生氣的人的輕視語 6 ⇨ 虫眼鏡(むしめがね)(放大鏡) ➡ 虫(むし)がつく(生蟲子；(女生)有情夫) ➡ 虫(むし)がいい(只顧自己，打如意算盤) ➡ 虫(むし)が知(し)らせる(預感，事先感到) ➡ 虫(むし)が好(す)かない(覺得討厭) ➡ 虫(むし)を起(お)こす(〔小孩子〕發脾氣)
むずかしい 4 0	【難しい】形 困難的，難解決的；繁瑣的；不高興的；好挑剔的，不易相處的 10 ⇔ 易(やさ)しい(容易，簡單)
むすこ 0	【息子】名 兒子；男孩　⇔ 娘(むすめ) 3
むすめ 3	【娘】名 女兒；姑娘　⇔ 息子(むすこ) 7
むだ 0	【無駄】名・形動 白費
むっつ 3	【六つ】名 六個；六歲 4
むね 2	【胸】名 胸；肺；心裡，內心；胃
むら 2	【村】名 村，村莊；鄉村　⇨ 村八分(むらはちぶ)(被人排擠) 10
むらさき 2	【紫】名 紫，紫色；醬油；紫丁香；藥用紫草
むり 1	【無理】名・形動・自サ 難以辦到，勉強；不講理，不合理；強要，硬逼；過度　⇨ 無理(むり)を言(い)う(不講理) 5
むりょう 1 0	【無料】名 免費，不要錢　⇔ 有料(ゆうりょう)(收費) 2

歷屆考題

■ あした えいがを 見(み)に いくのは むりです。（◆ 1996 - Ⅳ - 8）

① あした えいがを 見(み)に いきたいです。

② あした えいがを 見(み)に いっては いけません。

③ あした えいがを 見(み)に いく つもりです。

④ あした えいがを 見(み)に いけません。

答案④

解 選項④中的「行(い)けません」（去不了）與題目中的「無理(むり)」（做不到）相對應。

譯 （題目）明天不能去看電影了。①明天想去看電影；②明天不准去看電影；③明天準備去看電影；④明天無法去看電影。

■ あした 5 時(じ)に 来(く)るのは むりです。（◆ 2007 - Ⅳ - 5）

① あした 5 時(じ)に 来(く)る ことに します。

② あした 5 時(じ)に 来(こ)なければ なりません。

③ あした 5 時(じ)に 来(こ)られません。

④ あした 5 時(じ)に 来(く)るように します。

答案③

解 選項③中的「来(こ)られません」（不能來）與題目中的「来(く)るのは無理(むり)です」（來不了）相對應。

譯 （題目）明天 5 點來不了。①決定明天 5 點來；②明天必須 5 點來；③明天 5 點不能來；④明天盡量 5 點來。

■ きのうの テストは むずかしく なかった です。（◇ 1995 - Ⅳ - 4）

① きのうの テストは やさしく なかった です。

② きのうの テストは かんたん でした。

③ きのうの テストは みじかく なかった です。

④ きのうの テストは たいせつ でした。

答案②

解 選項②中的「簡単(かんたん)」（簡單）與題目中的「難(むずか)しくなかった」（不難）相對應。

譯（題目）昨天的測驗不難。①昨天的測驗不容易；②昨天的測驗很簡單；③昨天的測驗不短（不合常理）；④昨天的測驗 很重要。

■ きのう りんごを みっつ かいました。そして、きょう りんごを むっつ かいました。（◇ 1996 - IV - 5）

① ぜんぶで りんごを ななつ かいました。

② ぜんぶで りんごを やっつ かいました。

③ ぜんぶで りんごを ここのつ かいました。

④ ぜんぶで りんごを とお かいました。

答案③

解 昨天「三つ（みっつ）」（3 個）和今天「六つ（むっつ）」（6 個）加起來等於選項③中的「九つ（ここのつ）」（9 個）。

譯（題目）昨天買了三個蘋果，今天買了六個蘋果。①一共買了七個蘋果；②一共買了八個蘋果；③一共買了九個蘋果；④一共買了十個蘋果。

♬ 104

め ①	【目・眼】名・接尾 眼；視力；眼光，看法 12
めい ①	【名】名・接尾 知名，有名；名人；名字；（人數）名
めいし ⓪	【名詞】名 名詞
めいし ⓪	【名刺】名 名片
めがね ①	【眼鏡】名 眼鏡；眼力，判斷力　⇨ 眼鏡蛇（めがねへび） 8
めしあがる ⓪	【召し上がる】他五（「食べる（たべる）」吃、「飲む（のむ）」喝的尊敬語）吃，喝
めずらしい ④	【珍しい】形 罕見；珍奇；新穎，新奇；珍貴 4

歷屆考題

■ どうぶつえんでは、＿＿＿どうぶつを みる ことが できます。

（◆ 2002 - III - 10）

① つまらない　② はずかしい　③ めずらしい　④ やわらかい

答案③

解 答案以外的選項其意思分別是：①無聊，沒意思；②「恥(は)ずかしい」（害羞；羞恥）；④「柔(やわ)らかい」（柔軟）。

譯 在動物園可以看到珍奇的動物。

■ たなかさんは すずきさんに「何を めしあがりますか。」と ききました。（◇ 1996 - IV - 5）

① たなかさんは すずきさんに 何(なに)を あげるか ききました。

② たなかさんは すずきさんに 何(なに)を きるか ききました。

③ たなかさんは すずきさんに 何(なに)を するか ききました。

④ たなかさんは すずきさんに 何(なに)を たべるか ききました。

答案④

解 選項④中的「食(た)べる」（吃）與題目中的「召(め)し上(あ)がる」（吃）相對應，後者是前者的尊敬語。

譯（題目）田中問鈴木：「您要吃些什麼？」①田中問鈴木要送什麼？②田中問鈴木要穿什麼？③田中問鈴木要做什麼？④田中問鈴木要吃什麼？

■ これは たいへん めずらしい しなもの です。（◇ 1997 - IV - 10）

① これは とても 高(たか)い しなもの です。

② これは なかなか いい しなもの です。

③ これは たいへん すばらしい しなもの です。

④ これは あまり 見(み)ない しなもの です。

答案④

解 選項④中的「あまり見(み)ない」（不常見）與題目中的「珍(めずら)しい」（珍奇的）相對應。

譯（題目）這是很珍奇的物品。①這是很昂貴的物品；②這是很好的物品；③這是很精美的物品；④這是不常見的物品。

♬ 105

もう 0 1	副・感 已經，既，已；快要，就要；再，另外 10
もうしあげる 5 0	【申し上げる】他下一「言う」（說）的謙讓語，謙讓的程度比「申す」更高 1
もうす 1	【申す】他五（謙讓語）說，講，告訴，叫做 3 ⇒言う（說，講） ⇒話す（說，講）
もうすぐ 3	副 即將，不久，很快就要
もうふ 1	【毛布】名 毛毯，毯子 5
もくよう 3 0	【木曜】名 星期四　＝木／木曜日 5
もし 1	【若し】副 如果，萬一 2
もしもし 1	感（電話用語）喂 5
もちろん 2	【勿論】副 理所當然 7
もつ 1	【持つ】自・他五 持，拿；攜帶；擁有；具有；懷有，抱有；擔；擔負；支持，維持 16 ➡持ちつ持たれつ（相互幫助） ➡持ちも下げもならぬ（無法處理）
もっと 1	副 更，更加，再～一點 12
もどる 2	【戻る】自五 返回，折回；回到；退回，歸還；恢復到原狀態；回家 7
もの 0 2	【物】名 物體，物品；所有物，所持物；食物；品質，材料；泛指任何事物，凡事；文章 16
ものがたり 3	【物語】名 故事 N3
もみじ 1	【紅葉】名・自サ 紅葉；楓樹；變紅的樹葉；葉片變紅
もめん 0	【木綿】名 棉花；棉織品，棉布
もらう 0	【貰う】他五 領取，獲得；買；取得；收養孩子；娶媳婦　⇨もらい物（〔別人給的〕東西，禮物）4 ⇨もらい泣き（灑同情淚） ⇨もらい火（蔓延到自家房屋的火；要來的火種）
もり 0	【森】名 森林，樹林 1

もん 1	【門】名 大門；難關 2
もんげん 3	【門限】名 門禁
もんだい 0	【問題】名 問題；課題；引起爭論的話題；麻煩；專題，題目　⇨ 別問題（べつもんだい）（不同的問題，另一回事）4

歷屆考題

■ たくさん ありますから、＿＿＿たべて ください。（◆ 1998 - III - 9）

① もう　② よく　③ もっと　④ とても

答案③

解 答案以外的選項其意思分別為：①「もう」（已經）；②「よく」（經常）；④「とても」（非常）。

譯 還有很多，請再吃一點。

■ ＿＿＿ゆっくりはなしてください。（◆ 2004 - III - 6）

① よく　② たぶん　③ どうも　④ もっと

答案④

解 這 4 個選項都是副詞。答案以外的選項其意思分別是：①「よく」（經常；很好地）；②「たぶん」（也許，多半）；③「どうも」（實在是）。

譯 請再說慢一點。

♬ 106

や 1	【屋】接尾 店，鋪；職業，做～的人 5
やおや 0	【八百屋】名 蔬菜店；賣菜的人 2
やきもの 0	【焼き物】名 陶器；烤肉
やきゅう 0	【野球】名 棒球 1

やく [0]
【焼く】他五 燃燒，焚燒；烤，炒；燒製；加熱，燒紅；曬黑；妒忌　⇨ 焼き芋（烤地瓜）9
⇨ 焼き魚（烤魚）⇨ 焼き蕎麥（炒麵）
⇨ 日焼け（〔皮膚〕曬黑）⇨ 焼き石（取暖石）
⇨ 焼き餅（烤年糕；妒忌）➡ 世話を焼く（照顧別人）
➡ 手を焼く（棘手）

やくしょ [3]
【役所】名 政府機關，官廳
⇨ 市役所（市政府）⇨ お役所仕事（衙門作風）

やくそく [0]
【約束】名・他サ 商定，約定；約會；契約；規則；宿命；指望 4

やくにたつ [4]
【役に立つ】連語 有用的 1

やけい [0]
【夜景】名 夜景 2

やける [0]
【焼ける】自下一 燃燒，著火；烤製，燒成；曬黑；變色；熾熱；紅霞；操心　⇨ 日焼け（曬黑）3

やさい [0]
【野菜】名 蔬菜，青菜 10
⇨ 野菜サラダ（生菜沙拉）

やさしい [0] [3]
【易しい】形 容易的，簡單的，易懂的　⇔ 難しい 3

やさしい [0] [3]
【優しい】形 溫柔的，柔和的；和藹的；殷切的 3

やすい [2]
【安い】形 便宜的，低廉的；平靜的；（男女關係）關係不尋常的　⇒ 安価　⇔ 高い N5 15
⇨ 安物（便宜貨）⇨ 安っぽい（看上去不值錢的）
⇨ お安い（容易，簡單）
➡ 安かろう悪かろう（便宜無好貨）

やすい [2]
【易い】形・接尾 容易，簡單；易～，容易～ 6

やすみ [3]
【休み】名 休息；睡覺；休假；缺席，缺勤，請假；中斷　⇨ 昼休み（午休）14

やすむ [2]
【休む】自五 休息；睡覺；曠工，曠課，缺席，休假，請假；停歇，暫停 3

やせる [0]
【痩せる】自下一 瘦，消瘦；土地貧瘠
⇔ 太る（胖，肥胖）⇔ 肥える（肥胖，肥沃）

やちん [1]
【家賃】名 房租 N3

やっつ ③	【八つ】名 八個；八歲 3
やっと ⓪	副 終於，好不容易；勉強，好歹 6
やね ①	【屋根】名 房頂，屋頂；蓋，篷 ⇨ 屋根板（屋頂板） ⇨ 屋根裏（頂樓） ⇨ 屋根船（帶頂（篷）的遊覽船）
やはり ②	【矢張り】副 同樣，也；依舊，依然；果然；畢竟還是，終歸還是 ＝やっぱり 10
やま ②	【山】名 山嶽，小山；礦山；成堆，堆積如山；凸出的部分；最高峰，最高潮 11 N5
やむ ⓪	【止む】自五 停止，結束；停，甘休 ➡ やむをえず（不得已，無可奈何）
やめる ⓪	【止める】他下一 中止，放棄，取消，作罷 8
やりかた ⓪	【やり方】名 做法 2
やる ⓪	【遣る】他五・補動（他五）做；送去；給予；舉辦，上演；經營，從事；喝，吃；維持生活；（補動）為～做；給～看 15
やわらかい ④	【柔らかい・軟らかい】形 柔軟的；不硬的；溫和的，平易的；輕鬆的，通俗的 ⇔ 硬い（硬的）2

歷屆考題

■ この くつは あのくつより＿＿＿です。（◆ 1993 - III - 10）

① はきわるい ② はきやすい ③ はきやさしい ④ はきほしい

答案②

解 「やすい」接在動詞的連用形後表示「易做某事」，如「読みやすい」（易讀的）。答案以外的選項中的形容詞不能用作接尾語，答案以外的選項中的形容詞和意思分別為：①悪い（壞的）；③優しい（和善；體貼）或易しい（容易，簡單）；④ほしい（想要）。

譯 這雙鞋比那一雙穿起來更舒適。

■ 雨(あめ)が やっと＿＿＿。（◆ 1994 - III - 2）

① とまりました　② やみました　③ しまりました　④ あきました

答案②

解 「雨(あめ)が止(や)む」是「雨停了」的意思。這 4 個選項用的都是動詞的過去式。答案以外的選項其動詞基本形和意思分別是：①「止(と)まる」(停止)；③「閉(し)まる」(關閉)；④「開(あ)く」(開)。

譯 雨總算停了。

■ たばこを＿＿＿ほうが いいと ともだちに いわれました。

（◆ 1997 - III - 5）

① おわった　② しめた　③ とまった　④ やめた

答案④

解 「たばこを止(や)める」是「戒菸」的意思。這 4 個選項用的都是動詞過去式的常體。答案以外的選項其動詞基本形和意思分別是：①終(お)わる（結束）；②閉(し)める（關）；③止(と)まる（停止）。

譯 朋友勸我戒菸。

■ すずきさん、ちょっと やせましたね。（◆ 2004 - IV - 1）

① すずきさんは ちょっと ほそく なりました。

② すずきさんは ちょっと まじめに なりました。

③ すずきさんは ちょっと うつくしく なりました。

④ すずきさんは ちょっと じょうぶに なりました。

答案①

解 選項①中的「細(ほそ)くなりました」(變苗條了)與題目中的「痩(や)せました」(瘦了)相對應。

譯 鈴木有點瘦了。①鈴木變苗條了點；②鈴木變認真了點；③鈴 木變漂亮了點；④鈴木變結實了點。

■ わたしは＿＿＿パンがすきです。（◆ 2006 - III - 4）

① おそい　② ふかい　③ やさしい　④ やわらかい

答案④

解 答案以外的選項其漢字形式和意思分別是：①「遅(おそ)い」（晚，遲；慢）；②「深(ふか)い」（深）；③「優(やさ)しい」（溫柔，體貼）或「易(やさ)しい」（容易，簡單）。

譯 我喜歡軟麵包。

■ かれは きょうは 来(こ)ないと 言(い)って いましたが、＿＿＿来(き)ません でしたね。（◆ 2007 - III - 7）

① すっかり　② やっぱり　③ はっきり　④ びっくり

答案②

解 這 4 個選項都是副詞。答案以外的選項其意思分別是①完全；非常；③清楚；④吃驚。

譯 他說了今天不來，果然沒來啊。

■ にちようびは しょくどうが やすみです。（◇ 1991 - IV - 1）

① にちようびは しょくどうが あいて います。

② にちようびは しょくどうが こんで います。

③ にちようびは しょくどうが やって います。

④ にちようびは しょくどうが しまって います。

答案④

解 選項④中的「閉(し)まっている」（關著）與題目中的「休(やす)み」（休息）相對應。

譯（題目）週日餐廳休息。①週日餐廳開著；②週日餐廳很擁擠；③週日餐廳營業；④週日餐廳關門。

■ あさって しごとを やすみます。（◇ 2003 - IV - 5）

① あさって しごとを します。

② あさって しごとを しません。

③ あさって しごとが おわります。

④ あさって しごとが おわりません。

答案②

解 選項②中的「仕事をしません」（不工作）與題目中的「仕事を休みます」（休息）相對應。

譯 （題目）後天休息。①後天工作；②後天不工作；③後天工作 結束；④後天工作不會結束。

ゆ

♬ 108

ゆ 1	【湯】名 熱水；澡堂，浴室；溫泉 1 ⇨ 湯煎（〔裝在容器內〕放進開水裡熬、煮） ⇨ 湯豆腐（沾佐料吃的水煮豆腐） ⇨ 湯たんぽ（熱水袋） ⇨ 湯船（澡盆，浴缸）
ゆうえんち 3	【遊園地】名 遊樂園，遊樂場
ゆうがた 0	【夕方】名 傍晚 7 N4
ゆうしょく 0	【夕食】名 晚飯，晚餐，晚膳 ⇔ 昼食（午餐）2
ゆうじん 0	【友人】名 朋友 ⇒ 友 ⇒ 友達（朋友）
ゆうはん 0	【夕飯】名 晚飯 3
ゆうひ 0	【夕日】名 夕陽 ⇔ 朝日
ゆうびん 0	【郵便】名 郵政；郵件 ⇨ 速達郵便（快遞郵件）4 ⇨ 書留郵便（掛號郵件） ⇨ 航空郵便（航空郵件）
ゆうびんきょく 3	【郵便局】名 郵局 7
ゆうべ 0	【夕べ・昨夜】名 昨晚，昨夜 4
ゆうめい 0	【有名】形動 有名，著名，聞名 10 N5 ⇨ 有名人（名人）
ゆうりょう 0	【有料】名 收費的
ゆか 0	【床】名 地板；地基 1
ゆかた 0	【浴衣】名 浴衣，夏天穿的和服 1 ⇨ 浴衣がけ（穿著浴衣）

<table>
<tr><td>ゆき ②</td><td>【雪】名 雪；潔白，雪白 N4 5
⇨ 大雪（大雪）</td></tr>
<tr><td>ゆく ⓪</td><td>【行く】自五 去，往；送到；經過，離開；上學；長大；進展；進行　⇒ 行く</td></tr>
<tr><td>ゆくえ ⓪</td><td>【行方】名 去向，行蹤；將來，前途
⇨ 行方不明（去向不明，失蹤）</td></tr>
<tr><td>ゆっくり ③</td><td>副・自サ 慢慢；悠閒，充裕；寬敞，舒服 6</td></tr>
<tr><td>ゆのみ ③</td><td>【湯飲】名 茶碗，茶杯　⇨ 湯飲み茶碗（茶碗，茶杯）</td></tr>
<tr><td>ゆび ②</td><td>【指】名 手指，指頭
⇨ 親指（大拇指）　⇨ 人差し指（食指）
⇨ 中指（中指）　⇨ 薬指（無明指）
⇨ 小指（小拇指；妻，妾，女友，情婦）
⇨ 指切り（表示信守約定，打勾勾）
➡ 指を染める（染指）　➡ 指を折る（屈指）</td></tr>
<tr><td>ゆびわ ⓪</td><td>【指輪】名 戒指</td></tr>
<tr><td>ゆめ ②</td><td>【夢】名 夢，夢想；虛幻，渺茫；希望，理想；猶豫，迷茫　➡ 夢を描く（描繪未來，編織夢想）4
➡ 夢を結ぶ（進入夢鄉）
➡ 夢にも思わなかった（做夢也沒有想到）</td></tr>
<tr><td>ゆれる ⓪</td><td>【揺れる】自下一 搖晃，搖動；動盪；動搖 1</td></tr>
</table>

歷屆考題

■ いそがないで、＿＿＿やってください。（◆ 1991 - III - 10）

① はっきり　② うっかり　③ ゆっくり　④ すっかり

答案③

解 答案以外的選項其意思分別為：①「はっきり」（清楚，清晰）；②「うっかり」（疏忽）；④「すっかり」（完全）。

譯 不要急，慢慢做。

■ ゆうべは こわい＿＿＿を見(み)て、よく ねむれませんでした。

（◆ 1996 - Ⅲ - 7）

① うそ　② かがみ　③ はなし　④ ゆめ

答案④

解 答案以外的選項其漢字形式和意思分別為：①嘘(うそ)（謊言）; ② 鏡(かがみ)（鏡子）; ③ 話(はなし)（談話；故事）。

譯 昨晚做了一個可怕的夢，沒睡好。

■ よく わかりません。すみませんが、＿＿＿はなして ください。

（◆ 2007 - Ⅲ - 2）

① たいへん　② だんだん　③ けっこう　④ ゆっくり

答案④

解 這 4 個選項都可以用作副詞。「ゆっくり話(はな)す」是「慢慢說」的意思，答案以外的選項都不能和「話(はな)す」一起用。答案以外的選項其意思分別是：①嚴重，重大；非常；②漸漸；③相當，頗。

譯 我不太明白。對不起，請慢慢說。

■ あそこは ゆうびんきょくです。（◇ 1993 - Ⅳ - 2）

① あそこでは きってを うっています。

② あそこでは やさいを うっています。

③ あそこでは とけいを うっています。

④ あそこでは ぼうしを うっています。

答案①

解 選項①中的「切手(きって)を売(う)る」（賣郵票）與題目中的「郵便局(ゆうびんきょく)」（郵局）相對應。

譯 （題目）那裡是郵局。①那裡賣郵票；②那裡賣蔬菜；③那裡賣鐘錶；④那裡賣帽子。

■ この ホテルは ゆうめいです。（◇ 2004 - Ⅳ - 4）

① みんな この ホテルを しりません。

② みんな この ホテルに すんで います。

③ みんな この ホテルを しって います。

④ みんな この ホテルに すんで いません。

答案③

解 選項③中的「大家都知道」與題目中的「有名」相對應。

譯（題目）這家旅館很有名。①大家都不知道這家旅館；②大家都住在這家旅館；③大家都知道這家旅館；④大家都不住在這 家旅館。

■ あそこは ゆうびんきょくです。（◇ 2006 - Ⅳ - 5）

① あそこでは うわぎや ズボンを うっています。

② あそこでは はがきや きってを うっています。

③ あそこでは いすや ほんだなを うっています。

④ あそこでは おちゃや おかしを うっています。

答案②

解 選項②中的「葉書（はがき）や切手（きって）を売（う）っています」（出售明信片和郵票之類的）與題目中的「郵便局（ゆうびんきょく）」（郵局）相對應。

譯 那裡是郵局。①那裡出售上衣和褲子等；②那裡出售明信片和郵票等；③那裡出售椅子和書架等；④那裡出售茶和點心等。

■ ゆうべ やましたさんに でんわを しました。（◇ 2007 - Ⅳ - 1）

① おとといの あさ やましたさんに でんわを しました。

② おとといの よる やましたさんに でんわを しました。

③ きのうの あさ やましたさんに でんわを しました。

④ きのうの よる やましたさんに でんわを しました。

答案④

解 選項④中的「昨日（きのう）の夜（よる）」（昨天晚上）與題目中的「昨夜（ゆうべ）」（昨晚）相對應。

譯（題目）昨晚打電話給山下。①前天早上打電話給山下；②前天晚上打電話給山下；③昨天早上打電話給山下；④昨天晚上 打電話給山下。

♬ 110

よい 1	【良い】形 好，優秀；美麗；恰好，適當；有益；令人滿意；完成，充分；幸運；方便，沒關係；關係好；希望；開心 15
よう 0	【様】名 樣子，方式，方法；像～的 15
よう 1	【用】名（要辦的）事情，工作；用途；上廁所 3
ようい 1	【用意】名・他サ 準備，預備；注意，警惕 6 N4
ようか 0	【八日】名 八號；八天 1
ようじ 0	【用事】名 事，事情　⇒ 用（よう）（事情）
ようす 0	【様子】名 情況，情形；舉止，態度；光景，徵兆；緣故 1
ようちえん 3	【幼稚園】名 幼稚園 4
ようび 0	【曜日】名 星期，（一週的七個）曜日 5
ようふく 0	【洋服】名 西式服裝 3
よく 1	副 充分，完全；做得好；太好了，真好；經常；居然，難為；竟敢 N5 5
よく 0 1	【翌】造語 翌，次，第二 ⇨ 翌日（よくじつ）（次日，第二天）　⇨ 翌年（よくねん）（次年）
よくいらっしゃいました 1 4	感 歡迎，您來了
よこ 0	【横】名 橫向；橫，寬；旁邊；橫線 5 ⇨ 横書き（よこがき）（橫寫）　➡ 横（よこ）になる（躺下） ➡ 横（よこ）のものを縦（たて）にもしない（懶得油瓶倒了也不扶） ➡ 横（よこ）を向（む）く（不以為然，不加理睬）
よごれる 0	【汚れる】自下一 弄髒；污染；不乾淨，玷污 2 ⇨ 汚れ（よごれ）（污垢，骯髒之處）
よしゅう 0	【予習】名・他サ 預習　⇔ 復習（ふくしゅう）（複習）2
よっか 0	【四日】名 四號；四天 4
よっつ 3	【四つ】名 四個；四歲 5

よてい [0]	【予定】名・他サ 預定，計畫 9
よにん [2]	【四人】名 四個人 2
よぶ [0]	【呼ぶ】他五 呼喊；叫來；邀請；稱呼，叫；招致，引起　⇨呼び起こす（喚醒；引起）6 ⇨呼び止める（叫住）
よむ [1]	【読む】他五 閱讀；讀，念；解讀；瞭解；觀察，揣摩；數，查　⇨読み方（讀法，念法）15 ⇨読み上げる（宣讀；讀完） ⇨読みきる（讀完，看完） ⇨読み手（讀者；朗讀的人）
よめ [0]	【嫁】名 兒媳婦；新娘；妻，媳婦 ⇨嫁取り（娶妻）　⇨花嫁（新娘）　⇔婿
よやく [0]	【予約】名・他サ 預約；預定；預約（見面等）3 ⇨予約金（訂金）　⇨予約済み（已預約完了）3
より [1]	助・副 出發點，起點；時間的起點；比較的基準；以外；更加；由於 16
よる [0]	【寄る】自五 接近；偏向；聚集；順路到；重疊，增多；依靠，憑藉 2 ➡寄らば大樹の陰（大樹底下好乘涼） ➡三人寄れば文殊の知恵（三個臭皮匠勝過一個諸葛亮）2
よる [1]	【夜】名 夜間，晚上　⇔昼（白天）13
よろこび [0][3][4]	【喜び】名 歡喜，高興；喜事，喜慶事；道喜，賀喜
よろこぶ [3]	【喜ぶ】他五 高興，歡喜；欣然接受 7
よろしい [3][0]	【宜しい】形 好；方便，適宜　⇒良い（好）2
よろしく [0]	【宜しく】副・感 請問好，請致意；適當地；請關照 5
よわい [2]	【弱い】形 弱，軟弱；虛弱；脆弱，易壞的；微弱；不擅長，經不住　⇔強い 8 ⇨弱火（火力小，小火）　⇨弱虫（膽小鬼，孬種）
よん [1]	【四】名 四，四個 4

平假名 あ か さ た な は ま やゆよ ら～わ 片假名

歷屆考題

■ なのかの つぎは＿＿＿です。（◆ 1992 - III - 1）

① とおか　② ようか　③ むいか　④ よっか

答案②

解 這 4 個選項都是關於日期的說法。其餘選項的漢字形式分別為：①十日（とおか）；③六日（むいか）；④四日（よっか）。

譯 七號的後一天是八號。

■ うちの テレビは ふるいので、＿＿＿こしょう します。

（◆ 1993 - III - 7）

① ぜんぜん　② たいへん　③ よく　④ なかなか

答案③

解 答案以外的選項其意思分別是：①全然（ぜんぜん）（一點也）；②大変（たいへん）（很，相當）；④なかなか（非常，相當）。

譯 我家的電視很舊了，經常故障。

■ あした べんきょうする かんじを＿＿＿して おいて ください。

（◆ 1995 - III - 5）

① けいけん　② よしゅう　③ はんたい　④ ふくしゅう

答案②

解 答案以外的選項其漢字形式和意思分別是：①経験（けいけん）（經驗）；③反対（はんたい）（反對）；④復習（ふくしゅう）（複習）。

譯 請先預習明天要學的漢字。

■ よろこぶ（◆ 2001 - V - 5）

① 先生（せんせい）に おあいできるので、わたしは とても よろこびます。

② プレゼントを もらって、いもうとは とても よろこんで います。

③ この バイキングは ほんとうに よろこんで いますね。

④ 友（とも）だちの いえで よろこぶ 時間（じかん）を すごしました。

答案②

解 選項①、③、④均為誤用。①可改為「嬉しい」（高興）；③、④可改為「楽しい」（高興，開心）。

譯 ②收到了禮物，妹妹很高興。

■ 7時にレストランが＿＿＿してあります。（◆ 2004 - Ⅲ - 8）

① ごちそう　② よしゅう　③ やくそく　④ よやく

答案④

解 答案以外的選項其漢字形式和意思分別是：①「御馳走」（請客）；②「予習」（預習）；③「約束」（約定）。

譯 在西餐廳訂了7點的位子。

■ はじめまして。どうぞ＿＿＿。（◆ 2006 - Ⅲ - 3）

① ごめんください　② ごちそうさま　③ こんばんは　④ よろしく

答案④

解 這4個選項都是寒暄語。答案以外的選項其意思分別是：①家裡有人在嗎？②多謝盛情款待；③晚安。只有選項④能和「どうぞ」連用。

譯 初次見面，請多關照。

■ かえりに 友だちの うちに よって、はなしを しました。

（◇ 1994 - Ⅳ - 9）

① 友だちと はなしを する まえに、うちへ かえりました。

② うちへ かえって、友だちと はなしを しました。

③ うちへ かえる まえに、友だちの うちで はなしを しました。

④ うちへ かえってから、友だちの うちへ はなしを しに いきました。

答案③

解 選項③「帰る前に」（回家之前）與題目中的「寄る」（順路到～）相對應。

譯（題目）回家時順便去了朋友家說了一下話。①與朋友說話前先回家；②回家與朋友說話；③回家前在朋友家說話；④回了家後，去朋友家說話。

■ ＿＿＿、そのニュースをしりました。（◇1995 - Ⅲ - 7）

① ちずをみて　② きっぷをかって

③ じしょをひいて　④ しんぶんをよんで

答案④

解 答案以外的選項其漢字形式和意思分別為：①地図(ちず)を見(み)る（看地圖）；②切符(きっぷ)を買(か)う（買票）；③辞書(じしょ)を引(ひ)く（翻字典）。

譯 看了報紙後知道了那個消息。

■ てが よごれて います。（◇2001 - Ⅳ - 2）

① てが うすいです。　② てが きたないです。

③ てが きれいです。　④ てが つめたいです。

答案②

解 選項②中的「汚(きたな)い」（骯髒）與題目中的「汚(よご)れる」（不乾淨）相對應。

譯 （題目）手很髒。①手很薄（不符合常理）；②手很髒；③手很乾淨；④手很冷。

■ よやく（◇2007 -V- 5）

① 月(つき)へ 行(い)く ことは わたしの よやくの ゆめです。

② みんなで ごはんを 食(た)べるので、レストランを よやくしました。

③ 毎日(まいにち) 1 時間(じかん) べんきょうすると 母(はは)に よやくしました。

④ 月曜日(げつようび)は かいものに 行(い)く よやくです。

答案②

解 選項①、③、④均為誤用。①可改為「将来(しょうらい)」（將來）；③可改為「約束(やくそく)」（約定，說好）；④可改為「予定(よてい)」（預定，安排）。

譯 ②因為要大家一起吃飯，所以預訂了餐廳。

♫ 112

らいげつ [1]	【来月】名 下個月 5 ⇔ 先月《せんげつ》（上個月） ⇔ 今月《こんげつ》（這個月）
らいしゅう [0]	【来週】名 下週 14 ⇔ 先週《せんしゅう》（上週） ⇔ 今週《こんしゅう》（這週）
らいねん [0]	【来年】名 明年 ⇔ 去年《きょねん》 ⇔ 今年《ことし》 4
らしい [2]	接尾（接名詞下）像～樣子，有～風度 7

り

りか [1]	【理科】名 理科；理學院
りく [0] [2]	【陸】名 陸地
りこん [0]	【離婚】名・自サ 離婚 ⇔ 結婚《けっこん》
りっぱ [0]	【立派】形動 優秀，出色；崇高，（儀表）堂堂；正派；充足；漂亮，美觀；偉大，了不起 N3 1
りゆう [0]	【理由】名 根據，理由 2
りゅうがく [0]	【留学】名・自サ 留學 ⇨ 留学生《りゅうがくせい》（留學生） 3
りょう [1]	【寮】名 宿舍 3
りょう [1]	【料】名 費用；代價；材料 4
りょう [1]	【量】名 分量，數量 9
りよう [0]	【利用】名・他サ 利用 4
りょうきん [1]	【料金】名 費用
りょうしん [1]	【両親】名 雙親 ⇒ 父母《ふぼ》 3
りょうほう [3] [0]	【両方】名 兩邊，兩側；雙方 ⇔ 片方《かたほう》（單方面） 4
りょうり [1]	【料理】名・他サ 菜肴；處理 10 ⇨ 中華料理《ちゅうかりょうり》（中國菜） ⇨ 家庭料理《かていりょうり》（家常菜） ⇨ 日本料理《にほんりょうり》（日本菜） ⇨ 料理屋《りょうりや》（飯館）

りょかん ⓪	【旅館】名 日式旅館 2
りょこう ⓪	【旅行】名・自サ 旅行 ⇒ 旅(たび) 14
りんご ⓪	【林檎】名 蘋果 3

歷屆考題

■ ぎんこうを＿＿＿する ときには、この カードを もって いきます。

（◆ 2002 - III - 6）

① うけつけ　② ちゅうい　③ はいけい　④ りよう

答案④

解 答案以外的選項其漢字形式和意思分別是：①受付(うけつけ)（受理；接待）; ②注意(ちゅうい)（提醒；警告）; ③背景(はいけい)（背景）或拝啓(はいけい)（〔書信用語〕敬啟者）。

譯 去銀行辦事的時候帶著這張卡。

■ この としょかんは 7 時(じ)まで＿＿＿する ことが できます。

（◆ 2007 - III - 10）

① したく　② りよう　③ しょうち　④ せいかつ

答案②

解 答案以外的選項其漢字形式和意思分別是：①「支度(したく)」（準備）; ③「承知(しょうち)」（知道；同意）; ④「生活(せいかつ)」（生活）。

譯 這個圖書館可以利用到 7 點鐘。

■ あの ひとは りゅうがくせいです。（◇ 1995 - IV - 1）

① あの ひとは りょこうを しに きました。

② あの ひとは べんきょうを しに きました。

③ あの ひとは はたらきに きました。

④ あの ひとは あそびに きました。

答案②

解 選項②中的「あの人(ひと)は勉強(べんきょう)をしに来(き)ました」（那人是來學習的）與題目中的「留学生(りゅうがくせい)」（留學生）相對應。

譯 （題目）那人是留學生。①那人是來旅行的；②那人是來學習的；③那人是來工作的；④那人是來玩的。

■ たなかさんはべんきょうをして、＿＿＿いしゃになりました。
（◇ 1998 - III - 3）

① りっぱな　② きれいな　③ まっすぐな　④ だいじょうぶな

答案①

解 這 4 個選項用的都是形容動詞的連體形。答案以外的選項其漢字形式和意思分別是：②綺麗（きれい）（乾淨的，漂亮的）；③真っ直ぐ（まっすぐ）（筆直的）；④大丈夫（だいじょうぶ）（沒關係）。

譯 田中經過學習成為了一名優秀的醫生。

♫ 113

るい ①	【類】名 種類；類型；分類
るす ①	【留守】名・自サ 不在家；疏忽，忽略；看門（的人），看家 N4 ⇨ 留守番（るすばん）（看家的人）　⇨ 居留守（いるす）（假裝不在） ⇨ 留守番電話（るすばんでんわ）（答錄機）　⇨ 留守居（るすい）（看門〔的人〕） ➡ 留守を預かる（るすをあずかる）（負責看家） ➡ 留守を使う（るすをつかう）（佯稱不在家）2
るすばん ⓪	【留守番】名 看家的人
れい ①	【零】名 零 2
れい ①	【礼】名 禮儀；致禮；感謝；謝禮；返禮 3
れいぞうこ ③	【冷蔵庫】名 冰箱，冷藏室 4
れいてん ③	【零点】名 零分
れいぼう ⓪	【冷房】名 冷氣設備　⇔ 暖房（だんぼう）（暖氣設備）
れきし ⓪	【歴史】名 歷史；史學 1

れつ ①	【列】名 列，列隊；隊伍，行列 1
れっしゃ ⓪①	【列車】名 列車 1 ⇨ 普通列車（ふつうれっしゃ）（慢車） ⇨ 急行列車（きゅうこうれっしゃ）（快車） ⇨ 直通列車（ちょくつうれっしゃ）（直達列車） ⇨ 臨時列車（りんじれっしゃ）（臨開列車）
れんしゅう ⓪	【練習】名・他サ 練習 5
れんらく ⓪	【連絡】名・自他サ 聯絡；通知，告訴；（交通工具的）聯運 4

歷屆考題

■ つまはいま るすです。（◆ 1997 - Ⅳ - 1）

① つまは いま うちに いません。 ② つまは いま ねて います。

③ つまは いま いそがしいです。 ④ つまは いま へやに いません。

答案①

解 選項①中的「家（いえ）にいません」（不在家）與題目中的「留守（るす）」（不在家）相對應。

譯 （題目）我妻子現在不在家。①我妻子現在不在家；②我妻子現在在睡覺；③我妻子現在很忙；④我妻子現在不在房間。

■ じゅぎょうが おわってから、まいにち、ピンポンの______をし ます。

（◆ 1991 - Ⅲ - 2）

① しゅみ ② うんどう ③ れんしゅう ④ しゅうかん

答案③

解 答案以外的選項其漢字形式和意思分別為：①趣味（しゅみ）（興趣）；②運動（うんどう）（運動）；④習慣（しゅうかん）（習慣）。

譯 上完課後，每天練習打乒乓球。

■ たなかさんの おくさんに すぐ れんらくして ください。

（◇ 1998 - Ⅳ - 7）

① たなかさんの おくさんに すぐ つたえて ください。

② たなかさんの おくさんに すぐ たずねて ください。

③ たなかさんの おくさんに すぐ きいて ください。

④ たなかさんの おくさんに すぐ とどけて ください。

答案①

解 選項①中的「伝(つた)える」(傳達，轉告)與題目中的「連絡(れんらく)」(聯絡)相對應。

譯 (題目)請馬上和田中的夫人聯繫。①請馬上轉告田中夫人；②請馬上拜訪田中夫人；③請馬上問一下田中夫人；④請馬上送到田中夫人處。

♫ 114

ろうか 0	【廊下】名 走廊 1
ろうそく 3 4	【蝋燭】名 蠟燭
ろく 2	【六】名 六 2
わ	【羽】接尾 隻(用來數雞、兔等。接在撥音後面時讀成「ば」，接在促音後面時讀成「ぱ」)
わかい 2	【若い】形 年輕；有活力的；幼稚，未成熟；(數字、號碼)；(草木)嫩；朝氣蓬勃；小，少 8
わがし 2	【和菓子】名 日本點心 1
わかす 0	【沸(か)す】他五 燒開，燒熱，加熱；使情緒高漲 2
わがまま 3 4	【我がまま】名・形動 任性放肆，恣意 ⇒身勝手(みがって)　⇒手前勝手(てまえかって)
わかもの 0	【若者】名 年輕人　⇒青年(せいねん)
わかる 2	【分かる・判る】自五 理解，洞察；明白，發現；知道，認知，判斷；判明；懂事 15 ⇨分(わ)かりにくい(難以理解) ⇨分(わ)からず屋(や)(不明事理的人)

わかれる ③	【別れる】自下一 分別，分離；離婚 1
わく ⓪	【沸く】自五 煮開，燒熱；激動，興奮；熔化；哄鬧，吵嚷　⇨ 沸き起こる（出現；引起）2
わすれもの ⓪	【忘れ物】名 遺忘的東西，遺失的東西 1
わすれる ④	【忘れる】他下一 忘記；沒注意；遺落，丟下；忘卻，忘懷 9
わたくし ⓪	【私】代名・名 自己，我；私人 5
わたし ⓪	【私】代名 我（比わたくし語氣稍微隨便一些）16 ⇨ あたし（我〔比較隨便的說法，主要為女性使用〕）
わたす ⓪	【渡す】他五 過，渡；過河；交，遞；給；讓給 ⇨ 渡し 2
わたる ⓪	【渡る】自五 過河，過；渡；吹過，掠過；度日，過活；交給；分發到 5 ➡ 渡る世間に鬼はなし（人世間總有好人）
わふう ⓪	【和風】名 日本式，日本風格；微風 ⇔洋風（西洋風格）
わふく ⓪	【和服】名 和服　⇔ 洋服
わらい ⓪	【笑い】名 笑，微笑；嘲弄，嘲笑 ⇨ 笑い声（笑聲）　⇨ 笑い話（笑話）
わらう ⓪	【笑う】自・他五 笑，微笑；嘲諷；花開；（衣服）綻開 6　⇒ 微笑む　⇒ 嘲る ➡ 一円を笑う者は一円に泣く（一文錢逼死英雄漢）
わりあい ⓪	【割合】名・副 比率，比例；百分比；比較 2
わりに ⓪	【割に】副 意外，格外；比較 1
わる ①	【悪】名・接頭・接尾 壞事；壞人 ⇨ 悪賢い（狡猾，奸詐）　⇨ 悪知恵（壞主意）1
わる ⓪	【割る】他五 打破；破壞；分，切，割；擠進，撥開；分配；除；分裂，離間；介入；低於，少於；加水，摻和；（相撲）摔出場 N4

わるい ②	【悪い】形 壞，不好，惡；錯誤，不對；惡劣，不利；不正常的；不愉快，不舒暢；有害，不利；身體不舒服，不適；不方便；不希望；對不起　⇔ 良(よ)い 15
わるもの ⓪	【悪者】名 壞蛋
われる ⓪	【割れる】自下一 碎了，破了，壞了；裂開；整除；分裂；暴露，敗露；聲音難聽，刺耳 2 ➡ 頭(あたま)が割(わ)れるよう（頭都要炸了） ➡ 尻(しり)が割(わ)れる（露出馬腳） ➡ 割(わ)れるような拍手(はくしゅ)（掌聲如雷）
われわれ ⓪	【我々】代名 我們　＝われら

歷屆考題

■ レストランに ぼうしを＿＿＿しまいました。（◆ 1994 - Ⅲ - 9）

① おちて　② かぶって　③ とって　④ わすれて

答案④

解 這 4 個選項用的都是動詞的「て」形。答案以外的選項其動詞基本形和意思分別是：①落(お)ちる（掉落）；②被(かぶ)る（戴）；③取(と)る（拿）。

譯 把帽子忘在餐廳裡了。

■ きのうから からだの ぐあいが＿＿＿。（◆ 1995 - Ⅲ - 6）

① いやです　② いたいです　③ きらいです　④ わるいです

答案④

解「具合が悪い」是「身體不適」的意思。答案以外的選項其漢字形式和意思分別為：①嫌(いや)（討厭）；②痛(いた)い（疼）；③嫌(きら)い（厭惡）。

譯 從昨天起就感覺身體不適。

■ おゆが＿＿＿から、おちゃをいれましょう。（◆ 1997 - Ⅲ - 10）

① あいた　② わいた　③ できた　④ やけた

答案②

解 「お湯(ゆ)が沸(わ)いた」是「水開了」的意思。答案以外的選項其基本形和意思分別是：①開(あ)く（開啟）；③できる（會；做好）；④焼(や)ける（燃燒；燒成）。

譯 水已經開了，泡茶吧！

■ きのうは あめでした。でんしゃに かさを＿＿＿、こまりました。

（◆ 2003 - III - 10）

① おいて　② もって　③ ふって　④ わすれて

答案④

解 這 4 個選項都是動詞的「て」形。答案以外的選項其動詞基本形和意思分別是：①置(お)く（擺放，放置）；②持(も)つ（拿著，持有）；③振(ふ)る（揮動）或降(ふ)る（下雨、雪等）。

譯 昨天下雨了。我把傘忘在電車上，真讓人困擾。

■ うみには＿＿＿ひとが たくさん いました。（2006 - III - 7）

① あさい　② うすい　③ からい　④ わかい

答案④

解 答案以外的選項其漢字形式和意思分別是：①浅(あさ)い（淺）；②薄(うす)い（薄；稀薄；淡）；③辛(から)い（辣）。

譯 大海裡有很多年輕人。

■ わたしは 友(とも)だちに、としょかんへ 行った わけを たずねました。

（◇ 1993 - IV - 8）

① わたしは 友(とも)だちに、どうやって としょかんへ いったか たずねました。

② わたしは 友(とも)だちに、だれと としょかんへ いったか たずねました。

③ わたしは 友(とも)だちに、なぜ としょかんへ いったか たずねました。

④ わたしは 友(とも)だちに、いつ としょかんへ いったか たずねました。

答案③

解 選項③中的「なぜ」（為什麼）與題目中的「わけ」（理由）相對應。

譯 （題目）我問朋友去圖書館的原因。①我問朋友是如何去圖書館的；②我問朋友是和誰一起去圖書館的；③我問朋友為什麼 去圖書館；④我問朋友何時去圖書館。

■ この ほんを たむらさんに＿＿＿ください。（◇ 1998 - IV - 5）

① みて　② かいて　③ かえって　④ わたして

答案④

解 這 4 個選項用的都是動詞的「て」形。答案以外的選項其動詞基本形和意思分別為：①見（み）る（看）；②書（か）く（寫）；③帰（かえ）る（回）。

譯 請把這本書交給田村。

■ わかす（◇ 2005 - V - 1）

① あつい シャワーを わかして　います。

② この にくは よく わかしてからたべてください。

③ おゆを わかして コーヒーをのみましょう。

④ へやがひえてきたので、ストーブを わかして ください。

答案③

解 選項①、②、④均為誤用。①可改為「浴（あ）びて」（沐浴）；②可改為「煮（に）て」（煮）；④可改為「つけて」（開）。

譯 ③燒開水喝咖啡吧。

Note

平假名詞彙

♬116

アイス ①	(ice) 名 冰；冰淇淋 1
アイスクリーム ⑤	(ice cream) 名 冰淇淋 4
アイディア ① ③	(idea) 名 主意，想法，念頭；觀念；構想 1
アクセサリー ① ③	(accessory) 名 裝飾用品(胸針、耳環、首飾之類) 1
アジア ①	(Asia) 名 亞洲 1
アドレス ①	(address) 名 地址，住址 1
アナウンサー ③	(announcer) 名 廣播員，播音員，播報員 1
アパート ②	(apartment house) 名 公寓，公共住宅 N5 ＝アパートメント・ハウス 10
アフガニスタン ⑤	(Afghanistan) 名 阿富汗
アフリカ ⓪	(Africa) 名 非洲 1
アボカド ⓪	(avocado) 名 酪梨
アメリカ ⓪	(America) 名 美洲；美國 2
アラブ ①	(Arab) 名 阿拉伯(人); 阿拉伯馬
アルコール ⓪	(alcohol) 名 酒精，乙醇 1
アルゼンチン ③	(Argentine) 名 阿根廷
アルバイト ③	(德 Arbeit) 名・自サ 打工，兼職 10 ＝バイト
アンテナ ⓪	(antenna) 名 天線

♬ 117

イギリス ⓪	（葡 Inglez）名 英國 1
イタリア ⓪	（Italy）名 義大利 2
イスラエル ③	（Israel）名 以色列
インク ⓪ ①	（ink）名 墨水，油墨　＝インキ
インターネット ⑤	（internet）名 網路 1
ウイスキー ③ ④ ②	（whisky,whiskey）名 威士忌 ＝ウィスキー 2
ウーマン ①	（woman）名 女人，婦女，女性，女士
エアコン ⓪	（airconditioner）名 空調　＝エアコンディショナー 1 N5
エスカレーター ④	（escalator）名 電扶梯；自動進級，（喻）免試升學的附屬中小學
エレベーター ③	（elevator）名 電梯 2

オ

オイル ①	（oil）名 油；石油，汽油；潤滑油；食用油 ⇨サラダ　オイル（沙拉油） ⇨オイル　エンジン（石油發動機，柴油機） ⇨オイル　ストーブ（煤油爐）
オーケー ①	（OK）感・名・自サ 瞭解；同意；沒錯；結束；合格
オーストラリア ⑤	（Australia）名 澳大利亞 1
オーダー ①	（order）名・自サ 訂購，訂貨；順序；點菜；（建築）式樣 N3
オートバイ ③	（auto ＋ bicycle）名 摩托車
オリンピック ④	（Olympic）名 奧林匹克　＝五輪（ごりん）
オレンジ ②	（orange）名 橘子；橘黃色

カ

♫ 118

カー ①	(car) 名 汽車，車輛；列車，電車
カーテン ①	(curtain) 名 窗簾；屏障 6
カード ①	(card) 名 卡片；紙牌，撲克牌；編組 1 ⇨ プラカード（〔運動會、遊行等〕標語牌，引導牌）
カーペット ① ③	(carpet) 名 地毯
ガイド ①	(guide) 名 導遊；入門書　⇒ 案内（あんない）　⇒ しおり ⇨ ガイド・ブック（旅行指南，參考手冊）
ガス ①	(gas) 名 瓦斯；氣體；毒氣；濃霧；屁 ⇒ 天然（てんねん）ガス（天然氣）　⇒ 毒（どく）ガス（毒氣）3
ガスレンジ ③	(gas range) 名 瓦斯爐
ガソリン ⓪	(gasoline) 名 汽油 ⇨ ガソリン・エンジン（汽油發動機）
ガソリンスタンド ⑥	(和 gasoline stand) 名 加油站
カップ ①	(cup) 名（有耳的）杯子；獎盃；計量杯；胸罩 3 ⇒ ワールド・カップ（世界盃） ⇒ カップ・ヌードル（杯裝速食麵）
カボチャ ⓪	名 南瓜
カメラ ①	(camera) 名 照相機；攝影機 11 ⇨ カメラ・マン（攝影師） ⇨ カメラ・ワーク（攝影技術）
カラオケ ⓪	名 卡拉 OK 1
ガラス ⓪	(glass) 名 玻璃　⇨ ガラス張（ば）り（鑲玻璃）3
カレー ⓪	(curry) 名 咖哩
ガレージ ② ①	(garage) 名 車庫 1
カレンダー ②	(calendar) 名 日曆 5

平假名 あ か さ た な は ま やゆよ ら～わ 片假名

♬ 119

キー ①	(key) 名 鍵盤；鑰匙；關鍵 ⇨ マスター　キー(萬能鑰匙) 1
ギター ①	(guitar) 名 吉他 5
キャベツ ①	(cabbage) 名 包心菜 1
キャンプ ①	(camp) 名 露營，野營；帳篷；兵營 1
ギリシア ①	(Greece) 名 希臘　＝ギリシャ 1
キロ ①	(kilo) 接頭 千 1 ⇨ キロメートル（公里） ⇨ キログラム（公斤）
クーラー ①	(cooler) 名 冷氣設備；(攜帶式)冰箱；帶酸味清涼飲料 2
クッキー ①	(cookie) 名 餅乾
クラブ ①	(club) 名 社團；俱樂部；撲克牌中的梅花；(高爾夫球的)球棒　⇔ スペート（黑桃）　⇔ ダイヤ（方塊）　⇔ ハート（紅心）
グラフ ①	(graph) 名 圖表，圖解；畫報，照片 5
グラム ①	(gram) 名 公克 N5
クリーム ②	(cream) 名 奶油；面霜
グループ ②	(group) 名 團體，組 2
グレープ ②	(grape) 名 葡萄(樹) ⇨ グレープ・ジュース（葡萄汁）

♬ 120

ケーキ ①	(cake) 名 蛋糕 8 N5
ゲート ①	(gate) 名 門，大門 1

ゲーム ①	(game)名 遊戲；競技，比賽 ❶ ⇨ ゲーム・センター(遊藝場)
コート ①	(coat)名 外套 ❹
コーヒー ③	(coffee)名 咖啡 ❹ ⇨ コーヒー・ブレーク（下午茶時間）
コーラ ①	(cola)名 可樂 ❶
コスト ①	(cost)名 費用；成本 ⇨ コスト・アップ（成本提高） ⇨ コスト・ダウン（降低成本）
コック ①	(荷 kok)名 廚師　＝クック
コップ ⓪	(荷 kop)名 杯子 ❸
コピー ①	(copy)名・他サ 影印；抄本，副本；文稿 ❷ ⇨ コピー・ライト（著作權，版權）
ゴルフ ①	(golf)名 高爾夫(球)
コンサート ①③	(concert)名 音樂會，演奏會 ❷ ⇨ コンサートホール（演奏廳，音樂廳） ⇨ コンサートマスター(管弦樂隊的)首席演奏者
コンビニ ⓪	(convenience store)名(「コンビニエンスストア」之略)便利商店
コンピューター ③	(computer)名 電腦　＝コンピュータ ❼

♫ 121

サービス ①	(service)名・自他サ 服務；打折；競技；附帶的贈品 ⇨ サービス業（ぎょう）（服務業） ⇨ サービス・デー(減價日) ❻
サイズ ①	(size)名(服裝、物品等的)大小，尺寸 ❶
サッカー ①	(soccer)名 足球 ❻
サラダ ①	(salad)名 沙拉 ❶ ⇨ サラダ・オイル（沙拉油）

サラリーマン ③	(salary man) 名 薪水階級 ❶
サングラス ③	(sun glasses) 名 太陽眼鏡，墨鏡 ❶
サンダル ⓪ ①	(sandal) 名 涼鞋；拖鞋；(希臘、羅馬) 皮帶鞋 ❹
サンドイッチ ④	(sandwich) 名 三明治

♫ 122

シャツ ①	(shirt) 名 襯衫；運動衫　⇨ Tシャツ（T恤）❽
ジャム ①	(jam) 名 果醬
シャワー ①	(shower) 名 淋浴 ❶ N5
ジュース ①	(juice) 名 果汁 ❸
スイッチ ② ①	(switch) 名 開關 ❶
スーツ ①	(suit) 名 成套西服 ❷
スーツケース ④	(suit case) 名 旅行用手提箱，行李箱 ❷
スーパー ①	(super) 名 (「スーパーマーケット」之略) 超市；超級　⇒ 超(ちょう) ⇨ スーパーマン（超人） ⇨ スーパーマーケット（超市）
スープ ①	(soup) 名 (西餐的) 湯 ❹
スカート ②	(skirt) 名 裙子；(汽車、火車、電車、前部排除障礙物的) 鐵板，保險桿 ❹
スカーフ ②	(scarf) 名 絲巾 ❹
スキー ②	(ski) 名 滑雪運動；滑雪用具 ❸ ⇨ スキー・ツアー（滑雪旅行）
スクール ②	(school) 名 學校；學風，學派 ❶
ステーキ ②	(steak) 名 牛排；烤肉
ストーブ ②	(stove) 名 火爐，暖爐 ❹

スピーチ ②	(speech) 名・自サ 談話，演講；席間致詞 N3 1 ⇨ スピーチ・コンテスト（演講比賽） ⇨ テーブル・スピーチ（宴席間致詞）
スプーン ②	(spoon) 名 湯匙，匙 5
スペイン ②	(Spain) 名 西班牙 1
スポーツ ②	(sports) 名 體育運動 8 ⇨ スポーツ・カー(跑車) ⇨ スポーツ・シューズ（運動鞋） ⇨ スポーツ・センター(運動中心)
スポーツマン ④	(sports man) 名 運動員，體育愛好者 1
ズボン ② ①	(德 jupon) 名 褲子 3
スリー ②	(three) 名 三
スリッパ ① ②	(slipper) 名 拖鞋 4

♫ 123

セーター ①	(sweater) 名 毛衣 2
セール ①	(sale) 名 廉售，賤賣 N3 ⇨ バーゲン・セール（大減價，大廉賣） ⇨ セールスマン（推銷員） ⇨ セールス（推銷，推銷員，推銷額）
セット ①	(set) 名・他サ 一套；戲劇、電影的裝置；接收器；(比賽中的) 局；梳整髮型；調節；準備 1
ゼリー ①	(jelly) 名 果凍；膠狀物，膠狀物品
ゼロ ①	(zero) 名 (數字) 零；最初；完全沒有
センチ ①	(centi) 名 百分之一 1 ＝センチメートル（公分）
ソース ①	(sauce) 名 醬料，醬汁；辣醬油 ⇨ ソース焼(や)きそば（辣醬油炒麵）

ソックス ①	(socks)名 短襪，短筒襪子
ソファー ①	(sofa)名 沙發

♬ 124

タイプ ①	(type)名 類型；風格；(「タイプライター」之略)打字(機) ⇨タイプライター(打字機)2
タオル ①	(towel)名 毛巾 ⇨バス・タオル(浴巾)1
タクシー ①	(taxi)名 計程車 8
ダンス ①	(dance)名・自サ 舞蹈 3
チーズ ①	(cheese)名 乾酪，乳酪；(照相時)笑一個 2 ⇨チーズ・ケーキ(乳酪蛋糕) ⇨チーズ・バーガー(乳酪漢堡)
チキン ①	(chicken)名 雞肉
チェック ①	(check)名・他サ 檢查，核對；支票；格子花紋；阻止，抑制；(國際象棋)將軍
チェックアウト ④	(checkout)名・自サ(飯店等)退房 N3
チケット ②①	(ticket)名 票，券，入場券 1
チューリップ ①③	(tulip)名 鬱金香
チョコレート ③	(chocolate)名 巧克力 1

♬ 125

デー ①	(day)造語(某種社會運動的)日子，日，節
テーマ ①	(德 Thema)名 主題，題目；(音)主旋律 ⇨テーマソング(主題歌)
ティー ①	(tea)名 茶，紅茶 1

ティッシュ ①	(tissue)名 衛生紙，紙巾　＝ティッシュペーパー
デート ①	(date)名・自サ (男女)約會；日期 1
テープ ①	(tape)名 (薄狀長條物總稱)長條紙帶，膠帶；録音帶；捲尺；賽跑終點拉的繩子 5 ⇨ 紙(かみ)テープ(長條紙) ⇨ 絶縁(ぜつえん)テープ(絕緣帶) ⇨ 粘着(ねんちゃく)テープ(膠帶)
テーブル ⓪	(英 table)名 桌子，餐桌；一覽表 7 ⇨ テーブル・クロス(桌布) ⇨ タイムテーブル(時間表；計畫表)
テキスト ① ②	(text)名 教科書；原文，正文 3
デザート ②	(dessert)名 甜食，餐後點心
テスト ①	(test)名・他サ 考試；檢查；分析；試映 12
テニス ①	(tennis)名 網球 18 ⇨ テニス・コート(網球場) ⇨ テニス・シューズ(網球鞋) 3
デパート ②	(department store)名 (「デパートメントストア」之略)百貨公司 8
テレビ ①	(television)名 電視機　＝テレビジョン 12
テント ①	(tent)名 帳篷 1

ト

♬ 126

ドア ①	(door)名 門 9
ドイツ ①	(德 Deutschland)名 德國 ⇨ ドイツ語(ご)　⇨ ドイツ人(じん)
トイレ ①	(toilet)名 廁所　＝トイレット 5
ドーナツ ①	(doughnut)名 (點心)甜甜圈

トマト ①	(tomato) 名 番茄 ❶ ⇨ トマト・ケチャップ（番茄醬） ⇨ トマト・ジュース（番茄汁）
トラック ②	(truck) 名 卡車，貨車
ドレス ①	(dress) 名（女士）禮服 ⇨ イブニングドレス（晚宴禮服） ⇨ ウェディングドレス（結婚禮服）
トン ①	(ton) 名・接尾 噸 ❶
トンネル ⓪	(tunnel) 名・他サ 隧道；(棒球)球從野手的胯間穿過 ⇨ トンネル会社(がいしゃ)（人頭公司）❷

ナニヌネノ

♬ 127

ナース ①	(nurse) 名 護士，女護士
ナイフ ①	(knife) 名 西式小刀；餐刀 ❺
ニュース ①	(news) 名 新聞，消息；新聞影片；新鮮事 ❹ ⇨ ローカル・ニュース（地方新聞） ⇨ ニュース解説(かいせつ)（時事評論） ⇨ ニュース・ソース（新聞來源）
ヌードル ①	(noodle) 名 麵
ネクタイ ①	(necktie) 名 領帶 ❸
ネックレス ①	(necklace) 名 項鍊 ❶
ノート ①	(note) 名・他サ 筆記本，本子；備忘錄，筆記；注解，筆記　＝ノートブック ❹ ⇨ ノート・ブック（筆記本；筆電）
ノルウェー ③	(Norway) 名 挪威
ノルマン ①	(Norman) 名 日耳曼

♬ 128

パーセント ③	（percent）名・接尾 百分比 ❸
パーティー ①	（party）名 派對；聚會；小隊，同伴；黨派，政黨 ⓮
パート ①	（part）名 部分；（按時計酬的）臨時工；（在演奏、合唱中的）分擔部分；角色；零件 ❶
パートタイム ④	（part time）名（按時計酬）做臨時工；短時間工作 ❶
バイオリン ⓪	（violin）名 小提琴 ❷
バイク ①	（bike）名 摩托車　＝オートバイ ❶
バイバイ ①	（bye-bye）名・感・自サ 再見，拜拜 ❶
バス ①	（bus）名 公車 ❿
パスポート ③	（passport）名 護照 ❶
パソコン ⓪	（personal computer）名（「パーソナルコンピュータ」之略）個人電腦　⇨ノートパソコン（筆記型電腦）
バター ①	（butter）名 奶油 ❶
バッグ ①	（bag）名 包，袋；手提箱，手提包　⇒バック　⇨ハンドバッグ（女用手提袋）
バナナ ①	（banana）名 香蕉 ❷
パパ ①	（papa）名 爸爸　⇔ママ
ハム ①	（荷 ham）名 火腿　⇨燻製（くんせい）ハム（薰火腿）❶
バレーボール ④	（volleyball）名 排球 ❶
ハワイ ①	（Hawaii）名 夏威夷 ❶
パン ①	（葡 pao）名 麵包；（相對於精神生活的）物質生活
ハンガー ①	（hanger）名 衣架
ハンカチ ③⓪	（handkerchief）名 手帕　＝ハンカチーフ ❸
ハンサム ①	（handsome）名・形動 英俊男子，美男子 ❶　⇨ハンサム・ボーイ（美少年）

ハンバーグステーキ ⑦	(hamburg steak) 名 漢堡排 1 ＝ハンバーグ
ハンバーグ ③	(hamburg steak 之略) 名 漢堡排 ⇨ハンバーグステーキ（漢堡排）
パンフレット ④ ①	(pamphlet) 名 (廣告宣傳) 小冊子

♫ 129

ピアノ ⓪	(piano) 名 鋼琴 7
ビール ①	(荷 bier) 名 啤酒 5 ⇨生(なま)ビール (鮮 (生) 啤酒) ⇨ドライ・ビール (烈啤酒)
ビーチ ①	(beach) 名 海濱，海灘 ⇨ビーチサンダル (海灘鞋) ⇨ビーチパラソル (海灘大遮陽傘)
ピクニック ① ③	(picnic) 名 郊遊 1
ピザ ①	(pizza) 名 披薩 2
ビデオ ①	(video) 名 錄影，影像；錄影機 ⇨ビデオ・カメラ (錄影機) ⇨ビデオ・テープ (錄影帶) ⇨ビデオ・レコーダー (錄影機)
ビル ①	(building) 名 大樓，高樓，大廈 5 N5 ＝ビルディング
ピンク ①	(pink) 名 粉紅色；(情色) 黃色，桃色 (緋聞)；有左翼傾向的人；(植) 石竹
ピンポン ①	(ping-pong) 名 乒乓球 1

♫ 130

ファックス ①	(fax) 名・他サ 傳真 1
フィルム ①	(film) 名 膠捲；電影 2
プール ①	(pool) 名・他サ 游泳池；合夥經營；儲蓄，儲備 N5 5
フォーク ①	(fork) 名 餐叉；(農具) 叉子、耙；分岔；(音) 音叉
ブラジル ⓪	(Brazil) 名 巴西
フランス ⓪	(France) 名 法國 2
ブルー ②	(blue) 名 藍色
プレゼント ②	(present) 名・他サ 禮物 11 ⇨ クリスマスプレゼント（聖誕禮物）

ヘア ①	(hair) 名 頭髮　⇨ ヘアスタイル（髮型） ⇨ ヘアピン（髮夾）　⇨ ヘアオイル（髮油）
ページ ⓪	(page) 名・接尾 頁，頁碼 4
ペット ①	(pet) 名 寵物　⇨ ペット・ブーム（寵物熱）1
ベッド ①	(bed) 名 床；苗床，花壇 1 ⇨ ダブル・ベッド（雙人床） ⇨ 二段(にだん)ベッド（上下鋪） ⇨ ベッド・ルーム（寢室） ⇨ ベッド・カバー（床單）
ベトナム ⓪	(Vietnam) 名 (國名) 越南 1
ヘリコプター ③	(helicopter) 名 直升機
ベル ①	(bell) 名 鈴，電鈴；(教會的) 鐘 1 ⇨ 非常(ひじょう)ベル（警報器，警鈴）
ベルト ⓪	(belt) 名 皮帶；地帶；機械用的皮帶 1

ペン①	(pen)名 筆 2

♬131

ボーイフレンド⑤	(boyfriend)名 男朋友 1
ボール⓪	(ball)名 球；(棒球)壞球　⇔ストライク(好球)4
ボールペン⓪	(ball pen)名 原子筆 3
ポケット②①	(pocket)名 口袋 4 ⇨ポケット・カメラ(袖珍照相機) ⇨ポケット・ナイフ(小折刀) ⇨ポケット・マネー(零用錢)3
ポスター①	(poster)名 海報，廣告 1
ポスト①	(post)名・造語 郵筒；收信箱；地位；(接名詞)前～ ⇨ポスト・カード(明信片)2 ⇨ポスト冷戦(れいせん)(後冷戰時期)
ボタン⓪	(葡 botão)名 鈕扣；按鈕 3
ホテル①	(hotel)名 賓館，飯店　⇒旅館(りょかん)(日式旅館)10

マイク①	(mike)名 麥克風 1
マッチ①	(match)名・自サ 火柴；比賽；調和，一致 1
マフラー①	(muffler)名 圍巾
ママ①	(mama)名 媽媽；女老闆　⇔パパ
マラソン⓪	(marathon)名 馬拉松；持久比賽
マン①	(man)名 男人；人；(職業等)師，員，家
マンション①	(mansion)名 高級公寓 4

ミメモユヨ

♬ 132

ミス ①	(miss) 名・自他サ 錯誤　⇒ 過失(かしつ)
ミニ ①	(mini) 名・接頭 小型，微型 1
ミルク ①	(milk) 名 牛奶；煉乳；奶粉　＝牛乳(ぎゅうにゅう) 1 ⇨ミルク・キャラメル（牛奶糖） ⇨ミルク・チョコレート（牛奶巧克力） ⇨粉(こな)ミルク（奶粉）　⇨ミルク・ティー（奶茶） ⇨ミルク・コーヒー（咖啡牛奶） ⇨ミルク・スタンド（牛奶零售店）
メートル ⓪	（法 mètre）名・接尾（長度單位）米；公尺制；計量器 ➡メーター 4 N5
メール ⓪ ①	(mail) 名 郵件，電子郵件；郵政
メキシコ ⓪	(Mexico) 名 墨西哥 1
メッセージ ①	(message) 名 信息，留言；致詞 N3
メモ ①	(memo) 名・他サ 筆記，記錄；筆記本；便條；（外交）備忘錄　⇨メモ帳(ちょう)（便條本，雜記本）2
メロン ①	(melon) 名 哈蜜瓜 1
メニュー ①	（法 menu）名 菜單 3
モデル ⓪ ①	(model) 名 模型，樣板；原型；模特兒；典型人事物
モノレール ③	(monorail) 名 單軌鐵道電車
ユーモア ① ⓪	(humour) 名 幽默，詼諧
ヨーロッパ ③	(Europe) 名 歐洲 1
ヨット ①	(yacht) 名 快艇，帆船 ⇨ヨット・レース（帆船競賽）2

♬ 133

ライター [1]	(lighter) 名 打火機 ⇨ ガス・ライター(液化瓦斯打火機)
ラジオ [1]	(radio) 名 收音機；無線廣播，廣播 5
ランチ [1]	(lunch) 名 午餐　⇨ ランチ・タイム(午餐時間)
ランプ [1]	(lamp) 名 燈
リットル [0]	(法 litre) 名・接尾 (容量單位)公升
ルーム [1]	(room) 名 房間 1 ⇨ ルーム・サービス(客房服務) ⇨ ルーム・チャージ(房租，房費) ⇨ ルーム・ヒーター(室內暖氣設備)
ルール [1]	(rule) 名 規則 N4
レコード [2]	(record) 名 記錄；唱片 1
レシート [2]	(receipt) 名 收據 N3
レストラン [1]	(法 restaurant) 名 餐廳 10
レベル [1] [0]	(level) 名 水平，標準；水平儀 2
レポート [2]	(report) 名・他サ 報告書；(交給老師的)小論文；報告 2
レモン [1] [0]	(lemon) 名 檸檬　⇨ レモン・ティー(檸檬茶) 1
レンズ [1]	(lens) 名 透鏡；鏡片，鏡頭；晶體 1
ローマ [1]	(Roma)(史)古羅馬；(地)(意大利首都)羅馬 ⇨ ローマ字(羅馬字；羅馬併音)

ワイシャツ [0]	(white shirt) 名 (男)襯衫，(白)襯衣 1 ＝Y シャツ

ワイン ①　（wine）名 葡萄酒；洋酒 1
⇨ ワイン・グラス（葡萄酒杯）2

歷屆考題

■ たかださんは＿＿＿を しながら だいがくに かよっています。（◆ 1992 - III - 1）

① オートバイ　② デパート　③ アルバイト　④ カレンダー

答案③

解 答案以外的選項其原詞和意思分別是：① auto bicycle（摩托車）；② department（百貨公司）；④ calender（日曆）。
譯 高田一邊打工一邊上大學。

■ わたしは＿＿＿を しながら、大學（だいがく）で べんきょうして います。（◆ 2003 - III - 3）

① アルバイト　② サービス　③ チェック　④ テキスト

答案①

解 答案以外的選項其原詞和意思分別是：② service（服務）；③ check（檢驗，核對）；④ text（課本）。
譯 我一邊打工一邊唸大學。

■ わたしの＿＿＿はひろくてしずかです。（◇ 2004 - III - 7）

① ポット　② アパート　③ ベッド　④ テレビ

答案②

解 答案以外的選項其原詞和意思分別是：① pot（壺；熱水瓶）；③ bed（床）；④ television（電視機）。
譯 我的公寓既寬敞又安靜。

■ 3 がいの うりばまで＿＿＿で 行（い）きましょう。（◆ 1998 - III - 9）

① ガソリンスタンド　② エスカレーター
③ オートバイ　④ レストラン

答案②

解 答案以外的選項其原詞和意思分別是：① gasoline stand（加油站）；③ auto bicycle（摩托車）；④ restaurant（餐廳）。

譯 坐電扶梯去三樓賣場吧。

■ きょうしつは １０かいですから、＿＿＿で いきます。（◇ 2007 - III - 1）

① ノート　② エレベーター　③ ストーブ　④ フォーク

答案②

解 答案以外的選項其原詞和意思分別是：① note（筆記；筆記本）；③ stove（火爐，暖爐）；④ fork（餐叉）。

譯 因為教室在１０樓，所以坐電梯上去。

■ ＿＿＿で じどうしゃに ガソリンを いれました。（◆ 1994 - III - 6）

① ガソリンコート　② ガソリンテーブル

③ ガソリンスタンド　④ ガソリンプール

答案③

解 答案以外的選項均為捏造詞，後半部分的原詞和意思分別是：① coat（大衣）；② table（桌子）；④ pool（泳池）。

譯 在加油站往車裡加了汽油

■ やすみの ひは いつも うちで、＿＿＿をひきます。（◆ 1993 - III - 3）

① オートバイ　② テニス　③ スリッパ　④ ギター

答案④

解 答案以外的選項其原詞和意思分別是：① auto bicycle（摩托車）；② tennis（網球）；③ slipper（拖鞋）。

譯 休假日總是在家彈吉他。

■ ここから がっこうまで 2＿＿＿です。（◇ 2005 - III - 9）

① はい　② ひき　③ キロ　④ カップ

答案③

解 答案以外的選項其漢字形式、原詞和意思分別是：①杯（杯）；②匹（頭，隻，條）；④ cup（杯子；獎盃）。

譯 從這裡到學校有 2 公里。

■ わたしは きのう コンサートに いきました。（◇ 1991 - Ⅳ - 2）

① わたしは きのう がいこくの えいがを みにいきました。

② わたしは きのう かいものにいきました。

③ わたしは きのう おんがくを ききにいきました。

④ わたしは きのう こうえんへ えを かきにいきました。

答案③

解 選項③中的「音楽を聞きに行く」（去聽音樂）與題目中的「コンサート」（音樂會）相對應。

譯（題目）我昨天去聽音樂會了。①我昨天去看外國電影了；②我昨天去購物了；③我昨天去聽音樂了；④我昨天去公園畫畫了。

■ はなこさんは 白い スカートと______を はいて います。

（◆ 1997 - Ⅲ - 1）

① セーター　② ハンカチ　③ サンダル　④ オーバー

答案③

解 穿下半身的衣物用「穿く」，穿「セーター」（毛衣）、「オーバー」（外套）時要用「着る」。「ハンカチ」指「手帕」，不能穿。

譯 花子穿著白裙子和涼鞋。

■ わたしの すきな スポーツは______です。（◆ 1992 - Ⅲ - 3）

① ピアノ　② レコード　③ スキー　④ テーブル

答案③

解 答案以外的選項其原詞和意思分別是：① piano（鋼琴）；② record（記錄；唱片）；④ table（桌子，餐桌）。

譯 我喜愛的運動是滑雪。

■ さむく なったから、＿＿＿を つけて ください。（1996 - Ⅲ - 5）

① スリッパ　② コート　③ テレビ　④ ストーブ

答案④

解 答案以外的選項其原詞和意思分別是：① slipper（拖鞋）；② coat（外套，大衣）；③ televison（電視）。

譯 變冷了，請把暖爐打開。

■ これはスーツケースです。（◇ 1992 - Ⅳ - 10）

① これは しょくじを する ときに つかう ものです。

② これは りょこうを する ときに つかう ものです。

③ これは うんどうを する ときに つかう ものです。

④ これは けんきゅうを する ときに つかう ものです。

答案②

解 選項②中的「旅行（りょこう）」（旅行）與題目中的「スーツケース」（旅行箱）相對應。

譯（題目）這是旅行箱。①這是吃飯使時用的東西；②這是旅行時使用的東西；③這是運動時使用的東西；④這是研究時使用的 東西。

■ 名前（なまえ）を 書（か）いたか どうか、もういちど チェックして ください。

（◆ 2004 - Ⅳ - 2）

① もう一度（いちど） さがして ください。

② もう一度（いちど） しまって ください。

③ もう一度（いちど） しらべて ください。

④ もう一度（いちど） たずねて ください。

答案③

解 選項③中的「調（しら）べる」與題目中的「チェック」相對應。

譯（題目）請再檢查一遍有沒有寫名字。①請再找一遍；②請再收拾一遍；③請再查一遍；④請再問一遍。

■ ＿＿＿をしめてかいしゃへいきます。（◇ 1995 - Ⅲ - 2）

① セーター　② シャツ　③ ズボン　④ ネクタイ

答案④

解 「ネクタイを締（し）める」是「繫領帶」的意思。答案以外的選項其原詞和意思分別是：① sweater（毛衣）；② shirt（襯衫）；③ jupon（褲子）。選項①、②和「着（き）る」搭配，選項③和「穿（は）く」搭配。

譯 繫上領帶去公司。

■ たなかさんの しゅみは＿＿＿を する ことです。（◆ 1993 - Ⅲ - 3）

① バレーボール　② カメラ　③ タクシー　④ ニュース

答案①

解 答案以外的選項其原詞和意思分別為：② camera（相機）；③ taxi（計程車）；④ news（新聞）。

譯 田中的興趣是打排球。

■ わたしは＿＿＿で 一日（いちにち）3 時間（じかん） はたらいて います。（◆ 2004 - Ⅲ - 10）

① ステレオ　② テキスト　③ アクセサリー　④ パートタイム

答案④

解 答案以外的選項其原詞和意思分別是：① stereo（身歷聲；身歷聲設備）；② text（課本）；③ accessory（首飾；〔照相機等的〕附件）。

譯 我打零工，一天工作三小時。

■ あたらしい＿＿＿を 2 だい かいました。（◆ 2006 - Ⅲ - 10）

① オーバー　② ガソリン　③ ステーキ　④ パソコン

答案④

解 答案以外的選項其原詞和意思分別是：① overcoat（大衣，外套）；② gasoline（汽油）；③ steak（牛排）。

譯 買了兩台新電腦。

■ さとうさんの たんじょうびの＿＿＿で うたを うたいました。

（◇ 1997 - Ⅲ - 4）

① レコード　② アパート　③ パーティー　④ テープ

答案③

解 答案以外的選項其原詞和意思分別是：① record（唱片）；② apartment（公寓）；④ tape（錄音帶）。

譯 在佐藤的生日聚會上唱了歌。

■ あの あたらしい＿＿＿は デパートです。（◇ 1996 - Ⅲ - 2）

① アパート　② ホテル　③ プール　④ ビル

答案④

解 答案以外的選項其原詞和意思分別為：① apartment（公寓）；② hotel（旅館）；③ pool（泳池）。

譯 那幢新大樓是百貨公司。

■ 友（とも）だちに たんじょうびの プレゼントを あげる つもりです。

（◆ 1994 - Ⅳ - 5）

① 友（とも）だちに おみまいを わたす つもりです。

② 友（とも）だちに おみやげを かう つもりです。

③ 友（とも）だちに おくりものを する つもりです。

④ 友（とも）だちに おれいを いう つもりです。

答案③

解 選項③中的「贈（おく）り物（もの）」（禮物）與題目中的「プレゼント」（禮物）相對應。

譯 （題目）我準備送生日禮物給朋友。①我準備給朋友慰問品；②我準備買特產給朋友；③我準備送禮物給朋友；④我準備向 朋友表示謝意。

■ プレゼント（◆ 2005 - Ⅴ - 3）

① あねが けっこんしたので、しんせつを プレゼントした。

② おっとの たんじょうびに とけいを プレゼントした。

③ そつぎょうしきの 日(ひ)に 先生(せんせい)に あいさつを プレゼントした。

④ 入院(にゅういん)している 友達(ともだち)に あんぜんを プレゼントした。

答案②

解 選項①、③、④為誤用。「プレゼント」不能與選項①中的「親切(しんせつ)」(熱情)、選項③中的「挨拶(あいさつ)」、選項④中的「安全(あんぜん)」搭配。

譯 ②丈夫生日的那天，送了他手錶作為禮物。

■ きょうは ざっしを＿＿＿よみました。(◇ 2002 - Ⅲ - 5)

① 10キロ　② 10メートル　③ 10グラム　④ 10ページ

答案④

解 答案以外的選項其原詞和意思分別是：① kilometer(公里)；② meter(公尺)；③ gram(克)。

譯 今天看了10頁雜誌。

■ これは ボールペンです。(◇ 1998 - Ⅳ - 1)

① これで てがみを かきます。　② これで ごはんを たべます。

③ これで かみを きります。　④ これで おんがくを ききます。

答案①

解 選項①中的「手紙(てがみ)を書(か)く」(寫信)與題目中的「ボールペン」(原子筆)相對應。

譯 (題目)這是原子筆。①用這個寫信；②用這個吃飯；③用這個裁紙；④用這個聽音樂。

■ わたしはいつも＿＿＿を ききながら べんきょうします。(◇ 1991 - Ⅲ - 2)

① ペン　② ラジオ　③ テーブル　④ ストーブ

答案②

解 答案以外的選項其原詞和意思分別為：① pen(鋼筆)；③ table(桌子，飯桌)；④ stove(爐子)。

譯 我經常邊聽廣播邊唸書。

■ 日本(にほん)の ぶんかに ついて＿＿＿を 書(か)きました。（◆ 2007 - Ⅲ - 8）

① ワープロ　② チェック　③ パソコン　④ レポート

答案④

解 答案以外的選項其原詞和意思分別是：① word processor（文字處理機）② check（檢查，核對；格子花紋）; ③ personal computer（個人電腦）。

譯 寫了一篇關於日本文化的小論文。

■ ほんやの＿＿＿で 3000 円(えん) はらった。（◆ 2005 - Ⅲ - 8）

① スクリーン　② ワープロ　③ レポート　④ レジ

答案④

解 答案以外的選項其原詞和意思分別是：① screen（螢幕）; ② word-processor（文字處理機）; ③ report（報告；小論文）。

譯 在書店的收銀台付了 3000 日圓。

國家圖書館出版品預行編目資料

用聽的背日檢 N4 N5 單字 2300 / 齊藤剛編輯組著 .
-- 初版 . -- [臺北市] : 寂天文化 , 2016. 06
面 ; 公分 . --

ISBN 978-986-318-468-3（20K 平裝附光碟片）

1. 日語 2. 詞彙 3. 能力測驗

803.189 105010095

用聽的背日檢 N4 N5 單字 2300

作　　者　齊藤剛編輯組
編　　輯　黃月良
校　　對　洪玉樹

封面設計　林書玉
內文排版　謝青秀
製程管理　洪巧鈴
出 版 者　寂天文化事業股份有限公司
電　　話　+886-(0)2-2365-9739
傳　　真　+886-(0)2-2365-9835
網　　址　www.icosmos.com.tw
讀者服務　onlineservice@icosmos.com.tw

出版日期　2016 年 6 月　初版一刷　200101
郵撥帳號　1998620-0　寂天文化事業股份有限公司
- 劃撥金額 600（含）元以上者，郵資免費。
- 訂購金額 600 元以下者，請外加 65 元。

【若有破損，請寄回更換，謝謝。】